岩 波 文 庫

32-344-1

とんがりモミの木の郷

他 五 篇

セアラ・オーン・ジュエット作
河 島 弘 美 訳

岩 波 書 店

目　次

とんがりモミの木の郷

一　再訪

海辺の町ダネット・ランディングには、メイン州東岸の他の町にはない魅力を感じさせるところがあった。あのあたりのことはよく知っているからなつかしく思うだけのことなのだろうか。岩だらけの海岸、黒い森、そして波止場のそばの岩棚にしっかりと押し込まれ、木釘で留められたような、まばらな家々に惹きつけられるのも――。これらの家々は海を見渡す眺望を大事にし、庭は小さくとも必ず花をいっぱいに植えて明るくしていた。急勾配の破風の一番上にある小さなガラス窓は、注意怠りない目のようだった――港とその向こうの遠い水平線を見張っていたり、あるいは北に続く海岸と後ろに広がるトウヒやバルサムモミの林を眺めていたり――。このような町とその周りの地域を知るということは、一人の人間と知り合いになるようなものである。一目見て恋に落ちる過程はあっという間で決定的だが、真の友情を育むのは一生の仕事になるのかもしれない。

二、三年前の夏にヨットの旅の途中で初めて立ち寄って、わたしはダネット・ランディングに魅せられたのだったが、今回再訪してみると、とんがりモミの木の郷《さと》は以前のままだった。相変わらず慣例尊重の意識の強い、古風な町の印象も、よそよそしさも、ここが世界の中心だと素朴に信じているところも、なつかしく夢で見た思い出のとおり、少しも変わっていない。六月のある日の夕方、わたしは一人の乗客として、汽船から埠頭に降り立った。満潮で見物人がたくさん集まっており、中でも幼い者たちは控えめな興奮を胸に、乗客の後について、潮の香りのする小さな町の、白い羽目板の目立つ狭い通りを歩いて行った。

二　ミセス・トッド

後になってわかったことだが、わたしが夏の滞在先に選んだこの家には一つだけ欠点があった。それは外界と離れた暮らしがまったくできないことだった。最初、一角だけが通りに接しているミセス・アルマイラ・トッドの小さな家は、騒がしい世の中を避けるのにもってこいの奥まった場所に見えた。家の前には緑の生い茂った小さな庭があり、花をつけた植物といえば二、三本の色鮮やかなタチアオイと何本かのヒカゲユキノシタだけで、それらはすべて灰色の板壁に押しつけられている。数少ない花が、旺盛に茂る緑に押しやられている様子が風変わりで、新来の者はいささか戸惑いを覚えるような庭なのだ。しかし間もなくわかったのは、ミセス・トッドが野生・栽培種を問わず、あらゆる薬草《ハーブ》の熱心な愛好家であることだった。海風はその家の窓辺に、野バラの香りだけでなく、セイヨウヤマハッカ、セージ、ルリチシャ、ミント、ヨモギ、キダチヨモギなどの香りを運んできた。とくにミセス・トッドが薬草園の一番隅の区画に行くような時には、タイムをぎゅっと踏みつけて、その香りで居場所を広く知らせることになった。夫人はとても大柄だったので、たとえ足で踏まれなくても、細い茎は必ずと言っていいほど、そのたっぷりしたスカートに触れてひしゃげたからだ。まだまどろみの中にいる朝でも、夫人が庭に出れば間違いなくわかるし、二、三週間するうちには、庭のどこにいるかまで正確に当てられるようになるのだった。

この薬草園の一画には、野趣に富む薬種が生えており、それらは普通の薬草より大事にされている珍種だった。鼻を突くような変わった匂いがして、忘れ去られた過去がおぼろげに浮かんでくるような気持ちにさせる。それらの薬草の中には、かつて聖なる秘儀に使われ、秘密の教えとして何世紀にもわたって伝えられたものがあるかもしれなかったが、今ではミセス・トッドの台所のストーブにかけられた鍋で、糖蜜、酢、蒸留酒などとともに煎じ出される、つつましい役割に甘んじている。そして、まるで人目を忍ぶかのようにたいていは夜の間に、詰め替え用の小さな古めかしい薬瓶を携えてくる、近隣の病人たちに処方されていた。たとえばインディアンレメディと呼ばれる秘薬の値段はたった十五セントで、使用法は買い手が窓の外を通る時にそっとささやかれるのみだった。ミセス・トッドは余計な手順を省く人だったので、大部分の薬は特に台所からの注意もなしに出された。だが一部の薬に関しては、夫人が戸口に立って指示を与えることがあり、中には夫人が門まで一緒に歩きながら、つぶやくように詳しい説明を続ける場合もあって、重大な秘密めいた雰囲気が終始漂うのだった。夫人が相手にするのは普通の病気だけではなかったのかもしれない。時には愛、憎悪、嫉妬、それに海上の逆風にまで、夫人の庭の珍しい植物を使えば効果的な薬が出来そうに思えることがあるのだった。

町のドクターと、薬草に通じた夫人とは、とても仲が良かった。ドクターとしては、夫人の調合した薬で望ましくない副作用が出た場合、多分自分なら和らげることができるという考えがあったのかもしれない。ともかく、時々ミセス・トッドのところに立ち寄っては、棒杭で作られた柵越しに挨拶を交わしていた。二人の会話は、前置きもそこそこに本題に入り、ドクターはよく、香りのよい小枝を指でくるくる回しながら、含みのある冗談を言った。フジバカマで作る万能薬に抱いておられるあなたの信念は、ご立派な隣人の皆様の健康と、時には命とさえ引きかえにしても構わないほどとみえますね、などと言うのだった。

薬草を摘むのに忙しくなり始めたばかりの六月末に、この静かな町に到着するということは、同時にミセス・トッドの、トウヒと糖蜜でつくる昔ながらのスプルースビール醸造作業の最盛期の始まりに到着するということでもあった。この爽やかなビールは長年にわたる試行錯誤の末に素晴らしい完成度に達しており、近隣で大変な評判を呼んでいたため、しょっちゅう品切れになって補充が必要になるのであった。誰にも邪魔されずに引き籠る日々をわたしは期待していたが、他の点では非の打ちどころのないこの土地であっても、さまざまの理由からそれだけは非常に難しいことがわかってきた。家主である夫人とわたしとの間の取り決めでは、正午には簡単な昼食とし、その代わりに夕方は温かい料理をたっぷりということになっていたので、それに備えて時折午後に、わたしはベラ釣りの釣糸を手に道を急ぐことがあった。このやり方なら、ミセス・トッドが余裕をもって森や草地で薬草を集める作業に専念できることもしだいにわかってきた。暑い季節の間はスプルースビールの注文はとぎれずにあったし、各種の鎮静シロップや特効薬の求めも多かった。薬については、ここに住むようになって以来、物好きにも興味を抱くようになっていたため、わたしも精通するようになっていた。未亡人であるミセス・トッドの生計を支えるものとしては、この細々とした仕事と、食欲旺盛なただ一人の下宿人であるわたしの家賃の他にほとんどないことを知っていたので、わたしはすぐに自分のエネルギーと興味を夫人の手助けにまわすようになった。その結果、お天気が良ければ夫人は外に出かけ、ドアをたたく訪問者にはわたしが応対するのが日常となった。

夫人と一緒に時々散歩をして知識を得たり、頻繁に留守にする夫人に代わって相棒としての役割を果たしたりするうちに、七月はあっという間に過ぎた。ある晩、その日一日で集まった売り上げ二ドル二十七セントを大きな誇りと喜びをもって並べた時に初めてわたしは、書くと約束していて既にすっかり遅れてしまっている原稿のことを思い出した。親しい呼びかけと共に肩を優しくたたかれ、思いがけない早生のマッシュルームを夕食にいただき、一日に二ドル二十七セントの収入という栄えある結果を上げた後に、この成功から手を引いてすべてやめます、と宣言するのには強い覚悟が必要だった。文筆の仕事はどうしても不安定なもので、わたしの場合も、良心の声が丸い小石の浜の波音より耳に大きく響いてきて初めて、薄情な撤退宣言を夫人に言い出したのだった。わたしたちが「みなさんのお相手」と呼ぶ仕事を残念ながらわたしはもうできなくなりました、とはっきり告げると、夫人はいっそう優しい表情になりつつも、予想通りがっかりした様子だった。さまざまの野生の薬草を集める大切な季節に夫人の活動を制約してしまうことは、近隣一帯の人びとにも不人情なことだったろう。夫人の薬草は、冬の間の病苦を和らげるものとして、あてにされているのだから。

ミセス・トッドは悲しそうに答えた。「ええ、あなたがここにいてくれたので、それを大いに利用させてもらったわ。こんなにうまくいったシーズンは何年もなかったし、あなたみたいに信頼できる人は、他にいたことがないもの。あなたに欠けているのは、ほんのいくつかの点だけ。時間がたてば経験と見識が身について、とても有能になるでしょう。それは自信をもって言えるわ」

仕事上の関係にこうした変化があったにもかかわらず、ミセス・トッドとわたしは疎遠になったりしなかった。むしろ親密さが深まり始めたようだった。露が降り、月が高く上がって、海から涼しい風が吹いてくる夕刻に、ときおり強い香りを放つのはどの薬草だったのか、わたしは知らない。だがそんな時にミセス・トッドは、誰かに話をせずにいられなくなるようで、わたしは大喜びで聞き手になった。二人ともそんな空気に魅了され、夫人は窓の外から声をかけることもあったし、あるいは何か口実を作ってわたしの部屋に来ることもあった。話す内容は、その日のありふれた出来事のこともあれば、霧深いある夏の夜のように、心の奥に秘めた事柄のこともあった。夫人がかつて、ずっと身分が上の人を愛したことがあるのを知らされたのも、こういう時のことだった。

「いえね、その人は一度だって、わたしのことを本気で想ってくれたためしはないの。二人が若かった頃、彼のお母さんはわたしたちの結婚に反対で、仲を裂くために、ありとあらゆることをしたわ。その後二人ともそれぞれ、申し分のない結婚をしたと人には思われたけど、どちらもそれは一番望んでいた縁組ではなかったわけ。そして時がたち、今ではどちらも一人になって、そうしたければいつでも一緒にいられるでしょう。と言っても、彼は船乗り風情とは違う上層階級の出で、もっとも成功した人たちの一人。そしてわたしは平凡な働き者として生きる運命。もう何年も会ってないし、昔の気持ちもきっと忘れたでしょうね。でも、女の心は違うわ。終わったと思った感情が戻って来る——春が毎年必ずめぐってくるように。それにわたし、いつだって彼の噂をきかないようにしてるから」

夫人が立っていたのは敷物の真ん中で、そこに編みこまれた黒と灰色の輪が薄暗い光を受けて足元を回っているように見えた。天井の低い部屋に立つ、長身でがっしりした夫人の姿は、巨体の女預言者を思わせた。小さな庭からは、神秘的な薬草の不思議な香りが風に乗って流れてきた。

三　校舎

その後の数日間、ミセス・トッドを訪れては帰って行く薬の買い手たちの姿が、わたしの部屋の窓の外に見られた。そして干し草作りの時期が終わりにさしかかると、遠くまで知れ渡った夫人の評判を示すように、海から離れた土地からも新来のお客が来始めた。時々見かけたのは、真夏まで残ってしまったアネモネのように青白い若い人で、肺病による衰弱が悲しげな顔にはっきり見てとれた。しかしもっと頻繁に見かけたのは、農場から連れ立ってやってくる、働き者らしく疲れた様子の、がっしりした二人の女性だった。ミセス・トッドに向かって自分たちの症状を朗らかな大声で述べたてる様子からは、治療のアドバイスを得る機会と親しいお喋りの楽しみを結びつけていることが明らかだった。二人は自分たちの病気を治すことに関する知識をかなり詳しく話しているようで、ミセス・トッドにとっても得るところが大きいことに、わたしは気づいた。けれども、夫人は常に指導的立場をとり、話を締めくくる「ヤナギハッカを一握りね」(薬草はいろいろだったが)という指示は、無言の敬意をもって受け入れられていた。そんなある日の午後、ことに活発に個人的な会話が続き、それを聞いていたわたしは(耳に綿を詰めてでもいない限り、聞かずにいるのは無理だった)、手に持ったペンを動かすこともまったく忘れて笑った。そしてまた続きに耳を傾けたりしている自分に気づき、帽子に手を伸ばすと、吸取紙など文房具一式を脇に抱え、それ以上の誘惑から逃れるため、決然として外に出た。かぐわしい緑の庭の脇を過ぎ、ほこりっぽい道を行くと、道はまっすぐ上りになる。ほどなくわたしは足を止めて振り返った。

ちょうど満潮で、広い港は深い森に囲まれ、木造の小さな家々が埠頭ぎりぎりの場所まで立っていた。ミセス・トッドの家は、中でも海から一番遠い地点にあった。岩だらけの海岸にある灰色の岩棚は、大部分が芝土で覆われ、ヤマモモと野バラが生い茂っていた。海から離れて上に広がる土地、点在する農地——そして丘の縁には小さな白い校舎が立っている。吹きさらしで、かなり傷んでいるが、船乗りたちにとっての目印であり、その戸口に立つと、岸から海へと広がる素晴らしい景色が望めるのだった。ちょうど夏休みの最中のことで、ドアに錠がおろされていないのを知ると、わたしは校舎に入り、海に向かう窓の一つからゆっくりと外を眺めた。そしてその後、そばのヤマモモの茂みに囲まれた日陰の場所でしばらく思案した末、町の中心部に戻ると、二人の行政委員——ダネット・ランディングの権力を握っている兄弟なのだが——に笑われながらも、校舎を夏休み一杯、週五十セントで借り受けることにした。

　利己的に思われるかもしれないが、ここでの隠遁生活には大きな利点があるようだった。海からの風が小さな高窓から流れ込み、重いよろい戸を前後に揺らす部屋で、わたしは誰にも邪魔されずに何日も過ごした。生徒がするように帽子とお弁当の入ったバスケットは入口の釘にかけたが、使うのは先生用の机で、内気な生徒たちが並ぶはずの空っぽの椅子の列を前にして、まるで偉い先生にでもなったかのように座るのだった。時々のんびりした羊が一頭ふらっとやってきて、戸口にじっと立ったまま、こちらを見ていることもあった。夕暮れ時になると、わたしは務めを果たすような気持ちで町に戻るのだったが、坂の途中まで来るとたいてい迎えてくれるのは薬草園の匂いではなく、ミセス・トッドの作る温かい食事の香りだった。夫人が出席しなくてはならない会合や仕事を夜に控えている日には早めに帰ってお茶をいただくのだが、いつもまるで久しぶりに帰ってきた人のような歓待を受けた。

　一度か二度、わたしが口実をこしらえて出かけないようにしたことがあったが、そのとき夫人は遠出して帰りが遅く、両手一杯に、そしてエプロンにもどっさり薬草を入れて持ち帰った。ハッカの時期で、希少なロベリアも最盛期、オオグルマも次に控えていた。また別の日には、夫人が学校まで来たこともあった。わたしの仕事ぶりを覗いてみたいという好奇心もあったかもしれないが、夫人の説明によると、校舎の区画に生えているものほど勢いのよいヨモギギクは、近所のどこにもないからね、とのことだった。春の間中踏まれているせいで、かえって成長が促されるのだ――ちょうど若い時に苦労した人間が、死ぬ前に自分を最大限に生かそうと決めるように。

四　校舎の窓辺で

近くに住む知人の葬儀に出たために、校舎に行くのがかなり遅くなったことがあった。その人の悲しむべき健康の衰えについては、わたしもよく知っていたし、ドクターとミセス・トッドは、その最期の日々を楽にしようと、空しく手を尽くしたのだった。葬儀は一時に行われ、二時十五分にわたしは校舎の窓辺に立って、海岸に近い下の道を進む行列を見おろしていた。徒歩で送る葬列で、そんなに離れたところからでも、しめやかに歩む会葬者のほとんどを見分けることができた。故人となったミセス・ベッグは非常に尊敬されていたので、墓地まで送って行く友人は大勢いた。ミセス・ベッグは近くの農場育ちで、わたしと何回か会った時には必ず、町の暮らしへの不満を述べていた。ランディングでは住まいが密集しすぎているのが好みに合わないのよ、絶えず波音が聞こえるのにもなじめないわ、と言うのだった。船乗りの夫を三人見送ったので、家には西インド諸島の珍しい品々が飾られていた。巻貝、美しいサンゴ——材木を積んだ船での航海から妻に持ち帰ったお土産だった。幼友達だったというミセス・トッドは、故人のこれまでをすっかり話してくれて、その言葉を借りれば、二人とも「苦労を重ねた末に、世の中のすべてを知るようになった」とのことだった。悲しみに暮れるミセス・トッドの大柄な姿が、窓辺から見えた。のろのろした歩みなので列が延び、行列の進行を遅らせている。ハンカチを目に当てているのがもらい泣きではないのがわかって痛ましく、わたしも胸を衝《つ》かれた。

ミセス・トッドの脇に並んでいるのは誰の親族でもなさそうな、見慣れない人であることが何とかわかった。謎めいた老人で、やせた前かがみの身体に、貧相な裾長の上着を身につけ、杖を手にして歩いている。丘の上に立つ、風で曲がった木々に似た「風下への傾き」を思わせる姿だった。

わたしがそれまでに一度か二度しか見たことのないリトルペイジ船長——いつも閉まった窓の内側に青白い老いた顔で座っている人で、外にいるのを見るのはこれが初めてだった。わたしがミセス・トッドに質問すると、夫人はいつも重々しく首を横に振って、あの人は昔とは変わってしまったのよ、と答えた。そしてこの老人のことは、秘密にしておくべき事柄の一つに数えているようだった。老人はまるで、庭の隅のナメクジの多い一角に生えている、ある薬草のようなもので、その用途を夫人はわたしに決して洩らさなかったが、夫人が月明かりのもとで芽を摘み取っているのを、わたしは一度見たことがあった。アカネグサの大きな葉と同様、薬ではなく、まるで魔除けにするように。

　夫人が老船長の歩みに合わせようとしていることに、わたしは気づいた。船長は、年老いたバッタの、奇妙な人間版とでもいうふうに見えた。この二人の後に続くのは、落ち着きのない小柄な人で――船長の家の家政婦だが、その仕事ぶりはミセス・トッドやその他の人の見るところでは、まったく話にならない、とのことだった。親しい仲間うちの内緒話では「例のマリ・ハリス」と呼ばれているが、面と向かえばみな気を使って、礼儀正しく応対する。

　湾の中の島々とその向こうの大海が、南と東の方角にはるか水平線まで広がっていて、前景を成す葬列が岩の多い海岸の端を進む様子は、小さく頼りなげに見えた。七月はじめの、明るく輝くような日だった。晴れ渡った青空には雲一つなく、海からの音もない。永遠の命を信じて喜ぶかのように、また死に拘泥する狭量な者たちを蔑むかのように、ウタスズメがしきりにさえずっていた。葬列が眼下の斜面の肩に沿ってゆっくりと進み、まるで洞窟に吸い込まれたように風景から消え去るまで、わたしはそこに立ったまま、じっと見つめていた。

一時間後、わたしは仕事に励んでいた。時々蜂が一匹、部屋に迷い込んでわたしに向かってきたが、教卓にちょうど手ごろな小枝があったので、生徒たちの騒ぎを静める時のようにそれで机を軽くたたいたり、インク瓶の上に来るのを追い払ったりした。それはランディングの店で買ったインクで、書き手の執筆の疲れを癒そうという意図なのか、ベルガモットの香りがついているのを知らなかったのだ。その日は執筆に気乗りがしなかった。羊の鈴がそばでちりんと鳴り、さまよう意識を呼び戻したが、文章は美しい夏の趣をとらえることができなかった。初めてわたしは、話し相手が欲しいと思い、外界に気持ちを向けた――それまで意識しないようにして忘れていた、外の世界に。葬列を眺めていると、一種の痛みを感じた。葬儀のあとに急いで立ち去る代わりに、他の人々と共に歩いて行くべきではなかったかと思い始めたのだった。この大きな心境の変化はひょっとすると、葬儀のためにわたしが身につけていた服装のせいだったのかもしれない。だがこれでわたしも周りも、そういえばわたしはダネット・ランディングの真の一員ではなかったと思い出したのだった。

わたしはため息をついて、書きかけのページに戻った。

五　リトルペイジ船長

長い時間が経った。何事も起きない港町で、一時間は長い時間だった。完全に仕事に没頭していたところに、外の足音が耳に入った。上の道と下の道との間に急勾配の小道があり、近道だよと子供たちが教えてくれたのでわたしは使っているが、ミセス・トッドの場合は特別に急ぐ用事でもない限り、決してこの道を選びはしないだろうと思っていた。足音が近づいてくる間にも、わたしは敵に囲まれた守銭奴のような執着心で、ペンを走らせ続けていた。すると羊の鈴がちりんと鳴って、急いで遠ざかる気配がした——まるで誰かが羊の顔の前で杖でも振ったかのように。目を上げると、リトルペイジ船長がすぐそばの窓の外を通り過ぎるのが見え、次の瞬間、ドアに穏やかなノックの音がした。

「どうぞお入りください」船長を迎えるために立ち上がってわたしがそう言うと、船長は丁寧にお辞儀をしながら入ってきた。わたしは机を離れて窓際の椅子をすすめ、船長はすぐに腰を下ろした。気の毒なことに、登り坂で疲れてしまったようだった。わたしが教卓の後ろのいつもの席に戻ると、一段低い席の船長は、まるで生徒のような具合になってしまった。

「船長には上席についていただくべきですのに」とわたしは言った。

「多彩な景観の美に満ちた、幸多き田園」船長は何かの句を引用しながら、太陽を見上げ、樹木の茂る長い海岸を見つめた。それからわたしをちらっと見て、子供のように満足気にあたりを見回した。

「今のは『失楽園』の一節です。詩の中でも最も偉大な詩です、ご存じでしょう?」そう言われて、わたしがうなずくと、船長は続けた。「わたしが思うに、『失楽園』に匹敵する作品はありません。ただただ崇高です。シェイクスピアは偉大な詩人で、よく人生を写した。しかし、粗野な部分があまりに多くて困るのですよ」

リトルペイジ船長は本の読み過ぎで頭が混乱しているのよ、とミセス・トッドが以前わたしに言ったのを思い出した。夫人はまた、船長には説明しがたい「病気」があるの、という謎めいた言い方もしていた。どうしてわたしを訪ねてきたのかしら——そう思わずにはいられなかった。船長の様子にはとても魅力的なところがあった。洗練されて繊細な細面の人だが、そこには孤独と誤解に苦しんだかのような皺が残されていた。きちんとした服装には、優しく身の回りの世話をしてくれる、中年で未婚の姉か妹の存在を思わせるところがあった。けれども、マリ・ハリスは野暮ったい平凡な人で、このような趣味のよさがあるとは思えない。とすれば、船長がすべて自分で気をつけていることは明らかだった。船長は座ったまま、何かを待つようにわたしを見ている。変わった形の頭とやせた長身の姿を眺めていると、この人は人生という道を、歩くというより飛び跳ねながら進むように定められたのだろうと思わずにはいられなかった。だが、とても真面目な船長を前に、わたしは分別を忘れないようにと自分の心に命じた。

「ミセス・ベッグが亡くなられてしまって」弔意を表して、まだ葬儀の時のままの服装だったわたしは、思いきってそう言い出した。

「そうだね。でも最期はとても安らかだったそうですよ。まるで時宜を得たというふうに、静かに旅立ったとね」

わたしは、信心深さを称えられた十七世紀の人、カーベリー伯爵夫人のことを考え、歴史は繰り返すものだと感じた。

「あの人は古い家柄の出で、この町でとても尊敬されていました。これからも慕われるでしょうな」船長は、こちらが心を打たれるような誠意をこめて続けた。

わたしは船長を見ながら、この人は牧師の家系かしら、と思った。ニューイングランドの古い聖職者の家に伝わる上品な容貌と威厳を備えていたからだ。しかし、ダーウィンは自伝にこう書いている――「船長に勝る王者はいない。王より校長より偉大なのだ」。

リトルペイジ船長は、日ざしの通り道を避けて椅子を動かし、まだじっとわたしを見ていた。どんな用事で来たのか、わたしは知りたくてたまらなくなった。

「近いうちにわかるかもしれませんよ」船長は真剣に言った。「次の段階のことの、すべてを我々は知るようになるかもしれない――たとえば、いまミセス・ベッグがどこにいるか、などをね。憶測ではなく確かなことを、我々は知りたいのです」

「誰しもにいつか、何もかもわかる日が来ますわ」わたしは言った。

「地上にいる間に、わかるようになるんですよ」船長は、やせた頬をもどかしそうに紅潮させて力説した。「我々は、真理を求めるのに方向を間違えていました。わたしは自分の言っていることがわかっています。わたしを笑った人たちは、どれほど根拠ある考えなのか、ほとんど知らないんだからね」船長は、下に広がる町の方に手を振ってみせた。「あのほんの僅かの家、あの中にいて、全世界を把握しているように思いこんでいるんですよ」

わたしはにっこりして、言葉の続きを待った。

「わたしはご覧の通りの年寄りで、人生のほとんどを船長として生きてきた――四十三年。ずっとです。そうは思われんかもしれんが、実は八十を越しているんですよ」

そんな歳には見えなかったので、わたしはすぐにそう言った。

「それじゃ、だいぶ前に船長を引退なさったんですね?」

「少なくともあと五、六年は働けたでしょう。だが、ある時にある体験をして知ったことがもとで、一つの偏見が芽生えてしまってね。人類がこれまでに成し遂げた最大の発見の一つを、はからずもわたしは知ったのだと言っていいんです」

話は厄介な方向に向かいつつあったが、これまで船長は無学な人たちに苦しめられてきたのだということをここで思い出したおかげで、わたしは続きを聞きたいと心からの敬意をもってお願いすることができた。このとき、一羽のツバメが、まるでキングバードに追われているかのように校舎の中に飛び込んできて、壁にぶつかったりした挙句、再び外へ出て行った。しかし船長は、そんな騒ぎにもまったく注意を払わなかった。

「ハドソン湾近くの、昔からの会社の事業所があるフォート・チャーチルに向けて、値の張る商品をロンドンから運ぶ仕事をしたことがありました」と船長は真剣な面持ちで語り始めた。「荷積みに手間取り、北行き航路はずっと向かい風とうねる波に悩まされた挙句、霧が出てなかなか岸には近づけませんでした。やっと入港となった時には、北の海域にあんな船と乗組員では、もう一刻もぐずぐずしてはいられなくなっていました。やつらは頭が空っぽで、わたしは具合が悪くなったほどですよ。しかし、一等航海士は優秀な良いやつで、わたしと同じでそんなところで春まで氷漬けになるなどまっぴらだと思っていました。そこで二人して、できる限りのスピードで、ハドソン湾を脱出して、岸から離れたのです。船の持ち分は、わたしが八分の一、一等航海士は十六分の一でした。全装帆船のミネルヴァ号という名前の船でしたが、もう古くなっていて水の漏れるところもあり、わたしがこの船に乗るのもこれが最後だろうと思っていましたが、その通りになったわけです。全盛期には立派な帆船でした。乗り組んでいた腰抜けどもについては、立派とは言えませんがね」

「では、難破したのですか？」船長がしばらく黙っていたので、わたしは訊ねた。

「それも決してわたしのせいじゃありません」と船長は憂鬱そうに言った。「わたしたちはフォート・チャーチルを出て、さっさと湾へと逃げ出しました。しかしわたしは、会社の煩雑な手続きにさんざん苦労しましてね、仕事を急がせようとずっと甲板にいて寒い思いをしたせいで、ハドソン海峡に向けて出港して陸地が見えなくなると、ひどい熱を出してしまいました。船室にとどまるしかない状態になってしまったんです。日は短くなりつつあり、わたし以外はみな元気でよく頑張りました。しゃにむに働きました」

思いもよらない体験談が、少し退屈に思えてきた。船長の話はゆっくりしていて正確だったが、それまでわたしの親しんでいた、海沿いの町特有の趣を欠いていたからだ。

けれどもわたしは礼儀正しく耳を傾けた。船長の話は、風が逆風に変わったことに至り、さらに航海について、物憂い調子で話し続けた――たとえば悪天候や、船が軽量の場合の不都合などについてである。軽い船はバケツの中の木切れのように跳ね上がり、舵を取ろうにも従わず、どんなに丁寧に帆を張っても、言うことを聞かなかったそうだ。

「そういうわけで、風の吹くまま、あちらこちらに行きましてね」船長はこぼしたが、この時わたしを見て、気持ちがそれているのがわかると話をやめた。

「当時、船での生活はきっと大変でしたでしょうね」わたしはさらに興味津々の様子で訊ねた。

「そりゃあもう、みじめなものでしたよ」老船長は何とか元気を取り戻して答えた。「しかし、乗り組む者を一人前に鍛えてくれましたね。こんな小さな町にも、良くない変化が見られますよ。今じゃここは、怠け者ばかりじゃありませんか。昔は皆、海に出たものですよ、どんなぐうたらでもね。水夫部屋から先、絶対に行かないような連中には、船乗りほどぴったりな仕事はありません。そしてわたしが思うに、薄っぺらでくだらない新聞で読む以外に外の世界についてまったく知識がなく、自分たちのことだけにとらわれているような社会は、ひどく無知で偏狭になるものですよ。以前、この町の優れた男の大部分は、たくさんの港町とそこに住む人の暮らしを知っていました。自分の目で世界を見ていたし、妻や子供たちとは一線を引いていた。外国やその国の法律についての知識があり、ダネットの町政記録係をめぐる争いなどを超えた、客観的な見方ができた。そう、品位ある生き方をしていたんです。住む家は中も外も、今より良かったものです。社会的観点から、ニューイングランドのこのあたりでは、海運業の衰退は大きな痛手ですよ、先生」

「それはわたしも考えました」わたしは大いに興味を感じて答えた。「とてもたくさんの変化が、それによって引き起こされたのではないでしょうか。例えば、船長さんが減ってしまったという残念な事態も？」

「船長には読書の習慣が身につくもので」リトルペイジ船長はいっそう明るく、胸を打つような率直さで言った。「他の乗組員とあまり馴れ馴れしくしてはいけないので、昼も夜も、退屈な時には本に向かうというわけです。わたしら昔の船長は、それぞれ特定のことに関してほとんど何でも知っている物知りになりましたよ。農業についての本を好むやつ、薬に詳しいやつ、——かわいそうな乗組員たちを、神よ、救いたまえ！——歴史一辺倒のやつもいたし、たまにはわたしのように、暇さえあれば詩を読む人間もいるわけで。ミツバチと養蜂に詳しい船長を一人、よく知っていましたがね、港で会ってともに乗船しようものなら、ミツバチがどんなに情報を持っているか、ミツバチを飼うとどれほど金になるかを、腰を落ち着けて延々とお喋りしたでしょうな。船長の中でも抜群に賢い男でしたが、その船長が長年指揮してきた大型帆船ニューカッスル号は、『タトルの巣箱』というあだ名で呼ばれたものでしたよ。あるいはジェームソンという船長は、ソロモンの神殿にとりつかれてね、聖書に出てくる寸法を縮小したミニチュアを作りました——ちょうど他の船乗りが船の模型を作ったり、新しい索具を考案したりするように。こういう町で、海運業に代わるものなど、ありゃしません。自転車というやつは実に腹立たしいものでな、航海で得ていたような経験の機会をほとんど与えてくれやしない。その昔、家を離れるには何かの目的があり、帰ってくればそれに満足していたものだが。それが今じゃ、寛容な考え方というものがないから、最悪のものが最高のものとしてすべてを決める。すべてがひっくり返って、年々後退していくんです」

「まあ、リトルペイジ船長、そんなことがないように祈りますわ」わたしは船長の気持ちを静めようとして、そう言った。

校舎の中は静かだったが、下の浜辺の波音は聞こえた。潮の変わり目を予告する波音のように思えた。近くの野バラの茂みの中で、季節外れのボルチモアムクドリが、とても楽しげにさえずっていた。

六　待機場所

「ミネルヴァ号でのその過酷な航海ですけど、あとはどんなふうに切り抜けてこられましたの?」とわたしは訊ねた。

「喜んで話しましょう」船長は憤りをしばし忘れて、そう答えた。「地図があったら、もっとよく説明できるところなんですがね。船は、わたしらがイギリス人の北極探検家の名前をつけてパリー諸島と呼んでいた方に向かって、ふらふら流されていき、位置や方角がわからなくなってしまった。濃い霧が立ち込めていて、わたしはついに船を失うことになったんです。岩に乗り上げ、生き残った者が何とか上陸した島は、何も育たないやせた土地のようでした。最初に衝突したときは海の荒れがいくらかおさまったところでね、命令に背いて乗組員のほとんどが一番大きいボートにいっせいに乗り移り、急いで漕ぎ出して、それっきり行方不明。わたしの乗った救命ボートも転覆しましたが、大工が助け上げてくれて、二人で漂流しました。わたしは高熱のあとまだ間もなかったので力が出ず、ぐったりと横になっていたんですが、二日目になって大工が、犬を連れた人の足跡を見つけてくれました。海岸に沿って行くと、モラヴィア人たちの伝道布教本部に着いたのです。彼らもまた困窮を極めていて、どうしようもありませんでした。

エスキモーもほんの少し残っていました。ここでわたしは不思議な経験をするのです」

船長は顔を上げて、もの問いたげなまなざしをわたしに向けた。その眼にあった鈍さは消え、代わりにはっきりとした決意が宿って、深く鋭い眼になったように思われた。

「輸送船が来ることになっていて、我々はその船に乗れると、立派なキリスト教信者である牧師は信じて疑いませんでした。布教本部撤退の命令を待っていたんでしょう。しかし、すべては不確定でしたから、我々はしばらくの間、全力で頑張りました。魚釣りをしたり、その他の手伝いをしたり——とにかく借りを返す手段が他になかったのです。よくなるまでということで、わたしは牧師の家に引き取られましたが、混み合っていて居づらく感じたので、口実を設けてスコットランド人の老水夫のところに住むことにしました。その男は自分で建てた暖かい小屋を持っていて、そこにはもう一人住める余地があったんです。彼は前に何か問題が起きた時に牧師の味方をしたことがあり、敬意を払われていました。北極に至る道を発見したものの結局は到達できなかった、往時のイギリスの探検隊のどれかの隊の一員だったと言います。小屋は、外から見れば犬小屋のように見えたでしょうから、我々二人は一つの犬小屋に住む二頭の犬のようなものでした。が、肝心なのは暖かくしていられること。小屋にはバードスキンが山ほどあって、好きなだけ敷くことができたし、寝棚は上手に二人分作られていて、その一つがわたし用なのです。待機の毎日はおそろしく退屈でした。輸送船はおそらく行方不明になり、わたしの船は悲惨にもばらばらになって、残骸が岸に散らばっているのだろうと想像するようになり、岬で海を見つめるようになりました。我々船員は、人々が物不足のため切り詰めなくてはならないのを知っていました。もし真実を言おうとするのであれば、聖書には『人はパンのみにて……』ではなく、『人は魚のみにて生きるものにあらず』と書かれているべきでした。一番人を悩ませるのは、パンではありませんからね。一緒に暮らしていた老水夫ガフェットは、最初の頃ひどく無口に見え、どう接したらよいかわかりませんでした。たぶん、向こうも同じだっただろうね。でも知り合ってみると、わたし以上に大きな不運に遭ってきていることが分かったんです。長生きは出来そうもない体調でしたよ。理解してくれる相手に話をするとガフェットの心は安らぐようだったので、雨や風で外に出られない日は、一日中一緒に座って語り合った。わたしは陸に上がったときに後頭部をひどく打ちつけたので、それが時々痛みました。ともかく体力は衰えて、それ以来あまり仕事はできないんですがね」

リトルペイジ船長は、物思いにふけった。

「そしてわたしには、読書という宝がありました」と、船長は間もなく話し始めた。「本は一冊も持っていませんでした。牧師は英語を少しだけしか話せなかったし、持っている本は全部外国語でした。しかしわたしは、思い出せる限りの文を暗唱したものです。昔の詩人たちは、自分らの作品が後世の人間にとってどんなに慰めになるものか、思いもよらなかったでしょうなあ。わたしはミルトンの作品を熟知していましたが、あそこにいた頃はシェイクスピアこそ最高だと思えましたよ。航海用語が正確だったし、美しい一節で心が落ち着いた。繰り返し暗唱しては涙を流したものです。頭上に輝く星と、あの詩――あそこでのわたしには、それだけが美しいものでした。

ガフェットはいつもいつも考え込んでばかりで、独りごとを言っていました。絶対に逃げ道はないと思い込み、それが心にのしかかっていたのです。わたしが故郷に帰ればきっと、わたしから話をきいた科学者たちが自分の発見に興味を持つだろうとガフェットは考えていましたが、科学者たちは自分らのことに没頭していて、わたしが出した手紙に返事さえくれない人もいました。ガフェットが探検隊として船に乗っていたと、さっき話しましたね。実はその船は帰途に遭難し、ガフェットとほかに二人の船員だけがグリーンランド沖で救助されたんです。でも彼らは二度とイギリスには戻らなかったと、あとで知ったそうです。乗っていた帆船が夜の間に沈没してね。そのため他に誰ひとり知る人のなくなったことを、ガフェットはわたしに教えてくれました――氷の向こう、北の果てには不思議な国があって、そこは不思議な人たちが暮らしている、この世の次の世だと、ガフェットは信じていました」

「船長、それはどういうことですか?」とわたしは大きな声を出した。老船長は身体を前に乗り出して小声で話していたが、最後のくだりを言う前には、自分の肩越しに後ろを振り返っていた。

「ガフェットの話は聞くも恐ろしいものでしたよ」動揺がおさまると、船長は落ち着いて物語の続きを進めて行った。「はじめは犬やそり、寒さと風と雪の話だった。そのうちに氷が悪くなり始めたそうです。船はもともと氷に閉じ込められ、北に向かう海流に乗ってフォックス海峡をはるかに越えていたのですが、船が衝突した時、彼らはボートに乗り移りました。暖かい海流に運ばれて氷の海を後にし、広い外洋に出ることができたので、計画通りに北に向かい続けました。そのうちに、海図にない沿岸地帯を見つけましたが、険しい絶壁のため舟を着けることはできず、ようやく入り江を発見、奥の方の岸際が低くなっているところまで行ったそうです、食料も水も底をついていたので。すると大きな町のようなものが見えたといいます。初めて話を聞いた時、思わずわたしは言いましたよ、『まさか、ガフェット!　これまでの航海記録に残る最北地点より二度も北に、町があったと言うんじゃないだろうな』とね。ガフェットは補強した古い海図に航路を記していたんでね。けれどもガフェットは、間違いないと言い張り、話を何度も繰り返し聞かせて、誰か興味を持ってくれそうな人に伝える時のために、わたしの頭にきちんと入るようにしたんです。話によると、閉じ込められていた氷の真下から流れてきたような、その暖流に乗って数日行くと、雪も氷もまったくなかった、と言うんです」

「で、その町というのは？　皆さんは町まで行ったのでしょうか」とわたしは訊ねた。

「ええ、行って住人たちも見たそうです。が、恐るべき有様で。ガフェットの言葉によると、生者も死者もいない場所らしいんです。海から近づいたときには、住人も多くいる、普通の町に見えたそうですが、突然すべてが目の前から消え、さらに陸地に近寄って行くと、人影は見えるがそばには寄れず、灰色の人影はまるで風に吹き飛ばされるように遠ざかるか、こちらを見張るかのようにじっと集まっているかで、決してそばに来ない。初めのうち怯えていた船員たちも、それがわかると大胆になり、上陸して海鳥や鳥の卵を見つけたそうです。人間が来たことがないため生き物たちが人を恐れない、北方の未開の地のようだったと言います。良い水もありました。ガフェットの話では、荷物のようなものを背負って岩の間をゆっくり歩いて行く、霧でできたような男の後を、仲間の一人と一緒に追ったそうです。しかし、何と！　風にさらわれる木の葉みたいに、あるいは蜘蛛の巣みたいに、ひらりと消え去ってしまったとか！　住人たちは、話し合っている様子は見えても声はまったく聞こえてこない。こちらの姿が見えていないように振る舞っているが、こちらが近づくのだけは感じるのだ――ガフェットは、なんとか説明しようとしてそう言ったものです。上陸すると町は見えなかったそうです。あるとき船長とドクターが、町があると思われる場所まで高地を越えて出かけて行きました。深夜にやっと戻った二人は真っ青な顔で疲れ切っていて、翌日は一日中、しきりにノートに何か書き続け、興奮してささやき合っていたそうです。何か訊ねようとしてもとげとげしい態度だったとか」

「そして、こんなことが起きました」リトルペイジ船長は奇妙な色を目に浮かべてわたしの方に身をかがめながら、早口でささやいた。「船員たちはみな、もうこれ以上ここにいるのはごめんだと言い、早朝の見張りの合図で、一斉に船に乗り込んで海に出ました。すると、あの正体不明のものたちがコウモリのように群がり、にわかに大群となって一行を襲おうとしたそうです。敵は水際にぎっしり並んで立ち、逃げることも戻ることもできない有様。その場で戦うかと思えば翼で舞い上がって空中をかき回すんだそうです。ようやく危険を脱して振り返ると、岸には最初に見た時と同じように町がそびえていたと、ガフェットは言いました。あなたはどう言われるか知らんが、あれはこの世とあの世の間の、一種の待機場所だと、ガフェットたちは信じたんですな」

船長は興奮して立ち上がり、激しく両手を動かしたが、声はささやくようなしゃがれ声だった。

「どうかお座りになってください」わたしができるだけ穏やかにそう言うと、船長はがっくりと椅子に沈み込んだ。

「遭難したとき、船員たちは早く故郷に帰って報告し、探検隊を組織したいと急いでいたとガフェットは考えていました。が、見てきたことを人に話さないようにと命じられていたそうです」船長は自然な口調に戻って、そう話した。

「皆さん全員、飢えで弱っていたのでは？　幻覚の一種だったのではないですか？」わたしは思いきってそう聞いてみたが、船長は無表情でわたしを見つめるばかりだった。

「ガフェットは取りつかれたようになって、他のことは何一つ考えられませんでした。あるとき船医が船長に向かって、あれを見たのは光と地磁気の流れのせいだという意見を述べました。ともかく正気の世界じゃなかった——羅針盤を使おうと悪戦苦闘しても、まったくだめだったといいますからね。ガフェットは自分なりに、好条件が重なって幽霊を見たのだと考えていました。よく地理学協会のことを言っていましたが、わたしの知る限り、ガフェットが特に行動を起こしたためしはなく、自分の任務を果たすべく、そこにとどまっていました。足がひどく不自由で、帰ったら留置所か病院に閉じ込められてしまうのでは、と恐れていました。北に行く誰か間違いのない人に話をするために待っているのだ、と言っていました。手紙などを預けるために立ち寄る人が時々いましたからね。頑固でしたから、見た目が気に入らないという理由で、よさそうな探検隊を二、三回、見送りましたよ。わたしがいた頃には、どこかに連れ去られるかもしれないという心配のために、落ち着かなくなっていました。指示はすべて文書にしてあったので、人に見せられるようにわたしに預けてくれと頼みましたが、聞き入れられませんでした。今はもう生きていないでしょう。彼には手紙を出してみたし、わたしのできることはすべてやってみました。いつか偉業も達成されるでしょう」

そうですね、とわたしはうわの空で返事をした。船長のきりっとした鋭い眼つき、船乗りらしい機敏な表情に気をとられていたのだ。しかしこの瞬間、突然変化が起き、哀愁のある、学者風の老人の表情が戻ってきた。わたしの後ろには一枚の北米地図が掛けられていたが、見ると船長の目は戸惑いながらも、最北の地域とその輪郭に向けられていることに気づいた。

七　離れた島

上等の寝棚とバードスキンの持ち主ガフェット、ミネルヴァ号の難破、霧と蜘蛛の巣から成る人間の姿をした生物、その襲撃を語るのに使われた偉大なミルトンの言葉——船長の話には真実味があって、わたしには反論の余地がなかった。何となく不安になったかのように、船長は地図から目をそらし、訴えるようにわたしを見た。

「さっきお話していたのは——」とだけ言って、船長は言葉を切った。何の話題だったか、急に思い出せなくなったようだった。

「お葬式には大勢いらしていましたわ」わたしは急いで言った。

「ああ、そうです」満足そうに船長は答えた。「誰もが敬意を示しました。悲しい出来事を、わたしは一瞬忘れていました。そう、ミセス・ベッグがいなくなって、みんな大いに寂しがりますよ。ご主人が海に出ている間、素晴らしくきちんと家を切り盛りしていましたからな。そうそう、海運業は大痛手です」と言って、船長は深いため息をついた。「男は誰であれ、航海に何かしら興味を持たない者はほとんどいなかった。それが常に町の誇りでしたよ。ダネットは今やどん底の干潮線だと言わなくてはなりません」

別れを告げるために、船長は威厳に満ちた様子で立ち上がり、ぜひいつかうちに寄ってください、航海で持ち帰ってきた外国の変わった品々をお見せしますよ、と言った。わたしもダネットで暮らし始めてからしばらく経つので、海運業への関心が衰退しているという話は各方面から聞かされており、リトルペイジ船長の精神状態はもう安全な水準に戻ったと確信できた。

町に向かって一緒に丘を下りて行くと、分かれ道に来た。船長が自宅に続く歩道に歩み出すのを見届けて、わたしたちは親友として別れを告げた。「そのうち午後にでも、ちょっと寄ってくださいよ」船長は優しくそう言ってくれた――まるで同年代の船長仲間に言うような調子で。それからわたしは家に向かったが、間もなく心配そうな表情で近づいてくるミセス・トッドに出会った。

「老紳士と一緒に丘を下りてきたようだけど」と夫人は遠回しに言った。

「ええ、興味深い午後を過ごしました」わたしがそう答えると、夫人は顔を輝かせた。

「じゃ、あの人、大丈夫なのね。ちょっとおかしな言動に出るのを心配していたの。それにマリ・ハリスだったら――」

「ええ、昔のお話をしてくれて。それからミセス・ベッグのことやお葬式のこと、『失楽園』のことも話したんですよ」わたしは微笑みながら言った。

「きっとお得意の物語を聞かせたんでしょうよ」夫人は鋭い眼でわたしを見た。「お葬式があると、あの人、必ず始めるのよね。かなりつじつまの合っているところもあるけど」ますます鋭いまなざしで、夫人はそう言った。「それに、船乗り時代にはすごい読書家で、あんまりたくさん読み過ぎて頭に影響したという人もいるのよ。具合の良い時には、あの年にしてはとても元気。ああ、昔は素晴らしい人だったのよ」

わたしたちが立っていたのは、港を見わたせる場所だった。長く延びた岸辺を覆う数多のとんがりモミの木は、黒っぽい外套でもまとって船出を待つかのように立ち並んでいた。遠く離れた島々の浮かぶ沖を見ていると、その木々はさらに海の方へと前進し、大地を越えて水際まで下りて行きそうに思われた。

空は、最初に秋の訪れを告げる夕暮れのように、灰色に曇ってきており、暗くなりつつある海岸に影が落ちていた。するとふいに、金色に輝く光が遠くの島々を照らし出し、その中の一つの島が、はっきりと浮かび上がってわたしたちの視線を引きつけた。ミセス・トッドは興味と愛情のあふれる顔で、湾の方を見守っていた。突然の強い光に照らされた、一番はずれの島は、この世の向こうの世界――実はすぐ近くにあると信じる人もいるのだが――が急に姿を現したように思われるのだった。

「あそこに母が暮らしているのよ。はっきりと見えるわね。わたしはあのグリーン島で育ったから、岩や茂みの一つ一つまで、すべてよく知っているわ」

「お母さんが！」わたしは驚いて声を上げた。

「ええ、そう。わたしもこの年だけど、母は今も健在――元気で敏捷で小柄なお婆さんよ。昔から陽気でね」ミセス・トッドは満足そうに言った。「ありとあらゆる苦労をしてきた人でね——まあ、自分の最後だけはまだわからないにしても。勇気の湧く言葉を誰にでもあげられるし、長く生きてきても、少しもわがままになっていないの。母は八十六歳、わたしは六十七。そのわたしが、自分のほうがずっと年寄りだと感じる場面もあるのよ。この前わたしが会いに行ったとき、母は『まあ、あんたったらボートに乗るのに、なんてよろよろしてるの！』ですって。わたしは大笑いして、もう少しで水に突っ込むところでしたよ。笑い続ける母を岸に残して、ボートを出したけれどね」

　じっと見守るうちに光は薄れた。ミセス・トッドは灰色の大岩に上って、古代ギリシア神殿の女性人像柱《カリアティード》を思わせる姿で堂々と立っていたが、間もなくそこから下りると、わたしと連れ立って家路をたどった。

「いつか二人で一緒にボートに乗って、母に会いに行きましょう」と夫人は約束してくれた。「母はとても喜ぶでしょうし、あの島には一つ二つ、どこよりもたくさん見つかる珍しい薬草があるの」

　家に入ると夫人は、「さて、下へ行ってわたしのビールをマグに一杯ずつ入れてくるわね」とわたしに告げた。「ちょっぴりカモミールも入れちゃうわ。お葬式や何かがあって、とても疲れる午後だった気がするから」

ひんやりする小さな地下室に下りて行く気配が聞こえ、それからしばらく時間が経った。やがて夫人がマグを手にして戻ってきたとき、入れないでとわたしが頼んだカモミールの味がするのに気づいたが、その風味はわたしの知らない他の薬草によって隠されていた。

わたしが全部飲み干して美味しかったと言うのを、夫人はずっと見守っていて、「この飲み物、誰にでも飲ませるわけじゃないのよ」と優しく言った。その言葉はまるで魔法の儀式の呪文の一部のようで、魔法使いである夫人がたちまち極寒の町の蜘蛛の巣人間に姿を変えるのではないかと、一瞬思ったほどだった。もちろんそんなことは起きず、わたしたちはグリーン島行きの楽しい計画などを話しながら、静かな宵を過ごした。あくる日は、青空に太陽が輝く、新しい一日だった。

八　グリーン島

ある日の朝、かなり早い時刻に、窓の外の庭にミセス・トッドがいるのがわかった。通りかかる人に話しかける、いつになく声高な調子、薬草園での作業のときに歌う讃美歌などは、まだ目の覚めきらないわたしの耳にわざわざ届けようとしているようで、早く目を覚まして声をかけてほしいという夫人の願いが察せられた。

少ししてわたしがブラインド越しに挨拶すると、夫人は「こんなに良いお天気だから、あなたはきっと校舎に行くんでしょうね。すごく忙しいに違いないわ」と、最初からあきらめた様子で言った。

「行かないかもしれません」とわたしは言った。「でもいったい、どうしてですか?」きっと夫人はこのお天気に誘われて、いつもの海岸沿いの草地に薬草摘みに出かけたくなり、その間わたしに留守番を頼みたいのではないかと、わたしは推測してみた。「いえね、陸路で行くつもりはないの」と夫人は楽しげに答えた。「そう、陸路じゃないのよ。グリーン島の母に会いに行くのに、夏中待ってもこれ以上の日は二度とないんじゃないかと思ったわけ。早く目が覚めて、母のことを考えたの。北東の弱い風だからまっすぐ行けるし、この季節だと午後には南西風に変わって、帰りも楽。だからね、きっと良い一日になりますよ」

「それじゃ、波止場に行く人を見かけたら、船長とボーデンに頼んでおいてもらわないと。あの大きな船で行くんでしょう?」

「まあ、とんでもない! わたしにはわたしのやり方があるんですよ」と、夫人はわたしを見下すように言った。「いいこと? 大きな船なんかじゃなくてね、漕ぎやすいボートを借りて、ジョニー・ボーデンとわたし、二人で漕ぐの。平底のドーリーボートほど良いものはないわ。ちょうどいい風で、海もうねりがないでしょうし。ジョニーはいとこの息子で、行けば母も喜ぶでしょう。とにかくわたしたちの訪問の間、あの子はずっと、ニシンの梁《やな》に行ってるはずよ。せっかく行くのに、その間中ずっと気を使わなくちゃならないような男の人を連れて行くなんて、ごめんだわ。いいからわたしに任せて。わたしたちだけで母にちょっと会ってきましょう。あなたの朝食、もうできますよ」

それまでミセス・トッドはわたしにとって家主であり、薬草の採集家であるとともに田舎住まいの哲学者であることもよく知っていたし、ダネットより大きな町に買い物に行くとき、一、二度同じ船で――あまり言葉は交わさなかったものの――乗り合わせたこともあった。けれども、船乗りとしての夫人がどんなふうかは未知だった。一時間後、わたしたちは希望どおりのドーリーボートに乗り込んで波止場から船出した。潮はちょうど変わり目で引き始めており、友達や知り合い数人が古びた岸壁に立って、興味津々の様子で口々に声援を送ってくれた。ジョニー・ボーデンとわたしは、船べりに不器用に巻いてある小さな帆を張るために、ちょうどよい風を受けられる場所まで早く行きつこうとして、急いで舟を漕いだ。夫人はすべてを指示する厳しい監督のように船尾に座っている。

「流されるままにしておけばいいわ。漕ぐのと同じくらい速く進むから。潮の力で、すぐに広いところに出られるし、外海に出れば風がたっぷりあるしね」

「トッドさん、あんたの舟はバランスが悪いよ！」岸からそう叫ぶ声が聞こえた。「錨を引きずってるみたいに重いんじゃ、とても風には乗れんな。あんたが真ん中に座って、帆を上げたらその若い人に舵とロープを預けるんだね。そのままじゃ、いつまで経ってもグリーン島には行けっこない。問題はバランスだよ。後ろがそんなに重くっちゃ、だめさ！」

ミセス・トッドは何とか後ろを振り向き、お節介な忠告者を見た。水中にあったわたしの右手のオールが、その拍子に空を切り、舟はもう少しで転覆するところだった。「エイサね？　おはよう」と夫人はまず挨拶した。「わたしは船尾に座るのが大好きでね。あんた、いつ奥地から戻ってきたの？」

この言葉はエイサが内陸部生まれであることを一同に思い出させるという目的を果たし、岸から少し離れていたわたしたちの耳にも笑い声が届いた。どんなことにでも批評と忠告を与えなくては気が済まないエイサは、憤然として向きを変えると立ち去った。

舟は風をとらえると、すぐに沖へと進んだ。トロール網を見るために一度だけ舟を止め、母のところにお客を三人も迎える支度はないかもしれませんからね、と言いながら、ミセス・トッドは熱心に調べた。これは弟のトロール網なのよ、手ごろなタラでもかかっていないかと思ってね、と言うのだった。釣り針がいくつもついた長い縄を、夫人が手際よく扱う間、わたしは舷側《げんそく》から身を乗り出し、大いに好奇心をもってわくわくしながらその様子を見ていた。餌を無駄にしたような、つまらない魚がかかっていると、夫人は「こんなの、どうしようもないわね」などと言いながら、そのままにしておくか、あるいは針からはずして波間に放った。ついに「手ごろなタラ」が見つかり、それを海から上げると、わたしたちは舟を進めて行った。

船旅の間にわたしは、島々についての面白い説明をいろいろ聞くことができた。殺風景な岩ばかりの島もあれば、せいぜい初夏に羊を放せる程度の僅かな草地の見える島もあった。そんな島の一つで、人懐っこそうな羊たちが水際まで走ってきて、いじらしい鳴き声を上げた時には舟を止めたくなったが、舵をとるミセス・トッドは岩をよけて進んだ。そして、この羊たちの飼い主を知っていますけどね、わずかな塩も惜しむけちん坊で、おとなしい生き物に必要な世話もろくにしないんだから、と非難した。六月はじめの頃には、冷たい泉と丈の短い緑の草に恵まれる小さな島々はまさに楽園だが、暑い真夏の太陽のもとではまるで牢獄のようになるのだ。さらに沖にあるもっと大きい島では、夫人は面白そうに二人の農場主の小さな家を見せてくれた。その島を二分している一族同士でありながら、出産、病気、葬儀などがあっても、三世代にわたってお互いに口をきいたためしがないのだという。「戦争が終わったという知らせがあった時、片方ではそれを知ったけど、一週間も家の外の人に知らせに行こうとはしなかったの。まあ、楽しんでいるのよね。ああいうところでは、何か面白いことがないとね。嫌いな人と付き合わなくてはならないくらいなら、孤独のほうがずっとましよ。誰もが人の悪口を言い、みんな好んでそれを聞いて他の人に伝える。悪口を聞いた者がそれを言いふらす――こうして、喧嘩が長続きするわけ。わたし自身は、いろいろ変化のあるのが好きよ。世の中には、月曜日は洗濯、火曜日はアイロンかけと決めていて、それを一年中、たとえサーカスが来てもきっちり守る人もいるけれど」

目印のようにグリーン島の高地に立つ、その小さな白い家は、到着のずっと前から目に入った。ミセス・トッドが生まれ、その母が今も住む家――それは海を望む緑の斜面にあり、背の高いエゾマツの林に囲まれていた。間もなく近づくにつれて畑の作物の種類も見分けられるようになった。ミセス・トッドは、まだ海上にいる時からそれを観察して、「お母さんのじゃがいもは遅れているみたい。雨が十分に降らなかったからかしら」などと考えを述べた。「クーパーセンターに続く、通称〝表通り〟より雑草が多そうだわ。ウィリアムはニシンとりとスクーナー船への餌配りで忙しくて、畑のことはほとんど考えていないのね」

「家の後ろのエゾマツの上に掲げた旗は、何のためですか?」とわたしは熱心に聞いた。

「ああ、あれはね、ニシンのための合図よ」と夫人は親切に説明してくれたが、ジョニー・ボーデンのほうは、そんなことも知らないのかという驚きの目でわたしを見た。「スクーナー船に渡すほどたくさん獲れればあの旗を上げるし、少ない時は浜に小さいしるしを出すの。そうすると小さい舟が、トロール網に必要な分をとりに来るわけ。あら、見て! 母があそこに。わたしたちを見て戸口で何か振ってるわ。きっとわたしたちと同時くらいに、母も船着き場に来るでしょう」

確かに戸口でひらひらする小さいものを、わたしも見分けることができた。だが、陸にいる心と海の上の心との間には、それより早く信号が伝わったのだ。

「母がどうしてわたしだと分かったと思う?」ミセス・トッドは、大きな顔に優しい微笑を浮かべながら言った。「訪ねて行く母がいる限り、子はいつまでも子のままなのよ。ほら、煙突を見て。母は中に入って、薪をくべたんですよ。母が元気で嬉しいわ。あなたもきっと楽しく過ごせると思いますよ」

ミセス・トッドが定位置に戻ると、舟は釣り合いを取り戻した。夫人は帆脚索《ほあしづな》をますますしっかり握って小さな帆の縁と斜桁《しゃこう》をもどかしげに見上げ、まるで馬を急がせるようにロープを引っ張っていた。そこに一陣の風が吹いて、速度は二倍にもなったように思われた。やがて舟はかなり岸に接近したので、スカーフをかぶった小柄な人が畑を抜けて下りてきて、湾曲した入り江のところに立って待ち受けているのがわかった。

間もなく舟底が浅瀬の小石にこすれるところに来た。それまで手持無沙汰だったジョニー・ボーデンはすぐに飛び降りると、次の波を利用して舟を力いっぱい引き上げてくれた。おかげでミセス・トッドは、足を濡らさずに浜に上がることができた。

「とても上手にやってくれたわね」夫人は立ち上がって、ややぎこちなく、しかし威厳を保ちながら浜辺に足を踏み出した。腕を貸そうとしたわたしたちには大丈夫よと断り、足元に置いていたバッグを手にとるのも忘れなかった。

「ほら、来ましたよ、母さん」夫人はそっけなくそう言ったが、二人はお互いに見つめ合って晴れやかに微笑んだ。

「この人、年の割にずいぶん元気そうじゃない?」ミセス・トッドの母は、娘からわたしに向き直って、そう話しかけた。本人も輝く目をした魅力的な優しい人で、何かが待ち遠しくてたまらないような雰囲気は、祝祭日の子供を思わせた。ミセス・ブラケットと初めて会う人は、握手の手を離すか離さないかのうちに、まるで親しい旧友のように感じてしまうのだった。わたしたちは、みんなで一緒に丘を上って行った。

「ねえ、母さん、あんまり急がないで」とミセス・トッドは注意した。「戸口までの上り坂は、ずいぶん距離がありますよ。家に着いたってどうせ母さんは、座って一休みするどころか、せかせか走り回るんでしょう。だから、いい？　このバッグとバスケットを持っているわたしたちより先には行かないで。ジョニーがタラを運んでくれるわ。ここまで来る途中で、ちょっと舟を止めてウィリアムのトロール網を調べてみたの。母さんのチャウダーにちょうどいい魚でも、と思って。うちの出窓にあった玉ねぎも一つ、持ってきましたよ」

「それは助かるわ。チャウダーを作るにも玉ねぎを切らしていて、困ったなと思ったところだから。ウィリアムがこの前ダネットに行ったとき、補充するのを忘れたのよ。ねえ、アルマイラ、あんたこそ坂道をそう急がないで。もう息を切らしているみたいじゃない？」

母から娘への、この軽いお返しは、両者にとってとても愉快だったらしい。二人はちょっと笑って、愛情のこもった目でお互いを見つめると、わたしにも笑顔を向けた。ミセス・トッドは心遣いから立ちどまって、広々とした海を眺め、一番息を切らしていたわたしも、休憩を歓迎した。近くの島々の名前を訊ねて、立ち止まる時間を長くしたりもした。気持ち良いそよ風が吹き、この丘にいると、ドーリーボートに乗っているときよりも爽やかに感じられた。

「あら、この子、前にわたしが来た時とは違う猫ね――不器量ねって、わたしが言った、あの子猫……」ミセス・トッドが歩きながら言った。

「あの猫なのよ。わたしには昔から可愛く見えたし、とても役に立つんだもの。こんなに小さいうちからこれほどよく鼠をとる猫は見たことがないわよ。もしウィリアムがいなかったら、のらくらしたあのお婆さん猫なんか家に置かないんだけどね。短い尾だからってウィリアムは甘いのよ。そんな理由で猫を選ぶなんて、どうかと思うわ。まあ、蓼《たで》食う虫も好き好き、だからね。この子猫は鼠をとって、ほんとに役立つ、お利口な子なんだから。ミス・オーガスタ・ペネルがバーント島のほうで飼っていた五匹の中から選んだ一匹で」スカートにまつわりつく子猫と一緒に歩きながら、老婦人は言った。「オーガスタに言われたものよ、『ねえ、ブラケットさん、あなたは一番不器量な猫にしたのね』って。だからわたし、『一番賢い子を選んで、満足してますよ』って答えたわ」

「子猫選びで母さんの右に出る人はいないわ」とミセス・トッドはそつなく答え、わたしたちは和やかに進んで行った。

家はもう目の前だった。まるで巨大な手が、わたしたちの上ってきたばかりの長い斜面からすくいとってきてそこに置いたような、緑の平地に建っていた。少し上がるともう、黒いエゾマツの森が、海に面した斜面を天辺まで覆いつくすように広がっているので、小さな農園と木立しかない。下には漁師の小屋や納屋があって、梁が遠くに延びているのが見え、見上げればモミの木が、青空を背景に鋭い輪郭を描いていた。東の方には、島の肩をめぐる牧草地が広がり、灰色の岩がごろごろしている。崖を縁取る牧草をはみながらいつまでもさまよう羊の群れの灰色の背中が、成長するベルベットのような緑の草地に柔らかな窪みを作ったり、草地を小さく区切ったりしてみせていた。あちこち、岩の途切れたところには、緑濃いヤマモモの茂みが見える。空気は香《かぐわ》しく、実に完璧な調和のある土地、漁民のふるさと——住んでみたいと誰もが願わずにはいられないようなところだった。

間口の広い、すっきりした外観の家だった。高くない外壁に、重そうに見える屋根を載せている。大地にしっかりと根を張ったような印象を与えるタイプの家で、氷山に似てまるで三分の二は地下に隠れているかのようだった。玄関のドアは、お客を温かく迎えるように開け放たれ、左右には蔓草《つるくさ》が綺麗に伸びていた。しかし、わたしたちは端にある勝手口に向かった。そちらには色鮮やかな花と緑が、まるで働き者の庭ぼうきで掃き寄せられたようにかたまって茂っていた。階段の下の方にはマツバボタンが、草地まで広がって咲き乱れ、ゼニアオイも群生して厚かましくはびこる様子は、何となく貧乏な親戚を連想させた。まだ育ちきっていないニワトリが二羽、ゼニアオイから小さな頭と目をのぞかせている。ドアから何度か追い払われた末にその茂みに落ち着いたといったところだろうか。

「こんなふうに来ると、あらたまった訪問みたい」わたしたちが花の脇を通って戸口の上り段に来た時、ミセス・トッドはふとそう言った。それでもお客への心配りを忘れず、先に立って左手の応接間に案内してくれた。

「あらまあ、母さん！　まさか！　絨毯を裏返したの？」ミセス・トッドはそこで、畏怖と称賛の声を上げた。「いつ手をつけたの？　ホワイト・アイランド・ランディングのミセス・アディクスが来て、手伝ってくれたんでしょうね？」

「いいえ、来ないわよ」老母は誇らしげに背筋を伸ばして立ち、この時とばかりに説明を始めた。「ウィリアムに手を借りて、全部わたしがやったの。ウィリアムの手すきの日が一日あって、一緒に相談したのよ。芝生に出して、よくたたいて、ひっくり返して、寝る前までに元に戻したわ。あんなにぐっすり眠れたのは、二年ぶりぐらいだったんじゃないかしら」

「ねえ、八十六歳にもなる、こんな母がいるなんて、どう？」ミセス・トッドは、大きな勝利の像のように姿勢を正してそう言った。

本人はといえば、急に若返ったように見え、まるで前途洋々の人――充実した円熟期を、終えるのでなく、これから迎える人のような印象を与えた。

「いやいや、わたしにはできそうもないわ、はっきり言いますけどね」とミセス・トッドは語気を強めた。

「済ませてとってもほっとしたのよ」ミセス・ブラケットはつつましく言った。「あの次の週にはあまり具合がよくなかったから、なおさらだわ。陽気の変わり目のせいだったと思うけど」

ミセス・トッドはわたしに向かって意味深長な目くばせをせずにはいられなかったものの、母への優しい思いやりを見せて、そんなことをするから後で具合が悪くなったんでしょう、とか、やめておくべきだったわね、などと言うのは控えた。小さく古風な応接間の中で、ミセス・トッドの姿はいっそう大きく感じられた。その部屋には上質の家具が置かれ、興味をひかずにはおかないような絵が掛けられていた。緑色の日よけには、よくある外国風の風景が模様になっていた。人を寄せつけない、切り立った岩山の上の城、樹木の茂る、急勾配の岸に囲まれた美しい湖などである。足元を見れば、大切な絨毯には、何枚もの手作りの敷物が重ねられていた。狭いマントルピースには、ガラスのランプや、綺麗な貝殻などが置かれていた。

「この部屋で結婚式を挙げたのよ」ミセス・トッドはわたしの思いも寄らないことを言い、ため息をついた。幸せな思い出の中に一抹の悲しみが混じるのを抑えられない、というふうに。

「わたしたちはその窓と窓の間に立って、牧師さんがここ。ウィリアムはどうしても入ってこようとしなかった――今と同じで、人と会うのがだめな子だったのよ。子供のころから、わたしは人に駆け寄る、あの子は逃げ出す、という具合でね」

「果報者ですよ、わたしは」と母親は明るく言った。「あんたが結婚して島を出てから、ウィリアムは息子と娘の両方の役目をしてくれたわ。老いた母のわたしとここで暮らすことに心から満足してくれているし、それにしてもわたしは果報者だと、いつも人に言うの」

わたしたちはそろって台所に移動しようとしていた――まるで共通の本能に導かれるように。どうしても応接間というものは、改まった儀礼を連想させる。夏の日差しと空気を締め出すように、ブラインドはすべて下ろされていた。この島のように、隣人のいない、人里離れた場所で、応接間として一部屋を特別にとっておくのは、社交というものへの敬意に他ならなかった。こんな辺鄙《へんぴ》な土地では、特別の季節を除けば、午後の訪問とか夜の宴とかはほとんどないに違いない。しかしミセス・ブラケットは、孤独に暮らす人ではない。自分のことだけを気にする姿勢ではなく、社交に求められるものと社交から得られるものとをどちらも受け入れる生き方を、ずっと以前に取り入れることにしたのだった。島には応接間などいっさい設けない人もいたが、ミセス・ブラケットは応接間の用途をわきまえる人だった。

「さあ、古い台所に、遠慮なくどうぞ。お客様扱いはしませんから」応接間で礼儀正しく迎えられたわたしたちを、ミセス・ブラケットは愛想よく招いた。「ここにいるアルマイラは、何か口実が見つかればすぐ草地に出ていくでしょう。でも今は暑いわ。ゆっくり休憩して、お食事後、海風が吹き始めたら散歩に出かけるといいわね。高い崖の上から、景色を眺めることができますよ。アルマイラがあちこちご案内したがるでしょう。それから、お帰りになる前に美味しいお茶をさしあげますよ。この時期、とても日が長くなりましたからね」

一同が応接間でおしゃべりをしている間に、海から上がったばかりの選り抜きの魚が、それも不思議なことにいつでも調理を始められるように綺麗に処理されて、テーブルの上の陶製の鉢に置かれていた。

「ウィリアムったら、ちょっと顔を出して挨拶ぐらいして行けばいいのに」魚を見つけたミセス・トッドは、不機嫌そうに言った。「陸に上がれば愛想がいいし、この前だってすごく人懐っこかったんだから――あの子にしては、だけど」

「ご婦人のお相手は、あんまり得意でないからねえ」母親である夫人は、息子をかばうように言ったが、わたしに向けた魅力的なまなざしには、親しい間柄に免じて許していただけないかしら、という気持ちがこもっていた。「気難しいうえに、今日は漁の出で立ちなものでね。でもあなたがお帰りになったあとで、どんなことをなさり、どんなことを話されたか、訪問の一部始終をわたしの口から聞きたがるでしょう。とても優しい子でね。アルマイラ、きっとあんたに会いたくなるわよ。そのうち来るんじゃないかしら」

「もし来ないようなら、あとでわたしが探し出してやるわ」ミセス・トッドは固い決意にあふれた口調で宣言した。「海岸あたりの隠れ場所は全部わかっているの。あっという間に捕まえてみせるわ。どっちにしてもウィリアムには用があるのよ。この前もったロブスターのお金四十二セント、返すつもりで持ってきてるんだから」

「それ、わたしが預かっておいてもいいわよ」小柄な夫人はそう言いながら、チャウダーの支度のために、鍋などをしまってある食品庫にもう足を運んでいた。

ウィリアムという人物に関する、めったにないほどの好奇心に突然取りつかれたわたしは、もしこの興味深い人物と知り合いになれなければ、この訪問の喜びは半減するとまで感じていた。

九　ウィリアム

ミセス・トッドは籠から玉ねぎを取り出すと、台所のテーブルに置いた。「ジョニー・ボーデンも一緒に来ているからね。いくらでも食べられるくらいにお腹をすかせていると思うわ」とミセス・トッドは母親に念を押して言った。

「新しいドーナツがあるのよ。ウィリアムとわたしの住む家で、食料不足になることは、まずありませんよ。選んでくれた魚がもう少し大きかったらと思うけど、何とかやってみるわね。じゃがいもがもう少し要るんだけど、あそこの畑にたっぷりあるわ。くわは井戸小屋の脇、豆の蔓の中に立て掛けてあるから……」母親は微笑を浮かべながら、娘にむかって指示するようにうなずいた。

「まあ、冗談じゃない！　角笛を吹いてウィリアムを呼びましょうよ」ミセス・トッドは少し興奮気味に言った。「家に入ってくるくらい、ウィリアムには何でもないことだわ。何か特別な用事で母さんが呼んでいること、わかるはずだもの。道を上がってきたら呼べばいいのよ。よけいな苦労を何一つかけるわけじゃなし」

ミセス・ブラケットの顔が、初めて曇った。アルマイラのいたずら心を抑えなくては、とわたしは思った。室内でこんなに感じの良い人たちに囲まれていても外に出たくてたまらなくなるほど、戸外は快適だった。それに、外に出ればウィリアムに会えるかもしれないではないか。そこで出てみると、くわは井戸小屋の脇にあり、薪小屋の戸には古い籠がかかっていた。そして、丈の高いブタクサの茂ったじゃがいも畑への道もわかった。畑の一画はすでに掘り起こされていたので、わたしは上部の葉がしおれて、実の多そうな畝を選んだ。実り豊かなじゃがいもの畝を掘って望みの収穫を得るのは、金を掘るのにまさるとも劣らない喜びである。ずっと掘り続けていたかったが、籠が一杯になったのに、それ以上掘る必要もあるまい。そこでわたしはくわの柄の中ほどをつかみ、籠を持ち上げて、畑から引き揚げようとした。早くじゃがいもを薄切りにして、魚と重ねてチャウダーにしようと、ミセス・ブラケットが待ちわびているに違いないわ。

「その籠を持ちましょう」わたしの後ろから、親切で感じの良い声がした。

静かな畑にいたわたしがびくっとして振り向くと、そこにいたのは一人の中年過ぎの男性だった。漁師がよくそうであるように少し背が曲がり、白髪まじりの頭で、髭は綺麗に剃っていて内気そうな感じがする。ウィリアム——母親にそっくりだった。それまでわたしが思い浮かべていたのは、姉のアルマイラ・トッドのように大柄でどっしりした人、しかも奇妙なことに三十代のやや武骨な男のイメージだった。ウィリアムがこの人なら、年齢にふさわしい敬意を払う必要がある。

わたしは明らかになった事実をたちどころに自分になじませ、まるで旧友のように朝の挨拶を交わした。籠はとても重くなっていたので、わたしはくわを籠の取っ手に通し、一方の端をウィリアムに渡した。そうして二人で家に向かいながら、良いお天気のことや、いま湾に押し寄せていると聞くサバのことを話題にした。ウィリアムは三時から海に出て、魚をたくさん獲ったという。家に近づくにつれて、ミセス・トッドの視線がこちらに注がれているのが感じられた。小道の幅が狭まってからはわたしが後ろになり、ウィリアムがずっと一人で籠を持って先に立って歩いていた。少し離れてはいたが、ウィリアムを出迎えるミセス・トッドの声がはっきり聞こえた。

「来るのにずいぶん遠回りしたんじゃない?」夫人はおかしそうに言った。「でもまあ、良かった。あんたに今日会えるとは思ってなかったわ、ウィリアム。借りを返したいと思っていたのよ」

こんなふうにウィリアムを連れてきた責任を感じてわたしは焦ったが、話し始めると、二人はとても仲良く気取らない様子だった。ウィリアムという人は、最初こそハードルがあるものの、いったん社交の輪に加わってしまうと、楽しく過ごしていられることがはっきりとわかってきた。歳の頃は六十くらい、若く見えるわけではないが、気持ちは青年のまま、そしてずっとはにかみ屋らしかった。そのせいでわたしは、まるで人づきあいに不慣れな若者のために何とか状況が楽になるよう骨折らなくては、というような気持ちがずっと消えなかった。ウィリアムはわたしに、食事の支度ができるまでの間に岩棚に上ってみませんか、と丁重に訊ねてくれた。わたしはとても嬉しく、ミセス・トッド母娘の喜ばしい驚きの表情に送られて、ウィリアムと一緒に歩き始めた――二人とも、まるで見た目よりずっと若々しい気持ちになっているかのように。あまりに純真素朴な雰囲気だったので、背後の台所からミセス・トッドの笑い声が聞こえた時にはわたしも笑ったが、ウィリアムは顔を赤らめもしなかった。少し耳が遠いのかもしれない。てきぱきと職務に励む、といった様子で、わたしの前を歩いて行くのだった。

家の上手に広がる草地のはずれから、エゾマツの林の中を続く平坦な茶色の小道に入った。日ざしを受けて、豊かな樹脂を出す幹から芳香が立ちのぼり、上り坂を行くわたしたちにとって、木陰は心地よかった。ウィリアムは一、二度足を止め、そばにあった大きなスズメバチの巣や、下の小さな沼地にあるミサゴの巣などを教えてくれた。島の天辺にひらけた小さな牧草地に出たところで、遅咲きの花のついたリンネソウの小枝を何本かとると、無言でわたしに手渡してくれた。リンネソウは名前の由来など逸話に事欠かない花なので、これについては言いたいことの半分も言えないであろうことを、わたし同様、ウィリアムもわかっていたのだ。起伏のあるこの緑地に、巨大な生物の大きな背骨のような岩が一つ伸びていた。森に近い端のほうから、わたしたちは岩によじ登り、一番高い場所へと歩いて行くことができた。そこはとんがりモミの木立の輪よりも高く、そこに立てば島全体とそれを囲む大洋、そこに浮かぶ他の小さな島々、本土の海岸、そしてはるか水平線まで見渡すことができた。視界をさえぎるものもまわりを囲むものも何一つないので、突然空間を感じる――雄大な景観が常に与える、空間と時間における自由の感覚に満たされるのだ。

「こんな景色は、世界中のどこにもないと思います」ウィリアムは誇らしげにそう言い、わたしも急いで心からの賛辞を述べた。まるであまり旅をしたことのない若者の言葉のように感じられなくもなかったが、生まれ故郷を大切にする気持ちがとても好ましく思えた。

十　メグサハッカの育つ場所

わたしたちは食事に少し遅れてしまったが、ミセス・ブラケットもミセス・トッドも寛大だった。ウィリアムが井戸端で立ち止まって、敬虔なバラモン教徒のように手を洗い、台所のドアの後ろの掛け釘にかけてあった、さっぱりした青い上着を着ると、わたしたちは揃って席についた。そしてウィリアムが心を決めた様子で食前の祈りを捧げ——その言葉はわたしには聞き取れなかったが——わたしたちは感謝しながらチャウダーをいただいた。子猫はテーブルのまわりをうろうろし、一人一人の椅子のひじ掛けのところに来ては、まだ幼くて遠慮を知らない鉤爪でしがみついて、哀れを誘うようにニャーニャーと鳴く。かと思えば、近くの草むらにウタスズメがうっかりと降りたつのを見つけると、戸口に突進する、という具合だった。ウィリアムはあまり話をしなかったが、姉のミセス・トッドが間を持たせ、ダネット・ランディングとその周辺のニュースを漏れなく話して聞かせた。ミセス・ブラケットは、嬉しそうに娘の話に耳を傾けていた。この夫人のもてなしの心には、何か特別のものがあった。一人の客人を喜ばせるために自分自身も家も捧げることができるという、多くの女性にはない才能が備わっていたのだ。一瞬だけにせよ、自分と自分の所有物すべてを客に引き渡すという魅力的な行為——その結果、客にとっては一生忘れられない、大事な思い出ができる。結局、機転は一種の読心力であり、その貴重な天賦の才が夫人にはあった。共鳴は感情だけでなく精神のもので、夫人の世界とわたしの世界とは、初めて会った瞬間からひとつだった。それに加えて、完璧な無私無欲という、究極の天資が夫人にはあった。時折わたしは、その老いた優しい顔を見つめながら、なぜこの人は北の海に浮かぶ寂しい島でその資質を発揮するように定められたのだろうか、と思った。きっと不公平を是正するため――もっと恵まれた土地の人々との間の幸せのバランスをとるために、神は夫人をここにつかわされたのだ。

古い青色のお皿を片付け終わり、子猫もタラのお裾分けに与ったところで、わたしたちは台所の椅子を元の位置に戻そうとしていた。すると、ミセス・トッドが元気に言った――ほしいと思っていた薬草を採りに草地に行ってくるわ、と。

「あなたはここで休んでいてもいいし、一緒に来てもいいわ。母はいつものお昼寝をしなくては。戻ったら、母とウィリアムがあなたのために歌いますよ。母は音楽が大好きなの」ミセス・トッドは、話しかけようと母親のほうを向いた。

けれどもミセス・ブラケットは、わたしは以前のようには歌えないし、ウィリアムも歌う気分になれないかもしれないわ、と言おうとしていた。気の毒に、疲れた様子に見えた。そうでなかったら、老婦人のお昼寝の間、この小さい静かな家の中で座っていたいところだった。草地での楽しい時間なら、ミセス・トッドと一緒にすでにたっぷり過ごしたことでもあったので。だが、ミセス・トッドと一緒に行くのが最善のように思われたので、わたしたち二人は一緒に外に出た。

ミセス・トッドは、自宅から持参したギンガム地のバッグを持っていたが、小さくて重い荷物が底に入っているらしく、バッグは手元から細長く真っ直ぐに下がっていた。道の傾斜が急なため、夫人は間もなく息切れしたので、わたしたちはヤマモモの木の間の、座りやすい大石に腰を下ろして休んだ。

「ほら、これを見せたかったの、母の写真」とミセス・トッドは言った。「母が結婚後少しして、ポートランドに行ったときに写したものよ。こっちがわたし」そう言って開いた別の古ぼけた写真入れには、にこにこした子供の正面向きの顔があり、六十を過ぎている夫人にもその面影が残っていた。「これがウィリアムで、父と一緒にいるわ。わたしは父に似て大柄でがっしり、ウィリアムは母の身内似だから、やせて小柄なの。男だし母似なんだから、ウィリアムは成功してもよかったのよね。仕事ぶりは堅実で、農場もちゃんとやり、漁の腕前も大したものだけど、母のようにきびきびした覇気が全然ないの。思慮分別だってあるのにねえ」夫人は考え込んだが、自分には失敗としか思えない弟の人生についてどういえばよいか、満足のいく答えは見つからないようだった。「与えられた人生を精いっぱい使って幸せに生きている人を見るのは、嬉しいものだわね」そう言いながら、夫人は写真をしまおうとしていたが、わたしは手を伸ばして、お母さんの写真をもう一度見せてもらった——古風なドレスを着た、若くて美しい人の、花のような顔を。その目には希望と喜びが、そして遠く水平線を見つめるまなざしがあった。それは船乗りの一族によく見かけるもので、海の上で暮らし、遠くに浮かぶ帆や近づく陸地の最初の影を常に見つめている船乗りたちから、男女を問わず受け継ぐ特徴である。海上では、すぐそばに見えるものはない。これが船乗りの性格に反映し、寛大で勇敢で忍耐強い傾向が発達するとともに、愛すべき明るい快活さになるのだ。

家族の写真が大きなハンカチーフで再び包まれると、わたしたちはまた細い小道をたどって歩き始め、北向きの寂しい場所に出た。次第に灌木は減り、牧草が増えている。わたしたちは、深い海の波が大きな音を立てて砕けている、岩のごつごつした崖の上の、丈の低い草地の縁に下りて行った。ここは海岸から少し離れているので、風は弱く、海も穏やかに見える。草の中に、世界中からここに集めてしまったかと思うほど沢山のメグサハッカが群生していたのだ。わたしたちが慎重に歩きながら一本一本集めていくと、あたりには素晴らしい香りが漂った。ミセス・トッドは、かぐわしい束を両手に持って、それを何度もわたしのほうに差し出してみせた。

「こんなのは他には絶対にない——ええ、メイン州のどこを探したって、こんなメグサハッカはないわ」と夫人は言った。「これこそ本物のメグサハッカ。他のは全部、模造品よ。あなたにも効果が出てるんじゃない?」ええ、もちろん、とわたしは答えた。

「そうでしょう。この場所のことは、母さん以外、誰にも教えてないの。わたしにとって神聖な思い出――夫のネイサンと交際していた頃、ここが大好きだったの」そう言うと、夫人は少しためらってから、穏やかに続けた。「あの人が命を落としたのは、すぐそば――スクウォー諸島の間の短い海峡を通ってこちらに入って来ようとしている時のことで、この岬がもう見えているところだったの――夏の間中、わたしと一緒に座って将来を語った、この岬が」

夫人の口から夫の話を聞くのはこれが初めてだったが、この場所に連れてきてくれたのだからもう親しい友人同士なのだと、わたしは感じた。

「わたしたちには、夢としか思えなかったわ」と夫人は言った。「わかっていたのよ、あの人が行った時から。わかっていたの」それからまるで罪の告白でもするかのように、夫人はささやき声で言った。「海に向かう前から、わたしにはわかっていたの。ネイサンに会う前に、わたしの心は自分ではどうしようもなくなっていたのよ。でも、あの人はわたしを愛し、本当に幸せにしてくれたわ。そして、長く一緒にいたら知らされるはずのことを知る前に亡くなったわけ。愛って、とても不思議なものね。ええ、ネイサンは全然知らなかったけど、初めてあの人を知った時、わたしの心は乱れた。愛されるのが好きな女は、愛するのが好きな女より多いわね。この場所で幸せな時間を過ごし、ネイサンのことはずっと好きだったけど、あの人がちっとも知らなかったことがあるの。このメグサハッカでいつも思い出したのは――ここに座って、摘んで、あの人の声を聞きながらいつも思い出したのは――別の人のことなのよ」

夫人はわたしから視線をそらすと、立ち上がって一人で歩き始めた。その大柄で決然とした姿には、どこか孤独で寂しげなところがあった――まるでテーベの平原に一人立つ、ギリシア神話のアンティゴネのような。騒音に満ちた社会では、大いなる悲嘆と静寂の場に立ち会うことは、あまりない。この田舎の夫人には、いにしえ人のような純粋な悲しみが乗り移っていた。日常生活から隔絶して胸に悲しみを抱き、大昔から変わらぬ薬草の香気に包まれた純朴な夫人は、まるで歴史上の人物の生まれ変わりのように思われた。

薬草集めの腕があるわたしは、しばらくその場に座って新しい見地に目覚めるとともに、新しい喜びをもって思い出の一ページを読んでから立ち上がり、自分の役目を果たそうと、メグサハッカを幾束か集めた。そして夫人とわたしは海岸のずっと上――メグサハッカの原に下って行った時に後にした、平凡な日常の世界で再び一緒になった。高い崖の端近くを歩いていると、入り江の近くや遠く沖の方にたくさんの帆が見えた。午後も半ばを過ぎ、日暮れが近づいていた。

「ええ、みんな岸に戻るところよ。小型船もロブスター漁船も、全部ね」と夫人は言った。「お茶を飲んで、母と少し過ごしたら、島を出て帰らなくてはね」

「日が暮れて風がなくなっても大丈夫ですよ。ジョニーとわたしで漕いで帰れますから」とわたしが言うと、夫人は励ますようにうなずいて、ゆっくりした足取りは変えなかった。ウィリアムがわたしたちを探すかのように家の後ろから姿を現し、手を振ってまた去って行くのを見た時でさえ、足を速めることはなかった。

「おやまあ、ウィリアムが待機しているじゃないの。あの子の顔をまた見られるとは思わなかったわ」とミセス・トッドは大きな声で言った。「さあ、これで母はすぐにやかんをかけるでしょう。火はちゃんとおこしてあるでしょうからね」確かに、青い煙が濃くなるのが、わたしにも見てとれた。それでわたしたちは少し歩を速め、夫人は薬草で一杯のバッグに手を入れて、元の場所に戻すべく例の写真のありかを探った。

十一　老いた歌い手たち

ウィリアムは横手の入口の段に座っていた。ミセス・ブラケットはお茶の支度に忙しくしていたが、花模様のついたガラス製の古いお茶入れを、わたしの手に渡してくれた。

「ウィリアムはテーブルを整えていた時、あなたがきっとこれをご覧になりたいだろうって思いついたの。わたしの父がトバゴ島から、母へのお土産に持ち帰ったものでね。で、ここにあるのがその時一緒にプレゼントした、ペアの綺麗なマグ」夫人はそう言って、暖炉脇にある小さな食器棚のガラス扉を開いた。「うちで一番上等の食器だと思っているの。冬の日曜の晩にわたしたちがこれを使っているところをあなたが見たら、きっと笑ってしまうでしょうよ。代わり映えのしない毎日の暮らしに変化をつけるために、お客様とのお茶をするの。美味しいものを作っておいてびっくりさせたり、砂糖煮を出したりして、お喋りでとっても楽しく過ごすのよ」

ミセス・トッドは寛大さを示すような笑い声を立てた。そして、母親の子供っぽさをわたしがどう受け止めているのかを知りたそうに、こちらを見た。

「いつか日曜日の宵にお邪魔できたらいいのですけど」とわたしは言った。

「ウィリアムもわたしも、素敵な今日のことを思い出して、あなたのことを話題にするでしょうね」ミセス・ブラケットは優しさをこめてそう言い、ウィリアムをちらっと見た。ウィリアムは勇気をふるって顔を上げ、うなずいた。ウィリアムとその姉は、心の内を面と向かっては口に出せないのだと、わたしは分かり始めていた。

「さあ、あんたと母さんに歌ってほしいんだけど」ミセス・トッドがいきなり命令口調でそう言った。明らかに困っている様子のウィリアムに、わたしは大いに同情せずにはいられなかった。

「お茶を飲んでからね」ミセス・ブラケットが明るくそう答えたので、一同はカップを持って座り、飲みながらお喋りを楽しんだ。グリーン島にこのままずっといられたら、と願わずにはいられず、またそう言わずにはいられなかった。

「わたしは冬も夏も、ここにいられて幸せだわ」とミセス・ブラケットは言った。「わたしたち、どこか他の場所に住みたいとは、全然思わないの。ね、ウィリアム、そうよね？　あなたがここを気に入ってくださって嬉しいわ。来たくなったらいつでも来て、泊まってね。アルマイラだけど――わたし、いつも思うの、この子の夫が、この子にふさわしい場所に立派な家を遺してくれるように取り計らってくださったのは、神さまのありがたい思し召しだったと。グリーン島にずっと居続けなくてはならなかったとしたら、きっといらいらしたでしょう。あんたはもっと広々した、もっといろんな植物が育つ場所が良かったのよね、アルマイラ、そうでしょう？　どうして一緒に住まないのかといぶかる人も時々いるけど、ひょっとすれば、いつか」そう言った時、悲しみと不安の影が夫人の顔をちらっとよぎった。「誰にでも、病気と衰えの時は必ず訪れるものだから。だけどアルマイラには、何にでも効く薬草があるからね」夫人はにっこりして、また明るい顔に戻った。

「誰にでも効く薬草ならあるわ――病気でないのに病気だと自分で思いこんでる人にはだめだけど」ミセス・トッドは、結論を述べる専門家らしい態度でそう言った。「さあさあ、ウィリアム、『楽しい我が家』を聞かせて。それから母さんに『キューピッドと蜂』を歌ってもらうから」

すると、思いがけなく素晴らしいことが起きた。ウィリアムが内気さを克服して、歌い始めたのだ。あの家族写真に似て、少し弱々しく細い声ではあったが、誠実で快いテノールだった。これほど深く感動的に『楽しい我が家』が歌われるのを聞いたためしはなく、まるでウィリアムが歌をまったく新しくしてしまったように思われた。最初の一節を歌い終わったウィリアムが一拍おいて次を歌い出したところに母のミセス・ブラケットが加わり、二人は一緒に歌った。高音部で母の声が出にくいところに来ると、そこだけは息子が自分の声を貸して助けるというふうで、これは無口なウィリアムの真の、そして唯一の感情表現だった。いつまでも聞いていられたし、スコットランドやイングランドの古い伝統のある歌、戦後のバラッドの中で歌い継がれてきた歌などをもっと歌ってと頼むこともできただろう。ミセス・トッドがそのふくよかな足で拍子をとっているのが見えたし、時々聞こえることもあった。また時に涙を浮かべているのが、やはり涙でかすみがちになる、わたし自身の目にも映った。だが、ついに歌は終わり、別れを告げる時が来た。とびきりの一日の終わりだった。

愛すべきミセス・ブラケットが、自分の寝室のドアを開けた。ちょうどミセス・トッドは薬草の袋をしばっており、ウィリアムはボートの支度と、ジョニー・ボーデンを呼ぶ角笛を吹くために岸辺に降りて行っていた。ジョニーはロブスター漁の舟の一行に加わって、岸を離れていたのだ。

寝室のドアのところに立ったわたしは、なんと気持ちよさそうな部屋だろう、と思っていた。ピンクと白のパッチワークのキルトが、ペンキを塗らず茶色のままの羽目板に調和していた。

「入ってらっしゃいな。そこの窓辺にある、古いキルトのロッキングチェアに座ってみてほしいの。うち中で一番綺麗な景色が見えるから。わたしは本を読んだり休憩したりする時に、よくそこにずっと座っているのよ」

ランプテーブルには擦り切れた赤い表紙の聖書と、どっしりした銀縁の眼鏡が置かれていた。指ぬきが狭い窓棚にあり、テーブルの上にきちんとたたんで置いてあるのは、息子のために仕立てている、厚手木綿のストライプのシャツだった。夫人の年老いた指、愛情こめて縫われた縫い目、愛を必要とするもののほとんどを作り上げてきた、その心

――ここに本当の家庭がある！　グリーン島の古い家の中心に！　わたしはロッキングチェアに座り、ここそ平和の宿る場所だと感じた――小さな茶色の寝室と、そこから眺める草地と海と空の静かな景色。

目を上げたとき、わたしとミセス・ブラケットは何も言わずにお互いの気持ちが理解できた。「今日ここに座っているあなたのこと、この先ずっと懐かしむでしょう。また来てちょうだいね。ウィリアムにとって、ほんとに良い日だったわ」

風は帰る間ずっと順調で、岸に近づくまで弱まることも帆がゆるむこともなかった。舟にはたっぷりのロブスター、ウィリアムが積み込んだ、掘りたてのじゃがいも、それにミセス・トッドの言うところの、満杯の極上塩漬けサバなどが所狭しと載っており、わたしたちは下船すると、それらを家まで運んでもらうための手押し車の手配をする必要があった。

グリーン島での一日を、わたしは決して忘れることはないだろう。舟で近づくダネット・ランディングの町は大きく、騒々しく、重苦しく思われたが、それは島と比べてみたせいに他ならない。というのも、ここはとても静かで、その夜、階下の寝室で横になっているわたしの耳には、臆病なヨタカの歌声が聞こえたからだ。そして海からの風が優しく吹くたびに、窓の下の薬草園からの芳香が流れてきた。

十二　見慣れぬ帆

ひょっこり現れた島の住民や内陸部からやってきた人たちにミセス・トッドが食事をふるまうという、ごくたまの出来事を除けば、わたしたちは夏中ほとんど二人きりだった。七月の末頃、侵入者の兆しが、ミセス・フォズディックという名前とともに、遠い水平線に浮かぶ見慣れぬ帆のように現れた時、わたしは不安で一杯になった。この風変わりな小さな家で何も意識することなく安心して暮らしてきていたので、まるでミセス・トッドとわたしが身を隠していた貝殻の中に、訪問客がヤドカリのように紛れ込んできて、小さな客用寝室を使いたいと言い出したかのようだった。ひょっとすると、寂しい無人島に漂着した人間は、救助を恐れることが時にはあるかもしれない。ミセス・フォズディックという名前を、わたしは最初、身勝手な反感をもって聞いたのだが、結局のところわたしは、学校の校舎を休暇の間借りているのだから、そこへ行けばいつでも一人になれた。それに加えて、最初こそぶつぶつ言っていたミセス・トッドが、旧友をもてなすのを心から楽しみにしている様子を見て、理解を示さずにはいられなくなった。

一か月近くの間、わたしたちの元にはミセス・フォズディックからの便りが不定期に届いた。内陸部の知り合いの家から家へと、エリザベス女王風の悠々たる旅程を進めているらしかった。日曜日が一回、また一回と空しく過ぎて行った。ミセス・トッドは教会でミセス・フォズディックに会って、いつからお客として迎えられるのか、訪問の予定を決められたらと期待していたが、夫人はまだ日付をはっきりさせていなかった。「今週のいつか」というだけでは、ふだんあまり時間に制約されることのない主婦の見地からは、確約とは言えなかった。ミセス・トッドは薬草集めの計画をすべてとりやめ、期待、憤慨、失望の様々な段階を味わっていた。ついに夫人は、ミセス・フォズディックが約束を忘れて、トマストンの方角にあるらしいと言われている自宅に帰ってしまったに違いない、と信じるに至った。ところがある夕暮れのこと、夕食のテーブルの片づけも終わり、「すべて完了」ということでミセス・トッドが大きなエプロンを頭からかぶって、いつもの庭への散歩に行こうと足を踏み出した時、思いもよらないことが起きた。車輪の音を耳にした夫人が、窓辺に座っているわたしに向かって興奮した声で、ミセス・フォズディックが道を上がってくるわ、と叫んだのだ。

「思慮深くはないかもしれないけど、あの人は素敵なお客よ」ミセス・トッドは門の付近から慌てて戻ってきながら言った。「そうね、ちっとも思慮深くなんかないわ。でもお茶の時の残りの、小さいロブスターが一尾ある。ああ、ありがたいわ、ロブスターがあって。スーザン・フォズディックも一時間前に来てくれれば良かったのに」

「ひょっとしたら夕食は済んでいるかも」とわたしは思いきって言ってみた。主婦としての懸念がよくわかると同時に、遠出のあとの旺盛な食欲でわたしが平らげた夕食のことも思い出されたのだ。ダネット・ランディングでは非常事態といえるものはほとんどないので、今回の事態はまさに一大事に見えた。

「いいえ、あの人、ネイハム・ブレイトンの家から馬車で来たのよ。あそこは農園仕事で忙しいから、馬は貸せなかったんでしょう。あなた、こっそり行って、もう一度やかんをかけてちょうだい。木くずを一つかみ投げ入れてくれれば、火は大丈夫だから。わたしは、あの人が持ち物を置けるように、まっすぐ二階に案内するわ。帽子をとったり、いろいろ説明したりで忙しくしそうだから、時間はたっぷりありますよ。あの人にはね、準備出来ていないところを見せたくないのよ」

ミセス・フォズディックは、すでに門に到着していた。ミセス・トッドは振り向くと、完璧に驚いた態度で、嬉しそうにお客を迎えた。

「あらまあ、スーザン・フォズディック」まるで草原の向こうの人に呼び掛けるような、元気でよく通る大声が聞こえた。「あなたが来てくれるのを、ほとんどあきらめるところだったわ。うちへ来る予定を他に変更して、もう帰っちゃったかと思って。お夕飯は済んだのかしら」

「いいえ、まだよ、アルマイラ・トッド」若い馭者に挨拶を済ませ、旅行鞄と布包みをたくさん両手に提げてこちらを向いたミセス・フォズディックは、朗らかにそう答えた。「まったく食べてないの。ここに来る間中、こちらの美味しいお茶をずっと楽しみにしていたのよ。あの小さな戸棚に入ってるウーロン茶をね。身体にいいっていう薬草は結構だわ」

「あのお茶は、牧師さん一家のためにとってあるのよ」ミセス・トッドも明るく言った。「さあさあ、入ってくださいな、スーザン・フォズディック。昔のまんまのあなたかしら?」

二人がまるで若い娘同士のように笑い声を立てながら、並んで小道を上ってくる間に、わたしは慎重に台所に行って火勢を強くし、夕食の頼みの綱であるロブスターが、ちゃんと猫から守られているのを確かめた。さらにバタつきパンと、上等の野生のラズベリーの貯えがあるのもわかったので、落ち着きを取り戻し、この輝かしい訪問に加えてもらえる時を心待ちにした。客人がウーロン茶を遠慮なく所望した瞬間から、祝祭の気分が一気に盛り上がったのである。

その重要な時が来た。わたしは階段の下で正式に紹介され、二人は台所に入って行った。お客をもてなす陶器の触れ合う音、ティーカップをかき混ぜる音が、ほどなく聞こえてきた。表の居間の窓辺に置かれた、背の高いロッキングチェアに腰かけたわたしは、理由のない疎外感を感じていた――まるでアンデルセン童話の入口に立たされた子供のように。一見したところミセス・フォズディックは、さほど社交的な才能の持ち主には見えなかった。小柄で生真面目な様子の老女で、鳥のように頭を振ってうなずく癖がある。あの人は「訪問にかけては世界一の腕の持ち主」だと、わたしはよく聞かされたものだった――あたかも他家を訪問するのが最高級の職業であるかのように。また、誰もが夫人をお客に迎えたがるものの、ほとんど願いはかなわないのだとも聞いていた。「正しい作法を知っている」この著名な夫人を光栄にも迎えることができて、ミセス・トッドがその名誉に満足していることが見てとれた。確かにミセス・フォズディックは、わたしたち二人に、喜びと期待の念を抱かせてくれていた。

二人の夫人は、少なくともその後一時間は姿を現さなかった。誰でも知る事柄から内々のことに至るまで、大きな声になるかと思えば時には声をひそめ、せわしく話すのが聞こえてきた。ついにありがたいことに、ミセス・トッドがわたしのことを思い出してくれたらしい。儀礼的なノックに続いて、夫人が小柄な訪問客を伴って戻ってきた。後ろを向いてミセス・フォズディックの手をとり、はにかみ屋の若い娘にでもするように、その手を優しく引いて前に出した。

「さあ、お二人さん。あなたがたがお互いに気に入るかどうか、わたしにはわからないけど——ああ、誰にもわからないことよね、相性なんて。でも、二人とも世の中のいろいろなことを経験しているんだから、なんとかうまくやっていけると思うわ」とミセス・トッドは優しく言った。「あなたはこの前グリーン島に行った時の、向こうの人たちの様子を話してあげて。ミセス・フォズディックは、昔から母をとてもよく知っているから。よろしければわたしはちょっと失礼して、食事の後片付けをしてからパン生地の準備をしてくるわね。いつでもわたしのところに来てかまいませんよ、どっちか一人でも、二人一緒でもね」そう言うとわたしたちを残して、大柄で気立てのよい夫人は姿を消した。

話題のヒントだけでなく、居心地の悪くなった場合の逃げ場として台所があると教えられたミセス・フォズディックとわたしは腰を下ろし、互いに何とかお相手を務めようと決めた。すぐにわたしに分かったことは、その沿岸地方の多くの年配女性の例にもれず、夫人も船上で暮らしたことがあり、良き船乗りの特徴である好奇心と知恵を豊富に持ち合わせていることだった。ミセス・トッドのところに行く潮時だと思う頃までに、夫人とわたしはすっかり仲良くなっていた。

訪問の始まりは潮が岸にさしてくるのと同じでね、とミセス・トッドはわたしにささやいた。今回の訪問の始まり方を喜ばずにはいられないわ、社交という潮の流れに勢いがついて、ずっとご無沙汰していた記憶の入り江がよみがえり始めたみたいよ、と言うのだった。もともとミセス・フォズディックは何人もの息子と娘を持つ、大家族の母親で、子供たちは船乗りや船乗りの妻となったが、その多くに先立たれてしまったという。間もなくわたしは、家族それぞれの幸不幸について詳しく知るようになる。まるでわたしがマントルピースの上の貝殻ででもあるかのように、内輪の話題もわたしの耳に入るのをまったく厭わずに話されたからである。ミセス・フォズディックにはいくらかの威厳と気品が備わり、衣装もお洒落だったが、それは妙に保存状態の良い、数年前の田舎風のスタイルだった。新しい知識も意外にあるので、世慣れた婦人とみなされたかもしれないが、ミセス・トッドの知恵は真実そのものの示唆だった。古代ギリシアの牧歌詩人テオクリトスの詩のように、どんな時代にもなじむと言えたかもしれない。ミセス・トッドは常にミセス・フォズディックを理解できたが、一方、人気の巡回訪問者ミセス・フォズディックが必ずしもミセス・トッドを理解できるとは限らなかった。

旧友の二人は最初の晩、思い出と知人たちの消息という際限なく続く海に飛び込んでいった。ミセス・フォズディックは、自分の生まれた農場を所有している一家のところにお客に行き、日のあたる丘や日陰になった牧草地の隅まで、ありとあらゆるところに行ってみたという。しかし、これが最後になるかもしれないわね、とつぶやいた口調には、それを否定してほしいという気持ちが潜んでいることにわたしは気づき、またすぐにそれに応じたのはミセス・トッドだった。

「ねえ、アルマイラ」とミセス・フォズディックは悲しそうに言った。「そう言うのはあなたの自由だけど、わたしたち九人きょうだいは、あそこで育ったの。そしてわたし以外はみんな、もう亡くなってしまったんだから」

「妹さんのルイーザは健在でしょう? まさか! ルイーザがいるはずよ。そんなこと、全然聞いていないもの!」ミセス・トッドは驚きのあまり、大きな声で言った。

「いいえ、亡くなったの。十月にリンで。あの子はバーモント州に家を構えていたんだけど、ちょうど末娘のところを訪ねていてね。家族の者でそのお葬式にわたしが出られなかったのはルイーザだけ――でもそれは、巡り合わせに過ぎないの。他の子たちはそろって故郷の近くに落ち着いたのにねえ。あの子を故郷に戻さなかったのは、リンの人たちの怠慢だと思ったわ。でも、知らせを聞いた時にわかったんだけど、むこうではとても優美な記念碑が建ったばかりだというの。目立つものが大好きなルイーザは、倒れる一週間前にそれを見に出かけて行ったそうで、その時とても褒めていたから、むこうの人たちはあの子がここにいたいに違いないと思ったのね」

「そう、本当に亡くなってしまったのね。で、お葬式はリンでねえ」ミセス・トッドは、悲しい事実を心に刻みつけるように復唱した。「ルイーザはわたしたちよりいくつか下だったわね。初めて学校に来た日を思い出すわ。あれは母がわたしを学校に行かせるために、おばさんのところに預けた一年目の年だった。ある月曜の朝に、あなたが妹を連れてきたんだわ――ピンクの服を着て、長いカールのルイーザを。あの子はあなたとわたしの間に座ったけど、しばらくすると泣き出したから、お休み時間に先生はわたしたち三人をうちに帰らせたわね」

「あんまりたくさんの子供が周りにいるから、怖がったの。うちにはあの頃、あの子の他にはわたしとジョンしかいなかったからね。上の兄たちは父と一緒に海に出ていたし、下の子たちはまだ生まれてなかったし」とミセス・フォズディックは説明した。「次の秋には、わたしたちみんな一緒に海に出たわ。母はぎりぎりまでためらっていました。船の準備は出来ていたけれど、ちょうど赤ん坊が生まれ、とんでもない悪天候が長期間続いて、出帆までに母が出歩けるようになった、それでみんなで行ったの。わたしの服が全部引き出しから出され、船に持ち込むためにバスケットに入れて、そのまま東の部屋に置かれていたのを覚えています。母は自分のものは何も持っていかなかったので、わたしの服が古くなってしまうと、母はわたしにジョンの予備の一揃い――ジャケットとズボンなどを着せたの。わたしは八歳で、ジョンは七歳だったけど、年の割に大きかったのでね。港に入ると、母はすぐに陸に上がって、可愛い服装を支度してくれたけど、船は東インド諸島行きで、しばらくどこにも寄港しなかったので、わたしには自由な時間がたっぷりありました。まだ伸び盛りだったので、母はわたしの新しいスカートの丈を長くしたのね。それからというもの、デッキをうろついているとかかとにいつも裾が触れて、がっかりしたものですよ――まるで若い時は過ぎ去って戻らない、というふうに。わたしはズボンが一番好きだったわ。ズボンでよくマストに上っていたので、母ははらはらして、もう二度と海には連れて行かないからね、と断言しましたよ」

ミセス・トッドの顔に、礼儀としてのぼんやりした微笑が浮かんでいたので、どうもこの話を聞くのは初めてではなさそうだ、とわたしには見当がついた。

「ルイーザはとても愛らしい子だったわね。そう、本当に可愛いと、いつも思っていたのよ」とミセス・トッドは言った。「あの頃のルイーザ、可愛くてたまらなかったわ。お母さんに似たのね。あなたがた他のきょうだいは、みんなお父さん似」

「ええ、その通りよ」ミセス・フォズディックは椅子を揺らし続けながら同意した。「ああ、こうして共通の思い出のある旧友と話をするのは、なんて楽しいんでしょう。最近わたしは、過去も未来もないみたいな人たちと大勢会うの。会話って、過去に何か結びつきがないとね。さもないと、いちいち説明つきで話さなきゃならないから、へとへとになっちゃうじゃない」

ミセス・トッドは、奇妙な軽い笑い声を立てながら言った。「そのとおりですよ、旧友が一番ですとも――古い友人にできるような新しい友を得られるのでない限りはね」そして夫人とわたしは愛情を込めたまなざしでお互いを見た。ここに最後にやってきたミセス・フォズディックには理解できなかったであろうまなざしで。

十三　気の毒なジョアンナ

ある晩のこと、ミセス・トッドが貝塚島について何かいわくありげな言葉を口にするのがわたしの耳に入った。北東風の吹く、冷たい雨の夜で、わたしは自室のフランクリンストーブに初めて火を入れ、ぜひいらしてくださいと二人の夫人を招いた。この天候では咳止めドロップの補充が必要だと確信していたミセス・トッドは、暗く乾燥した隠し場所から薬草を持ち出しており、つんとする塵《ちり》と薬草の匂いが、台所でぐつぐつ煮えるシロップの大鍋の、ハッカの強い香りに溶け込んだところだった。出来たわ、上出来よ、あとは冷ませばいいだけ、とミセス・トッドは自慢げに言いながら編み物を手にとった。ミセス・フォズディックがせっせと編み物に励んでいたからだ。二人はそれぞれロッキングチェアに座っていたが、ミセス・トッドがずっと咳止めドロップのことを考えているのが、わたしには時々見てとれた。薬草摘みの季節はほぼ終わったが、シロップや強心剤作りの季節が始まっていたのだ。

ストーブの火の暖かさで、わたしたちは少し眠気を誘われていたが、ミセス・トッドが貝塚島の名を口にした時の何かが、わたしの興味を引いた。さらに言葉が続くかどうか待ってみてから、わたしは最初に思いついたことを言って、婉曲にその話題に戻る道をとった——グリーン島の方たち、ミセス・トッドのお母さんと弟のウィリアムも今夜ここにいらしたらねえ、と。

ミセス・トッドは微笑して、ロッキングチェアのひじ掛けを指でこつこつと打ち、「ウィリアムは死ぬほどおびえたかもよ」とわたしを諭した。ミセス・フォズディックは、もしこの風で海がひどく荒れなければ、グリーン島に二、三日行くつもりですよ、と言った。

「貝塚島って、どこにあるんですか?」と、わたしはこの好機を逃さず、思いきって訊ねた。

「グリーン島から北東に約三マイルくらい。ここから沖に向かってだいたい八マイル先、と言えばいいかしら」とミセス・トッドが答えた。「あなたは一度も行ったことがないわよね。航路からはずれているし、船を着けて陸に上がるのも大変なの」

「そうだわね」ミセス・フォズディックは、黒い絹のエプロンの皺を伸ばしながら同意した。「行ってみれば、来た甲斐があったと思えるところよ。老人の中にはちょっと怖がる人もいるわ。昔のインディアンの時代には重要な場所だったと考えられていて、当時の石器が、探せばいくらでも見つかるでしょう。綺麗な泉もあるし。そうそう、貝塚島にはおかしな話があったのを覚えていますよ。インディアンのよく集まる場所で、風を支配する、一人の老いた族長が住んでいたことがあるとか。また別の話では、インディアンたちが捕虜を連れて来て、ボートなしで置き去りにすると、ブラック島まで泳ぐのは遠すぎるので、捕虜は死ぬまでそこに留まるしかなかったとも言われたわ」

「噂だと、捕虜はその後も島を歩き回って、目のいい人にはその姿が現れたり消えたりするのが見えたんだって――ちょうどリトルペイジ船長が北極近くで見た人たちみたいに」ミセス・トッドは不気味なことを言った。「とにかく昔インディアンが住んでいて、島の名前のもとになった貝塚を見られますよ。食人種だったとわたしは聞かされたことがあるけど、一度も信じたためしはないわ。メインの沿岸に食人種なんか全然いなかったんですからね。いたのはみんな、見るからにおとなしい種族でね」

「まあもちろん！　冗談じゃありませんよ」とミセス・フォズディックは声を大にして言った。「考えてもごらんなさい、顔を派手に塗った野蛮人の姿！　若い頃に行った南洋諸島で見たんですけどね。あれは旅をする時代だったわ――古き捕鯨の時代」

「女性にとって捕鯨はさぞかし退屈だったでしょうね。賑やかな港に寄ることもほとんどないし、船荷も来ないし。捕鯨船に乗りたいと思ったことは一度もないわ」とミセス・トッドは言った。

「戻って来ると確かに、時代遅れの、締まりがない人間になったように感じたものよ」とミセス・フォズディックは説明した。「でも、わくわくしたし、いつも儲かったから、陸に戻るとお金持ち気分――そんな変化が好きだったの。ああ、時代はすっかり変わってしまって、船乗り業の一家も今じゃほとんど残っていないわね。ともかく、わたしたちの若い頃には、ねえアルマイラ、このあたりにも何てたくさんの変わり者がいたことかしら！　今では誰もかれも同じ、呆れるようなおばかさんもいなけりゃ、嘆くべき人もいないわね」

ダネット・ランディングには今だって変わり者はいる、とわたしには思えたが、話の腰を折りたくはなかった。

ミセス・トッドは黙って少し考えてから言った。「ええ、昔この近所には変わった人がたくさんいましたよ。今より活気があって、それが普通でない方向に向いた人もあったのね。最近の若い人たちはみんな、人と違うことをひどく怖がる、人まね小僧ばっかり。年寄りたちは、人とは少し違うっていう強みを手に入れたいと望むんだけど」

「人まね小僧っていう言葉、ずいぶん久しぶりに聞いたわ」とミセス・フォズディックは笑い声を立てて言った。「おばあちゃんのお気に入りの口癖。いえね、わたしが考えていたのは別のこと——迷子みたいにうろついていた、奇妙な人たちのことよ。今じゃ見かけないわね。それとも、自分のうちに引き籠るようになったのかしら」

わたしの頭には再びリトルペイジ船長が浮かんだが、二人には浮かばなかったようだった。またグリーン島にはウィリアムという、三人とも知っている人もいたわけだが。

「この前、ジョアンナのことが話に出たのよ。それまでずっと長い間、思い出さなかったのにねえ」とミセス・フォズディックが急に言い出した。「ミセス・ブレイトンと二人でお裁縫をしている時に思い出したの。あの人、あなたの言う変わり者の一人だったんじゃない?」そう言うと、わたしのほうを向いて説明した。「変わり者と言えばね、長年たったひとりで貝塚島で暮らした、修道女っていうか、世捨て人みたいな人がいたのよ。名前はミス・ジョアンナ・トッド――アルマイラの亡くなったご主人のいとこでね」

わたしは興味をそそられたことを隠さなかったが、ミセス・トッドをちらっと見ると、当惑しているようだった。ジョアンナへの優しい思いやりが湧き上がって、明らかにこの話には触れたくないと思っているのが見てとれた。

「ジョアンナのこと、絶対に笑ってほしくないわ」ミセス・トッドは気遣わしげに言った。

「もちろんですとも」ミセス・フォズディックは安心させるように答えた。「ジョアンナは失恋したの。これがそもそもの問題。でも振り返ってみるとね、ジョアンナは最初から憂鬱に落ち込むさだめの人だったのが、わたしにはわかりますよ。世間からきっぱりと引っ込んでしまった――裕福だったのにね。望みは誰からも遠ざかることだけ。誰とも一緒には暮らせない、自由になりたい、と思ったんだわ。貝塚島はジョアンナが父親から受け継いだもので、誰も来ないで、という言葉を残して、一人で暮らすために島に行ってしまったのを、みんな初めて知ったの。風と潮がよっぽど良くないと行くのが難しい島だし、上陸も一苦労だったわ」

「どんな季節のことだったんですか?」とわたしは聞いた。

「夏の終わりよ」とミセス・フォズディックは言った。「わたし、一度だってジョアンナを笑ったことはないわ。笑った人もいたけど。ジョアンナはすべてをあの青年のために大事にしていて、ほぼ一か月後に結婚することになっていたのに——相手が湾の向こうの娘の魅力に負けて結婚して、マサチューセッツに行ってしまったのよ。あまりよく思われていない男だったわ——ジョアンナのお金目当てだったと思う人もいたから。でも、ジョアンナは心から彼を愛していたし、もうそんなに若くなかった。結婚して家庭を築き、誰かの世話をするということに、すべての希望がかかっていたの。だからあの時のジョアンナは、まるで巣を壊された小鳥みたいな様子でしたよ。裏切りを知った翌日は、ひどく嘆き悲しんでいました。でも次の日になると、十四マイル離れた弁護士のところまで馬車で出向いて行って、農場の、自分の所有分になっている半分を弟エドワード・トッドに譲る、という書類に署名したの。それまであまり仲が良くなかった姉弟だったけど、その弟もサインはしたくないと言ったそう——でも、ジョアンナがあまりに悲しそうだったので折れたのよ。エドワードの奥さんはいい人で、とても申し訳なく思って、思いとどまるようにいろんな理由を並べて何とか説得しようとしたけど、ジョアンナは父親のものだった古いボートにいくらかの荷物を積み込むと、良い具合の陸風を受けてたった一人で海に出たの。エドワードは浜に走り出て行って、それを見送って立ちつくしながら、子供みたいに泣いたんですって。もうジョアンナは、それが聞こえないほど遠くに行っていたけれどね。そして生きている限り、二度と本土の土は踏まなかったの」

「島の大きさはどのくらいですか？　冬はどうやって切り抜けたんでしょう？」とわたしは訊ねた。

「岩礁を入れても三十エーカーっていうところかしら」ミセス・トッドが答えた。ジョアンナの話に胸を痛めていたのだ。「嵐の時に海からのしぶきがかからない場所なんか、あまりないくらいよ。ほんとに、自分の全世界として生きるにはひどく狭い場所だわ。他のどんな島とも違う様子の島でね。南側に奥まった入り江があって、低い方の一部が干潟になってるのよ――上等のハマグリがとれるの。大きな貝塚がいくらか風をさえぎってくれるところに、ジョアンナの父親が若いときに苦労して建てた小さな家があって――その家の建つ前にも、下が岩で自然の食料庫になっている、古い丸太小屋があったそうよ。父親という人は泊まりがけで島に行くんだけど、自分の持っていた一本マストのスループ型帆船をそこに停めて、掘ったハマグリを一杯に積むとポートランドまで行ったの。商人は割増値段で買ってくれたらしいわ。評判のハマグリだからね。ジョアンナも、よく父親と一緒に行ったらしい――気の合う親子だったから。それで島の様子もわかっていたんだわ。ジョアンナと弟のものだった何頭かの羊――これをジョアンナは、寒くなる前に島に来て連れて行って、と弟に頼んだの。そう、弟に羊を迎えに来て欲しがったのね。弟の奥さんは、ひょっとしたらジョアンナが戻って来るかもしれないと考えたけれど、弟は『無理だね』と言って、暖かい衣服や冬の間に必要になると思われる品々を船に積み込んだの。持って行ったものは家の側に置いて、羊を連れて帰ってきたけど、ジョアンナは窓から顔を見せることさえなかったそうよ。贖罪《しょくざい》の行為だったのね。その頃にはエドワードに会いたかったに違いないのに」

ミセス・フォズディックは、何か言いたそうにもじもじしていた。

「寒さに襲われたらすぐにも帰ってくるだろうと思っていた人もいたけど、全然だったわ」ミセス・トッドは真剣な面持ちで言った。

「人には好奇心がないなんて、とんでもない嘘ね！」ミセス・フォズディックは軽蔑したように声を大にして言った。「だって、その年の秋中、貝塚島のまわりの海は船の帆でまっ白に見えたほどなの。いい漁場だと言われたためしなんかないところよ。泉の水がほしいという口実で島に上がった人が大勢いたわ。でもついにジョアンナが、大勢の人に向かって落ち着いて堂々とした態度で言ったの――水はブラック島か、あるいは他のところで汲むことにして、事故か緊急の時以外、わたしをそっとしておいていただけたら嬉しいのですが、って。ただし、小さなときからずっとジョアンナを想っている男の人が一人いてね。例の男が現われて邪魔しなければ、ジョアンナと結婚していたところだったの。この人はよく、夜明け前、漁に行く途中で島に近づき、ジョアンナの家の前の緑の傾斜地に小さな包みを投げ上げて行ったそうよ。最初の時にたまたま目にしたという、その人の妹の話では、女が手元になければ困るような実用的な品々をなんて上手に選んだのかしらと思ったんだって。海岸から離れて漁をしながら見ていると、ジョアンナは出てきてすぐそばを通ったものの、包みは一日中草地にあったらしいわ。近くにはサバを追う船もいてね。翌朝早く、贈り物は見えなくなっていたそうよ。あまり差し出がましいことはしなかったけど、あるときはポートランドで手に入れた品物をしゃれた小桶に入れて贈り、春になると一羽の雌鶏とひよこたちを綺麗な小型の檻に入れて贈ったの。ジョアンナのことを気にかけていた旧友はたくさんいたのよ」

「そうね」ミセス・トッドは悲しみで言葉を控えていたが、こういう思い出話に心を開いて言った。「煙突から煙が出ているかどうか、みんな見つめていたものよ。ブラック島の人達は小型の望遠鏡でジョアンナが見えたから、もし生活のしるしが見えなかったら親類に知らせたでしょうよ。でも一年、二年と経つうちに、ジョアンナは忘れられていったの、日常的な事柄の一つのように。あの当時は、とても単純な暮らしだったからね」ミセス・フォズディックがちょうど編み物に集中しているところだったので、ミセス・トッドは続けた。「あそこはいつでも流木がたくさんあったでしょうし、島の北側一帯にはエゾマツがあったから、ジョアンナは火にくべるものには不自由しなかったはず。浜辺の菜園の世話がとても好きで、最初の夏にあそこの小さな畑を耕し始めて、上等のじゃがいもを一山育てたの。もちろん釣りはできたし、ハマグリとロブスターはあるしね。奥地だったらベリーの時期以外には餓死してしまうでしょうけど、海のそばならどんな未開の地でも、必ず豊かに生きていけるわ。ジョアンナのところにはベリーがあった――少なくともブラックベリーは。必要なら薬草もあったのよ。モウズイカは大量に生えていたし、ヨモギの木が一本――ジョアンナが住むようになるずっと前に行った時に見た覚えがあるわ。そうそう、ヨモギを思い出すわね。あれは植えつける薬草だから、トッド家の前に誰かがいたに違いない。成長する低木の茂みは何よりの墓碑――あのヨモギは誰かの記念碑だったのだと思いますよ。イヌハッカも、古い家の周りの丈夫な薬草ね」

「でもわたしの知りたいのはね、他のいろんなものをジョアンナがどうしていたかっていうことですよ、アルマイラ」とミセス・フォズディックが言葉をはさんだ。「衣類の補充をしたいときはどうしたのかしら？　パンの発酵は？　それに手仕事用の端切れだって、女の暮しに欠くことはできないでしょう?」

「それに話し相手もね」ミセス・トッドが付け加えた。「ジョアンナは友達が大好きな人だったもの。一年目の冬には、ひどく長く感じる宵があったに違いないわ」

「雌鶏がいたわよ」ミセス・フォズディックは、島のわびしい境遇に思いをめぐらせたあとで言った。「最初のシーズンの後、羊はもういらないと思ったのね。六月の草の季節が終わってしまうと、羊に十分なちゃんとした牧草地はもう望めないのが分かって、羊たちにひもじい思いをさせるのは忍びなかったのよ。鶏のほうはうまくいったわ。春のある日の午後に船でそばを通った時、あの人の家の前の日の当たる場所に、籠が出されているのを見た覚えがあるのよ。あなたが牧師さんと一緒に出掛けて行ったのはいつ頃だった? ジョアンナに会いに島に行ったのは、あなた方が最初だったわよね」

話を聞きながらわたしは、そんなふうに自ら隠遁生活に入る人について、そしてそのような自由を認める社会のありさまについて考えていた。ジョアンナ・トッドが、失恋の痛手からとった行動にはどこか中世風なところがあった。いま二人は身を寄せ合うふうにして、わたしが聞いていることもまったく意識せずに話し続けていた。

「ジョアンナもかわいそうに!」とミセス・トッドは再び言って、悲しげに頭を振った——まるで口に出せないことがあるかのように。

「大馬鹿だって言ったのよ」ミセス・フォズディックははっきりと言った。「でも、その頃からかわいそうだと思っていたし、今ではもっとずっと同情しているの。誰かほかの牧師さんだったら、ジョアンナにとって大きな助けになったでしょう――無私無欲の精神で、自分の罪の償いとして他人のために働くよう説く人ならね。でも、ディミックさんはぼうっとした人で、悪気はないんだけど感情に乏しいの。辛い目にあったとき、逃げ出して身を隠すことしかジョアンナには思いつかなかったのよ」

「母はよく言っていたわ――明けても暮れても一人きり、食事や身の回りの世話をしてくれる人もなくて、どうやってジョアンナは暮らしていたのかしら、って」とミセス・トッドは痛ましそうに言った。

「雌鶏がいたわよ」ミセス・フォズディックは思いやりをこめて繰り返した。「きっとジョアンナは、すぐに鶏を家族にしたと思うわ。あの人を責める人もいたけど、わたしは一度だってそんなことはしない。ジョアンナは感受性が豊かで、耐えきれないほど傷ついてしまったんだわ。若い時にわからなかったことが、今ではわたし、全部わかるの」

「昔はそういう人たちのために、修道院があったと思うの」ミセス・トッドの言い方には、まるでジョアンナについての二人の考えがかつては食い違い、いまようやく一致したかのような調子があった。ミセス・トッドは、それまでになく率直で自由に話しているように思われた。「一緒に行こうと牧師のディミックさんから誘われた時は、どんなに嬉しかったことか！　ジョアンナが家を出た時、ディミックさんはこの教区に来てからまだあまり日が経っていなくてね。訪ねて行ったのは、ジョアンナが家を出た翌年の夏のある日のことで、わたしは春に結婚したところだった。訪ねるのが牧師の務めだと思ったんでしょうね。ジョアンナは教会のメンバーだったから、魂の状態を牧師である自分に考えてほしいかもしれない、とね。その点について、わたしは確信できなかったけど、ずっとジョアンナが好きだったし、結婚していいとこになったわけだしね。ネイサンとわたしでジョアンナに会いに行こうかと話したこともあったんだけど、思っていたより早く、船に乗り組むチャンスがネイサンに巡ってきたのよ。いつもジョアンナを大事に思っていたネイサンは、そんなことがあったとは知らなくて、立ち寄った地中海のどこかの港で買った、綺麗なサンゴのブローチをジョアンナにと持ち帰ってきたの。それでわたしは、その小箱を素敵な包み紙でくるんでポケットに入れ、摘みたてのメリッサソウの束を抱えて、牧師さんと出発したわけ」

「その道中の難儀については、前に聞かされた覚えがあるわ」とミセス・フォズディックは笑って言った。

「ええ、そうですとも」ミセス・トッドはすました口調で続けた。「ジョアンナのためにメリッサソウを摘んで出発。そうなのよ、スーザン、牧師さんはあの日、わたしに命懸けの船旅をさせたかったとみえるわ。帆をくくりたいと言うし――わたしは反対したけど――ロープの手ざわりが粗いと言ってると思ったら手を切ってしまうし。でもさわやかなそよ風が吹く中で、牧師さんときたらやけにもったいをつけて話しつづけるものだから、ちょっと面白いわねと思いはじめていたら、いきなり突風が吹いたの。あの人ったら悲鳴を上げて棒立ち。海に向かって助けを求めるじゃないの。わたしはあの人を舟底に突き飛ばして帆のところに行き、急いでほどいたのよ。突風が過ぎてから助け起こして丁寧にお詫びしたけど、むっとした様子だったわ」

「海に出る必要もあるような地域の教区に、内陸部の人を送るべきじゃないと思うわ」とミセス・フォズディックは語気強く主張した。「入り江のまわりに散らばって住んでいる、うちの教区の人たちを考えてごらんなさいな。ディミックさんのいた頃、晴れた日曜の朝には教会に行く人たちをいっぱいに乗せてきた舟の帆がずらっと並んで、どんなに壮観だったことか。突風が来たからって小舟で立ち上がって悲鳴を上げるドクターなんていやしないわよ」

「ベネット老先生、素晴らしいヨットを持っていたわよね?」とミセス・トッドが言った。「そして、天候をものともしない操縦ぶりなのよね！　困った時にはあの白い帆が、苦しむ人の元に海を越えてやってくる天使の翼のように見えたものよ、って母がいつも言ってたわ。まあね、人の能力はいろいろよ。ディミックさんにも光るところが、ないわけじゃないわ」

「光るとしても、せいぜいお月様程度だわね」ミセス・フォズディックはぴしゃりと言った。「偉そうにしてたけど、あの人の言ったこと、一言だって思い出せないわ。さあ、ミセス・トッド、話の続きを。ジョアンナにあなたが会いに行った日のことは、ずいぶん忘れてしまったから」

「わたしたちの行くのが、ジョアンナには見えていると感じたの。ずっと遠くからでもわかったと。そう、心に感じるように思えたわ」ミセス・トッドは編み物を置いて言った。「わたしは座ったまま、何も言わずに舟を島に向けたの。ディミックさんの知らない流れがあると思ったし、潮は干潮だったし。上陸するなとジョアンナがわたしたちに言いに出てくるようなことは、いっさいなかったわ。舟を引っ張り上げて牧師さんを降ろしたとき、無事に上陸できたのは儲けものだと思ったわよ。ジョアンナの家の煙突からは細い煙が立ち上っていて、野生のアサガオがなんだか心休まる、いい感じだったわ。正面の窓の下には、マツバボタンなんかの植わった花壇があってね。父親と一緒に昔行った時に庭を作って、きっとその種がこぼれ落ちたに違いないわ。ジョアンナは島の向こう側にでも出掛けて留守なのかも、と思いましたよ。気持ちのいい七月の一日で、家のまわりはとてもきちんとしていて綺麗だし、わたしたちは穏やかな気持ちで、浜から歩いていきました。ドレスのポケットにネイサンのブローチがちゃんと入っているかどうか、わたしはそっとさわって確かめたの。すると突然、正面のドアのところにジョアンナが姿を現して、一言も言わずにそこにじっと立っていたの」

十四　隠れ家

三人ともすっかり話に没頭していたので、門の開く音が耳に入らなかったのだが、ちょうどその時、大きなノックの音がした。火のそばに座っていたわたしたちは、そろって飛び上がるほど驚いた。ミセス・トッドが勢いよく立ちあがって、ロッキングチェアを大きく揺らしたまま、応対に出て行った。ミセス・フォズディックとわたしの耳に、具合の悪い子供のことを戸口で心配そうに話す声が聞こえ、ミセス・トッドが母親のように優しく、使者を招き入れるのが聞こえた。わたしたちは静かに待った。ひさしからぽたぽたと落ちる雨の音、遠くで低くとどろく海の音がした。わたしは、離れ小島で独りぼっちだった女性に思いを巡らせた。こんな夏の嵐の時、他の人間からいかに遠く隔てられていると感じたことか、どんなに悲しく恐ろしかったことか、と。

「もし三十分たっても今より良くならなかったら、すぐにドクターを呼ぶのよ」ミセス・トッドは、その人を送り出しながらそう言った。こんなに限られた生活圏であっても頼りになる人脈があることに、わたしは温かい安心感を覚えた。しかしかわいそうな隠者ジョアンナには、冬の夜にも隣人は誰一人いなかったのだ。

「どんなふうに見えた？」ミセス・フォズディックは、小さな部屋に戻ってきた大柄な夫人に、いっさい前置きなしで訊ねた。湿った戸口に長いこと立っていたため、ミセス・トッドには霧のようなものが纏わりついているようで、急な動きで起こった風に、フランクリンストーブの炎と煙が煽られた。「ジョアンナ、どんなふうに見えた？」

「以前と変わりなし。だけどわたしには、少し小さくなったように思えたわね」ミセス・トッドは、一瞬考えてから答えた。間があったのはひょっとすると、病人についての心配の名残だったのかもしれなかった。「そう、前と同じで、とてもきちんとしていたわ、ジョアンナはね。わたしはあの人が家を出てから結婚したんだけど、家族のように扱ってくれたの。何か、例えば一夜にして髪が真っ白になったとか、普通でない外見を予想していたけど、昔家を出る前によく着ていたギンガムチェックの、綺麗な服を着ていたわ。午後用の晴れ着として大事にしていたに違いないわね。もともと物静かで申し分のない物腰の人だったの。今でも覚えているけど、わたしたちが近づくのを待ってから、愛情こめてわたしにキスしてくれ、ネイサンは元気かと訊ねたわ。それから牧師さんと握手して、お二人とも中へどうぞ、と言ってくれました。ジョアンナのお父さんが独身だったころに建てたままの小さな家で、居間が一つに、ほんの小さな寝室が一つ、それがまるで船室のように整っているの。昔のままの古い椅子、釣りをしていた頃には船の道具などをしまっておいた、細長い箱でできた腰掛け、寒い日の暖房やお料理にも使える、しっかりしたストーブがありました。ジョアンナもわたしも小さかった頃、一週間ほど泊まりに行ったことがあって、そんな楽しかった日々の記憶がよみがえったわ。ジョアンナのお父さんは、魚や貝をとるのに一日中忙しくしていたけど、とっても快活な人。でもお母さんは、厳格なたちで、幸せとはどんなことか、まったく知らない人だったわね。その日、ジョアンナの顔を最初に一目見た途端、お母さんそっくりになってきたことに気づきましたよ。お母さんがそこにいるみたいだったもの」

「まあ！」とミセス・フォズディックが言った。

「ジョアンナには、とても見事にできる手仕事が一つあってね。島の小さな湿地にたくさん生えている、上等のトウシンソウ、それを集めてきて、床に敷く綺麗なマットや、長いベンチ用の厚手のクッションなんかを編み上げるの。新しいものを考え出すのが得意だとみえて、ほら、岸に打ち上げられる木片や板を拾えば、それを上手に利用していたわ。部屋に時計はなかったけど、棚には数枚のお皿、壁にとめた貝殻には花がさしてあって、家庭的な感じがしましたよ。もっとも、貧しくて寂しそうではあったけど。わたしはとても悲しくなって、涙をこらえきれなかった――ジョアンナに会いに、母にここに来てもらおう、母の心からの愛情がきっとジョアンナを温めるだろうし、母なら助言もできるかもしれないから、と思ったの」

「ああ、でもジョアンナは、人を断固寄せつけないたちだったわ」

「わたしたちは然るべく席についたけど、ジョアンナはわたしに、来てくれて嬉しい、というように、そっと目くばせしてくれたわよ。ほとんど何も言わず、礼儀正しくて穏やかだったけど近づきがたかった――だから牧師さんは、これは手ごわいと思ったでしょうね」とミセス・トッドは打ち明けた。「まごつきながらも牧師らしい威厳を作って、今の状況であなたは信仰を受け入れたい気持ちがあるのかと訊ね、ジョアンナがそれにはお答えを遠慮したいと答えた時、わたしはそこから消えたいと思ったわ。ジョアンナはもう少し気遣いがあってもよかった――何と言っても相手は牧師さんなんだし、わざわざ出向いてくれたんですものね。もっとも、聞きかたに不人情で冷たいところがあったのも事実だわ。すぐそばの棚に小型の古い聖書がのっているのは目に入ったでしょうから、ジョアンナを責めたりする代わりに、その聖書に手を置いて、慈父のように優しくどこかの一節を読み、かわいそうなジョアンナが心安らかになるようにと祈るくらいの分別があってほしいと、わたしは思いましたよ。ディミックさんも、確かにお祈りはしたわ。でもそれは、嵐の中に神の声を聞け、という話で、それを聞きながらわたしは、まったくの独りぼっちで貝塚島の長く厳しい冬を越えた人なら、そんなことくらい牧師さんよりはるかによくわかってますよ、って考えていたの。あんまり腹が立ったから、目を大きく開いてにらみつけてやったわ」

「ジョアンナはまったく気にしない様子で、牧師さんに対して感じよく、礼儀正しい態度を保っていたわ。話が途切れたところで、インディアンの古い遺跡に興味はおありでしょうか、と言いながら、石の鑿《のみ》や槌を棚からおろしてきて、少年にでも見せるように牧師さんに見せたの。牧師さんが貝塚まで見に行ってきたい、と答えたので、ジョアンナはすぐに戸口に行って、方向を指さして教えていました。その時に気づいたんだけど、ジョアンナはトウシンソウで作った、サンダルのような履物をはいていて、とっても軽やかな足どりだったわ」

ミセス・フォズディックはロッキングチェアに座って身体を後ろに反らし、重いため息をついた。

「最初わたしは動かずに、じっと我慢し続けたの」ミセス・トッドの声は少し震えた。「ジョアンナが戸口から戻ってきて、あの馬鹿者の後ろ姿が野バラの茂みの中を去って行くのが見えた時、わたしはすぐにジョアンナに駆け寄って、両腕で抱き寄せました。今ほど太めじゃなかったし、ジョアンナより年下だったけど、小さな子にするようにぎゅっとハグしたの。『ああ、ジョアンナ、冬になったら島を出て、ランディングでわたしと暮らさない？ それか、グリーン島の母のところはどう？ 誰も絶対に邪魔しないし、母には一人暮らしが厳しいの。あなたをここに残して行くなんて、わたし、耐えられない』そう言うと、わたしはいきなり泣き出してしまった。若かったけれど、わたしにも悩みがあって、ジョアンナにはそれがわかっていたのね。ああ、わたしは本気で頼んだわ――ジョアンナに懇願したの」

「それでジョアンナは、なんて言ったの？」心を強く動かされて、ミセス・フォズディックは訊ねた。

「様子はずっと変わらず――悲しげでよそよそしいまま」ミセス・トッドは悲しみに沈んだ声で言った。「ジョアンナがわたしの手を取り、二人寄り添って座ったの。その話し方ときたら驚いたことに、まるでわたしを子供扱いするかのようだったわ。『わたしにはね、誰かと暮らす権利なんか、もうないの。だからそんなこと、二度と言わないでね、アルマイラ。わたしは自分にできるたった一つのことをした――自分で道を決めたのよ。あなたの優しさはとっても嬉しいけれど、わたしはそれを受けるに値する人間じゃないの。許されるはずのない罪を犯したから。あなたには分からないでしょうね』ジョアンナはつつましくそう言ったわ。『わたしは心乱れて怒り狂い、神さまを敵のように憎んだりしたから、お許しはとても望めないの。耐え忍ぶってどういうことか、今ではわかるようになったけど、もう希望はなくなってしまった。わたしのことを聞く人にはそう言ってね。そして、構わないでほしいと』そう言われて、わたしは何も言えなかったわ。言うことが見つからなかったのよ。ジョアンナは日常のすべてを超越しているように思えたし、わたしは今よりずっと若かったし。そこでネイサンからの小さなサンゴのブローチをポケットから出すと、ジョアンナの手のひらにのせたの。それを見たジョアンナに出処を聞かせると、ほんの一瞬だけど、顔が輝いたわ――ちょっと明るく楽しそうに。『ネイサンとはずっと仲が良かったの。わたしを咎めない気持ちが嬉しい。これ、あなたに持っていてほしいわ、アルマイラ。ネイサンとわたしを思って、あなたがつけてちょうだい』ジョアンナはそう言って、ブローチをこちらに返したの。『ネイサンによろしくね。ほんとにいい人だわ。それからあなたのお母さんに伝えて――わたしがもし病気になったら、治そうとは思わないで。でも、来てほしいのはお母さんです、ってね』ジョアンナは、これで自分の言いたいことは全部言った、という様子——世間との関わりもこれで終わり、という様子だったわ。わたしたちはそこにしばらく一緒に座っていたの。たくさんの小鳥のさえずりと浜辺に寄せる波音だけしか聞こえない、静かで素晴らしいひととき。でもついにジョアンナが立ち上がり、わたしも立ったの。あの人はわたしにキスして、別れを言うように両手でわたしの手を握り、それから向こうを向くとまっすぐにドアを出て、そのまま姿を消してしまった。

間もなく戻ってきた牧師さんに、わたしはいつでも帰れます、と言い、ふたりでボートに向かったわ。牧師さんは丸い石とか何か、集めてきたものをハンカチに包んで持っていたみたい。何も訊かないでボートの真ん中に腰を下ろすと、舵とりもすべてわたしに任せて、しばらく何も言わなかった。そのうちにお天気の話なんかで二人とも緊張を緩め、教区の二、三家族の住むブラック島のそばを通った時には、島の人たちの話題も出たけれどね。次の安息日、お説教はいつもの通りだったわね——森羅万象やら何やらについての、仰々しいお話。もうこれ以上先には、絶対に行かれない人なんだ、と思わずにはいられなかったわ。人を救う術《すべ》をまったく知らない牧師——弁舌にはすごく長《た》けているけど」

ミセス・フォズディックは、再びため息をついた。「あなたがジョアンナについて話すのを聞いていると、時が戻って、まるで昨日のことのよう。そう、ジョアンナは大罪のことを語る気の毒な人の一人だったわ。許されない罪なんて、今じゃちっとも聞かなくなったけど、たしかに当時は珍しくなかったものね」

「もし今だったら、そういう人は暇人たちにひどく煩わされていたでしょうねえ」ミセス・トッドは、長い沈黙の後に話を続けた。「当時のことだから、入り江沿いの人たちはみんな、ジョアンナの気持ちを尊重していたわ。でもあなたが越したあと、時が経つにつれ、あの島のほうに行くときに、思いきってジョアンナのために何か置いてくる人が出始めたの。母も時々会いに行っていたし、農園でとれたてのものを持たせてウィリアムを行かせることもあったのを、知ってるわ。ボートを岸に寄せて、波の届かない草地に品物を置いてこられる場所があるのよ。他にもジョアンナに会う昔なじみが一人二人いて、時には通りかかる舟をジョアンナの方から呼び止めて、頼みごとをすることもあったようね。もし助けが必要になったらブラック島の人たちに合図するようにと、母はジョアンナに約束させていたし。わたし自身はあの日以来、ジョアンナと話をすることは一度もなかったけれどね」

「もしいま同じことが起きたとしたら、ジョアンナは伯父さん一家のいる西の方か、さもなければマサチューセッツにでも行って、すっかり元気になって戻って来たでしょうに。今では世界も、昔より大きく自由になったんだから」とミセス・フォズディックは熱心に述べた。

「いいえ」とミセス・トッドは言った。「あの人たちの心は、視力の弱った目のようなもの。よく見えない目には調節の手段があるかもしれないけど、心にかける眼鏡はないのよ。ジョアンナはジョアンナ――つぐないをして、暮らした島に眠っているわ。臨終の時、母にこう言ったそうよ――最期が来たら故郷に、とずっと思っていたけれど考えが変わりました、許されることなら島に葬ってほしい、って。だからお葬式は島で行われたの。九月の土曜の午後、よく晴れた日でね。人をぎっしり乗せて貝塚島に向かわなかった舟は、二十マイル以内にほとんどなかったでしょうね。みんな心からの敬意をもって、まるでジョアンナがずっと故郷で友達とつきあっていたみたいに。もちろん、中にはただの好奇心から出かけた人もいたでしょう――どんなお葬式にもそういう人はいるんだから。でも大部分は本当に悲しんで、それを示すために行ったわけ。ジョアンナは長いこと一緒に暮らしていたスズメたちをすっかり馴らしていたので、ディミック牧師が話をしている最中に、一羽が飛んできて棺にとまってさえずり始めたの。それであの人はうろたえて、話を続けるべきかやめるべきか、迷っている様子だったわ。偏見かもしれないけど、牧師より小鳥のほうが素晴らしいと思ったのは、わたしだけではないはずよ」

「ジョアンナにひどい仕打ちをした男は、その後どうなったのかしら。あなた、聞いている？」とミセス・フォズディックが訊ねた。「しばらくマサチューセッツに住んでいたことは知ってるの。向こうから来た人から聞いたところでは、なんでも商売でうまくいっていたとか。でも、もう何年も前の話だしね」

「それ以上のことは、わたしも何も知らないわ。早い時期に出征した連隊で戦争に行ったとか。あとは何も聞いてない」とミセス・トッドは言った。「ジョアンナは変わっていたから、別の女性と結婚したのは、ひょっとしたらあの男の正しい判断だったかもしれないわね。ただ、正直に男らしく振る舞ってくれていたらねえ。ずるそうな目つきの、口の上手い男――自分の欲しいものは巻き上げ、交換で手に入れたいものがある時にだけ自分から差し出す。簡単に友達を作って、またなくす。ジョアンナは自分の考える正しい道を歩ませようとしたけれど、不一致が多すぎたのね。この世の中にはジョアンナのようなケースはあるもので、気の毒だけどそれも運命なんだわ」

十五　貝塚島で

ミセス・フォズディックの滞在が終わり、もとの静かな生活に戻ってしばらくしてから、わたしはボーデン船長の大きな船に乗っていた。北東沖に向かう湾曲した澪《みお》を通って岸からだいぶ離れた頃でも、まだ午後の早い時間だった。間もなく周りは見知らぬ島々ばかりになり、わたしは急にジョアンナの話を思い出した。隠遁生活には想像力を刺激するところがある。隠遁者は悲しい一族だが、決してありふれてはいない。ジョアンナは荒野の聖者の一人だと言ったミセス・トッドの言葉は的を射たもので、悲しみの孤独を継ぐ者が途絶えることはないだろう。

「貝塚島はどこですか?」とわたしは真剣さを隠さずに訊ねた。

「見えるよ、ブラック島の向こうの奥に」船長は舵を膝で押さえて立ち、伸ばした腕でその方角を指した。

「ぜひともあの島に行ってみたいんですけど」とわたしが言うと、船長は何も答えずに進路をさらに少し東に変え、縮帆部を主帆から出した。

「あんたをうまく上陸させられるかどうか、わからんな」と船長は、心配そうに言った。「足を濡らすことになるかもしれん。上がりにくいところだから。困ったことに、タグボートを持ってこなかったんだよ。タグボートがあると船の進みが悪いから、いやでね。何か後ろにつけていると、たちまち航行の妨げになる。礼拝堂のある岩棚なら、あまり波が寄せてないようだから、何とか船を島につけられるだろう」

「ミス・ジョアンナ・トッドが亡くなってから何年ですか?」わたしの関心事を説明するつもりもあって、わたしは聞いた。

「九月が来ると二十二年になる」船長は考えてから答えた。「うちの長男が生まれた年だった。公会堂が火事になって、港まで火の手が及んだ。あんたが島でインディアンの遺跡に行って何か探したいというだけじゃないとは、知らなかったよ。ジョアンナが暮らしていたところを見たいのなら――うん、波は岩棚に寄せてないな。だから何とか浅瀬を越えて進めそうだ。回り込むと遠くなるし、潮は満ちてきているし、な」船長は期待に満ちてそう結ぶと、難しい進路に集中して無口になった。船は着実に進み、ついに目の前に、白っぽい崖のある小さな島が午後の日ざしを受けて、くっきりとその姿を現した。

それは八月で、すでに島々は六月の新緑の色から、日焼けしたような茶色に変わり、岩のように見える時期だった――冬の嵐で濃さを増すことこそあれ、色あせることはない、トウヒやモミの深緑の部分を除いては。貝塚島の、風でねじれた何本かの木はほとんど枯れて灰色になっていたが、低木の茂みはあり、海岸の少し上に伸びる、明るい緑の細い筋は自生のヒルガオだと分かった。さらに近づくと、草地を四角く区切る石が見えたが、それを壊そうとする羊は一頭もいなかった。下方には港のような小さい入り江があり、ボーデン船長は上陸できる地点を求めて大胆に船を進めていた。岸近くまで続く、一本の湾曲した深水部があったのだ。

「そら、しっかりつかまれ。船が波で持ち上がるまで待つんだ。すばやく動けば、うまく上陸できるぞ。左舷からだ！」船長は懸命に指示した。わたしはそれに応えて待ち構え、機会をとらえて草の茂った岸に跳び移った。

「これで乗り上げないのは無理ってもんだ」船長は落胆したように嘆いた。けれども、わたしは船首に突き出たスプリットに手が届き、船長は鉤竿で押した。ちょうど風向きも、帆を助けるかのように少し向きを変えてくれたので、そのおかげで船は座礁の危険を逃れ、岸と反対の方へ流れ出た。

「ここはジョアンナの特別波止場と呼んでいたところだが、あのころから長い年月、風雨で変わってしまった。一回や二回ぶつかっても問題ないと思っていたよ――塗料はどっちみち塗りなおさなくちゃならなかったからな。だが、岸に当たるとは思ってもみなかった。かわすつもりだったんでな」船長は詫びた。「ここいらで操るには大きすぎる船だが、ジョアンナのいた頃はうまくかわして、岸にちょっとしたものを置いてきたもんだ。必ずジョアンナの目に入る草地に、リンゴとかナシだとか、手元にあるものをな」

船長が船を水深の深い方へと巧みに戻すのを、わたしは岸に立ってじっと見つめていた。「急ぐことはないよ」船長はわたしに声をかけた。「呼べば聞こえるところにいるから。ジョアンナはそこを上がったところ、草地の向こうの隅に眠っているよ。昔は小道がそこまでずっと続いていたものだ。ジョアンナのことはよく知っていた。葬式にも来たんだ」

その小道は見つかった。この寂しい場所にも巡礼のように足を運んでくる人がいるのを知って、わたしは胸を打たれた。ジョアンナ自身について後の世代の人たちが知ることは次第に減るだろうが、孤独の聖地に続く、踏みならされた道は世界中にある。世界はそれを、忘れようとしても忘れることはできないのだ。若い者は好奇心とぼんやりした予感から道を探しあて、老いた者は思い出で一杯の心でやってくる。悲しみのあまり人の視線が耐えられなくなり、自分の知る普通の世界に向き合うのを恐れ、それでも強烈な人間性と、海と空の穏やかさと激しさを友として一人で生きる勇気を持った人々——ここに眠るつつましい隠者も、そんな人たちの一人だったのだ。

小鳥たちが草原中を飛び回っていた。歩いて行くわたしの足元の草の中から、ぱたぱたと飛び立つ。人を恐れない様子からは、鳥たちが人間と友情を保ち、巣の安全を信じる暮らしを毎夏重ねてきたことがうかがえるような気がした。ジョアンナの家は土台の石しか残っておらず、花壇の名残りとしては色あせたセキチクの小枝が一本、そのまわりを大きな蜂と黄色の蝶が飛び回っているのが見られるだけだった。わたしは泉で喉を潤しながら考えた――あの忙しく、人を酷使し、単純な考えしか頭にないような生活の本土東岸から、時には誰か、わたしのようにここにやってくるだろうか、と。向こうの岸は八月の霞の中に、夢のようにぼんやりと浮かんで見える――ジョアンナも長い年月の間に、何度も眺めたに違いない景色だ。世界は向こう側にあり、こちら側ではジョアンナのもとで、永遠の時が流れ始めていたのだ。我々誰もの人生の中に、尽きぬ後悔とひそかな幸せとをそっとおさめた、遠く孤立した場所が存在する、ということを、わたしはその時思っていた。我々は一人一人が隠者であり、一時間あるいは一日だけの隠遁者である。歴史のどの時代に属する隠者であれ、理解し合える仲間なのだ。

海からのそよ風を受けて、島の浜辺に一人立っていたわたしの耳に、遠い声が聞こえてきた。満員で沖に向かうレジャーボートの、若い男女の陽気な笑い声だった。夏の午後、ジョアンナもこんな声を何度も聞いたに違いない――まるでジョアンナから直接聞いたことのように、わたしにはわかった。冬の厳しさ、絶望、悲しみ、そしてすべてへの幻滅などにもかかわらず、元気な歓声を喜んで聞いたに違いないことも。

十六　大遠征

ミセス・トッドは、海路にしろ陸路にしろ、自分の大計画や大冒険の心づもりを、前夜のうちにわたしに知らせることは決してなかった。まず自然の主要な勢力と話し合いをつけるのだが、好天の予報があっても絶対に信用せず、ごく早朝に自分自身で確かめるのを習慣としていた。そして、もし星が吉兆を示し、風向きも望ましくて、霧を伴う風の恐れや蒸し暑い南西風の心配もないとなると、まだわたしがはっきり目覚めないうちから、衣擦れの音、壁の裏で大鼠が立てるような物音、そして保管庫に使われている屋根裏部屋への急な階段をせわしなく上下する足音などが聞こえてくるのだった。その様子はまるで、すでに大急ぎで出発したものの、何か忘れ物を取りに何度も戻って来ているかのようだった。朝食を求めてわたしが姿を現しても、夫人は口数少なくうわの空で、まるでわたしに腹を立てていて、口論や口げんかにならないよう、信念から自分を抑えているといった印象を与えた。

この家で時が経つにつれて、このような変化のしるしにわたしは慣れた。ある八月の朝のこと、わたしが前置きもなしに突然、ベッグさんの一番良い馬車が通り過ぎるのが見えましたよ、食料品をもらわなくては、と言ったのは、明らかにわたしの勘のよさを示す証拠だったのに、ミセス・トッドは気づかなかったようだった。夫人はたちまち鋭い反応を見せた。

「あらまあ！　やっぱりそうだったのね！」と夫人は大きな声を上げた。「今日は八月十五日、あの人がお金を取りに行く日だわ。母方の伯父さんの年金を継いだものだから。聞くところだと、サム・ベッグの奥さん一族には勝手に使わせるなと伯父さんが言ったらしいけど、サムがいなくなったらそのお金は奥さんの一族の間で全部使われてしまうでしょうよ。去年の夏みたいに。サムがいまうまくいってるのは、そのおかげなの――あれをうまくいってると言えればの話だけど。そうよ、今日がその日だったんだわ。二月と八月十五日。あの人、たいてい帰りには、いとこの未亡人のところに寄って食事。二月と八月、おきまりなの。行って帰ってくるのに、ほとんど一日がかりだわ」

わたしはこの説明を興味深く聞いた。おしまいの方は不満そうな口調だった。

「馬車と同じくらい、食料品も好きですけど」と急いでわたしは言った。馬車というのは幌屋根つきの細長い大型四輪馬車で、まるで四柱式寝台を細くして車輪をつけたような恰好をしていた。わたしたちは時々それで出かけたことがあった。「後ろにものを入れられますね——根菜、お花、ラズベリー、あと何でも入れたいものを。自分たちで馬車を持っているよりずっといいですよ」

ミセス・トッドは不賛成らしく、無表情だった。「馬車をあてにしてたんですよ」夫人はわたしに背を向けて、コップを手荒く食器棚に押し込んでいた——まるでコップたちが生意気な口でもきいたかのように。「そう、特に今度だけは、あの馬車をね。ベリー摘みでもなけりゃ、しおれたような植物をとりに行くんでもないの。今年のシーズンはもうほとんど終わり。ほんのわずかの晩生の種類以外はね」少し穏やかな調子になって、夫人は言った。「田舎に行くの。いえ、ベリー摘みじゃないのよ。二週間前からの計画で、良い日を待ち望んでいたんだから」

「わたしも一緒にお連れになりたいですか?」わたしは率直に訊ねた——この計画の目的を誤解しているかもしれないという心配がなくもなかったが。

「もちろんじゃないの!」夫人は愛情をこめて優しく答えた。「他の人を連れて行くことなんか、考えもしなかったわ。都合がつけば、ぜひね。残念ながら、母がまだ来てないの。わたしが乗り物を扱う腕は、どれもボートには及ばない——育ちのせいでしょうね。あの大型馬車を使わなくてはならないわ。車輪の輪金をしっかり締める必要があるわね。ゆるんでいるから、いやな音がするのよ。バスケットは前に置きましょう。乗って行く間中、くるくる回されたり跳ね上げられたりするのはごめんだから。だってね、持っていこうと思って、サンドイッチを作ってあるんだから」

これは特別な催しのしるしだった。わたしの興味は刻々と高まった。

「朝ごはんが済んだらすぐに、ベッグさんのところに行って馬を借りますね。そうすればわたしたち、支度が出来次第、出発できますから」とわたしは言った。

ミセス・トッドは、再び浮かない顔になり、「今のあなたの服装のままでいいかどうか……」と曖昧に言い出した。「いえね、田舎に行くんだから、あの綺麗な青いドレスは着たくないでしょう? 今のところ埃っぽくはないけれど、帰りにはそうなるかもしれないし。そうね、あのドレスも、あの帽子もやめたほうがいいわ」

「ええ、この服で行くつもりはありませんわ」突然閃くものがあって、わたしはそう言った。「だって、もし田舎にでかけてお友達に会うということなら、わたしは青いドレスを着ますし、あなたは腕時計をしないと。あの大きな帽子をかぶるおつもりなら、わたしは絶対に行きません」

「あなたもやっと、まともになってきたわね」ミセス・トッドは明るく頭を上げ、機嫌よく微笑みながら答えた。夕食時に残してあった、野生のラズベリーを受け皿一杯に持って、部屋を横切ってこちらに歩いてくる途中だった。「朝ごはんに来た時のあなたを見て、がっかりしたのよ。集いに行くのに選んだ服とは思えなかった――みんなに会うっていうのに」

「集いって、どの?」わたしはびっくりして聞いた。「ボーデン一家のじゃないですよね?　それなら九月の予定だと思ってましたけど」

「それが今日なの。週の中ごろに知らせてきたのよ。あなたも聞いているかと思っていたわ。そう、日にちが変わったのよね。相談しようと思っていたけど、どうなるか事前にはわからないし、そんなことに前々から一日費やすなんて無駄でしょう」先のことを待つ楽しみなどに価値を認めないミセス・トッドは、巫女のように言うのだった。「一緒に行けるように、いまここに母がいるといいんだけど」と夫人は悲しそうに続けた。「昨晩来ると思っていたの。すっかり暗くなっても来ないとわかった時には、涙がこぼれてしまったわ。こういう集まりが大好きな人なのよ。こんな時ウィリアムに元気とやる気がちょっぴりでもあったら、進んで連れてきてくれたはず。母は日常と違う変化が好きだけど、そういう良い機会はこのへんじゃわずかしかないわ。何とかわたしのところまで来ないと、機会を逃すことになってしまう。母を連れずに集いに行くなんて残念すぎるわ。しかも、この上天気。お母さんはどこ、ってみんな聞くでしょう。とにかく、ここまで何とか来てくれていたらねえ。かわいそうに、母も年を感じ始めているのね」

「あら！　お母さんがいらした！」わたしは喜びのあまり叫んだ。また会えるのがとても嬉しかったのだ。「門でお母さんの声がしますよ」そう言うわたしより早く、ミセス・トッドはドアから飛び出していた。

確かにそこに、ミセス・ブラケットが立っていた。夜明け前にグリーン島を出てきたに違いない。海辺からの急な道を一所懸命に上がってきたせいで息を切らし、庭の垣根のところで休んでいたのだ。普段どおりの訪問ででもあるかのように、茶色の古風な蓋つきバスケットを提げ、子供のように満足気で得意そうな表情でわたしたちを見上げていた。

「ああ、なんて見るに忍びない、粗末なお庭でしょう！　ヤマハッカの茂みがあるだけで、お花がほとんどないじゃないの」とミセス・ブラケットが言った。「でも、アルマイラ、きちんと保っているのね。二人とも元気？　一緒に田舎に行く？」挨拶をしようとこちらに一、二歩近づいてくる様子には古風な優雅さがあり、自宅で会った時と同様に魅力的だった。ミセス・トッドの前に来ると、ミセス・ブラケットは軽く膝を曲げてお辞儀をした。

「母さんったら、なんて人なの！　嬉しい！　母さんが来ないから嘆いていたのよ、わたし！」ミセス・トッドはいつになく感情を表に出して言った。「嘆き悲しんでたの。がっかりしちゃって。夜もよく眠れずに、ウィリアムのことを責めたり。舟が見えないかと、昨日はずっと海を見ていて、泣きそうだったのよ。暗くなってきた時には、湾のどこかで風のない停船状態になってるんじゃないかと心配して、何度も門から道に出てみたりしていたの」

「ほら、向かい風だったでしょう」ミセス・ブラケットはバスケットをわたしに手渡し、優しくわたしの手をとって、入り口に続く綺麗な小道を一緒に上がりながら言った。「わたしは出発の準備もある程度できていたんだけどね、ウィリアムが言ったの――ずっと風に逆らって舟を進めて行ったら、お母さんは疲れ切って、風邪を引くかもしれないよ、って。だから出るのはやめにして、一緒に座って宵を過ごしたの。外は風が強くて荒れ模様だったから、良い判断だったと思うわ。二人とも早寝して、夜明けとともにさい先よく乗り出したわけ。今朝の海は素敵だったわよ。バード・ロックスを越えるまで、ほとんど手漕ぎで進んで行くのがいいって、ウィリアムは考えたの。そこからランディングまでは、ほぼ一直線に帆走でね。ウィリアムは明日、また来てくれることになってるわ。わたしはここに戻ってきて一晩休めるから、集まりを十分楽しむようにってね」

「この人、ちょうど朝ごはんを食べてるところだったの」母親の長い話に、最後まで一言も反対を唱えずに耳を傾け、次第に嬉しさで顔を輝かせていたミセス・トッドが、そう説明した。「母さんも座って、お茶を飲みながら休んでね。その間に支度をするから。ああ、到着してくれてありがたいこと！　そう、ちょうど朝食のテーブルで、母さんの話をしていたんだから。ウィリアムはどこ？」

「すぐに戻って行ったのよ。お昼ごろに何艘かスクーナー船が来るらしいから。でも、明日は来て、一緒に食事ができるわ。雨でなければね。よそ行きの服は全部わかるように出してきたし」とミセス・ブラケットは少し心配そうに言った。「この風で、あの子は家まで順調に戻れるでしょうよ。さあ、お茶をいただくわね。一杯のお茶は、どんなときにもいいもの。そしてちょっと休んだら、いつでも出発できますよ」

「ウィリアムのことをあんなに悪く考えて、わたし、気が咎めるわ」前に立つミセス・トッドは率直に告白したが、大きな身体をしてあまりに真剣なので、わたしたちは笑ってしまった。こんなに悔悟の念で一杯の罪人に有罪判決を下すのは無理だった。「できれば明日は美味しい夕食を食べさせましょう。ウィリアムに会えるのが本当に嬉しいわ」こうして告白は見事に結ばれ、一方ミセス・ブラケットは賛意をこめて微笑むと、急いでお茶を褒めた。そこでわたしは、馬車を確保しようと急いだ。集いの魅力がどんなものであれ、ミセス・トッドに加えてミセス・ブラケットとも一緒に、一日を過ごせると思うと本当に嬉しかった。

早朝の風はまだやんでおらず、暖かい日光で明るくなった大気には、北国特有の霊妙さがあった。降ったばかりの雪の上を渡ってきたかのような、ひんやりとした新鮮さが感じられる。あたりに満ちているのはモミの芳香と、干潮の小さな港で茶色の姿を見せている岩棚からの、微かな海草の香りだった。まだ朝早く静かで、町は半分眠っている。人の声はなく、大小の鳥の声だけが聞こえていた——絶え間ないウタスズメ、森で鳴く、鋭い声のハシボソキツツキ、遠くで鳴き交わす慎重なカラス。ウィリアム・ブラケットの舟の帆がもうずっと向こうに遠ざかって行くのが見え、リトルペイジ船長の家を通り過ぎた時には、来ることのない誰かを窓辺に座ってじっと待つ船長の姿が、閉められたガラス窓の向こうに見えた。話しかけようとしたが、船長の目はわたしを見ていなかった。世界は大きな誤りで、自分の言葉で話せる相手もなければ仲間づきあいできる相手もない、と言うかのような辛抱強い表情だった。

十七　田舎道

ミセス・ブラケットのように高齢で小柄な女性を、車高の高いベッグさんの馬車に果たしてちゃんと乗せられるだろうかと、わたしはいろいろ心配していたのだが、椅子の助けと夫人の勇敢さによって、幸いにもそれは杞憂となった。ミセス・トッドは、まるで舟であるかのように慎重にわたしたちの席を考えた末に、さあこれで左右の釣り合いがとれましたよ、と言いわたした。出発して丘を少し上がったところで、家のドアを全開にしてきたことを思い出したわ、とミセス・トッドが言った。大きな鍵はポケットに収まっているという。走って行って閉めてきましょう、というわたしの申し出は一笑に付され、この件は忘れて前進することになった。だが、さらに二、三マイル行ったところで、わたしたちはドクターに出会った。ミセス・トッドはドクターに、うちから一番近い家に寄って、もし午後になってほこりが吹き込むようだったらうちのドアを閉めてくれるように頼んでくださいな、と言った。

「あの奥さんは台所にいるはずだから、呼べばすぐに聞こえるわ。だから、絶対に先生にお時間はとらせません」と夫人はドクターに言った。「そう、ミセス・デネットは窓を全部開けて、そこにいるわ。いずれにせよ、うちの玄関ドアは直接道路に面して開いているわけじゃないしね」娘が落ち着き払ってそう言うのを聞いて、ミセス・ブラケットはわたしに向かってにっこりした。

ドクターはミセス・ブラケットに会えて嬉しそうだった。二人は明らかにとても仲良しで、お互いに向ける目に優しい信頼感がこもっているのが見てとれた。ドクターは言葉を交わすために馬車を降りて来たが、ミセス・ブラケットの手をとると少しの間握ったままにして話をしながら、まるで単なる習慣でするかのように脈をとった。そして嬉しいことに、夫人のしっかりした手首を、ほめるように軽くたたいた。

「年をとらないねえ。この調子なら、この先十年は問題ない」ドクターの明るい保証の言葉に、夫人は微笑を返した。「昔からの大事な仲間の記録は、しっかりとっておかないとね」ドクターはそう言ってからわたしを見て「今日一日、ミセス・トッドが頑張りすぎないようにしてくださいよ。あの年齢になると、軽率になりがちだからね」と言った。わたしたちは皆、大笑いしてドクターと別れ、陽気に進んで行った。

「相変わらずドクターは、あなたとの張り合いに耐えているようね。とっても仲がいいのがわかるわ、アルマイラ」とミセス・ブラケットは、賢明そうにうなずいてみせた。「ドクターの往診ルートは、長くて数も多くなっているから、全部の患者さんを診に寄ることはできないの。特にお喋りが大好きな人のところにはね。だからドクターとわたしは、一種のパートナーになる必要があるのよ。ドクターは広い範囲をカバーしていて、疲れた様子が見えたでしょ？　よく休むように、わたしから言ってあげなきゃ。あの人、二、三年に一度くらい大きな舟を出して、ロックランドからボストンまで、他のお医者仲間を訪ねてまわるんだけど、まるで青年のように若返って戻って来るの。むこうで大事にされているのね」ミセス・トッドは手綱を振り、決然とむちに手を伸ばした。世論も従うべし、という勢いだった。

馬車を引く白馬は、最初こそ元気いっぱい気力に満ちていたかもしれないが、急勾配の坂道と、先の長いことを悟ったせいとでほどなく疲れきってしまい、わたしたちはのろのろと進んだ。ミセス・ブラケットとわたしは並んで座り、ミセス・トッドは食物の入った大きなバスケットとともに前の席に、堂々とおさまっていた。途中、道は茂った木々の間を通っていたが、高台の農場を次々と通り過ぎることもあり、そんな時三人は大いに興味を持って、家屋だけでなく納屋、菜園、それに家禽にいたるまで、すべてを鋭い眼で観察するのだった。この街道はわたしにとってまったく初めてだった。何しろミセス・トッドと出かける時は、道路よりも開けた牧草地などを徒歩で行くのが普通だったからだ。夫人たちは何度も馬車を止めて前庭で手短に立ち話をし、帰りにまた寄りますね、とたくさんの人に約束するので、この旅の往復にはいったいどのくらい時間がかかるのだろうかと、わたしは心配になり始めていた。ミセス・トッドが友人たちにいかに温かく迎えられるかは、わたしもこれまで幾度となく見てきてわかっていたが、ミセス・ブラケットに向けられる好意は、ほとんど比べ物にならないほど熱烈だった。わたしの横に座っている地味な老婦人が誰だかわかると、相手はたちまち喜びに顔を輝かせる。遠い島とこのあたりに散在する農家とを、愛と信頼という一本の金の鎖でつないできた誠実な関心と交流が、ここに次々と明らかになった。

「できたら、もう止まらずに行かないと」とミセス・トッドがついにそう宣言した。「疲れてしまうでしょう、母さん。そうすると、集いのことをだんだん考えられなくなってしまう。このあたりなら、いつだって訪問できるわ。あらまあ、この次の家でもドーナツを揚げているじゃないの！　こちらの人たちは、ほら、セントジョージから来て、この古いタルコット農場を去年引き継いだのよ。道中では一番おいしい水だし、止め手綱もほどけてきたから――そうね、ちょっと止まって馬に水を飲ませましょう」

馬車が止まると、休日らしい装いのわたしたちの姿を見て、ほっそりした不安げな表情のおかみさんが出てきた。皆さんからどんな話が聞けるかしら、という表情で、好感のもてる様子だった。半分閉まった戸口を最初に覗いて、「お邪魔でしょうか？」と聞いたミセス・ブラケットの口調が率直で明るかったので、おかみさんはちょっと言葉を交わすと台所に引き返して行き、ドーナツを山盛りにした皿を持ってこちらに戻ってきた。

「最高のおもてなしですわ」とミセス・トッドは満足気に言った。「ここに来る間中、ずっと揚げたてドーナツの香りがしていたんですけど、ご馳走してくださる方はあなたが初めてですよ」

おかみさんは嬉しそうに頬を染めただけで、何も言わなかった。

「これは素晴らしいドーナツだわ。上手に揚げなさったのね」とミセス・トッドは言った。「そう、道中ずうっとドーナツ——一軒で揚げると、他の家全部で揚げる。他のたくさんのことでも、同じことが起きるんだわ」

「ボーデンさんの集まりにいらっしゃるのではありませんか?」おかみさんがそう訊ねたのは、馬が首を上げ、わたしたちが別れの挨拶をしている時だった。

「ええ、そうです」わたしたち三人は、声をそろえて答えた。

「わたしも縁続きなんです。はい、午後には参りますのよ。ずっと楽しみにしてきたんです」おかみさんは熱心に言った。

「じゃ、向こうでお会いしましょう。よろしかったらわたしたちと一緒に座ってね」と優しいミセス・ブラケットが答え、わたしたちは出発した。

「あの人、旧姓は何だったのかしらねえ」日頃から家系に詳しいミセス・トッドが言った。「トマストンの方に住んでいる、遠縁の人だったに違いないわ。午後にわかるでしょう。それぞれ一族でまとまっているでしょうし、さもなければ何かの方法で分類できると思うの。ドーナッに関する正しい見解を持つ人が親戚なのは喜ばしいことね」

「親戚らしい特徴が見える気がするわ。名前を聞いておけばよかった。よそから来たばかりの人でしょ。そういう人がみんな楽しく過ごせるようにしてあげたいの」とミセス・ブラケットが言った。

「額のあたりが、いとこのパリナ・ボーデンに似ているわ」とミセス・トッドは断言した。

ちょうど馬車は、道に影を落とす林を抜けて、開けた草地に出たところだったが、ミセス・トッドは突然手綱を引いて馬を止めた。まるで道端に立つ人に呼び止められでもしたようだった。その上、誰かのお辞儀に対して挨拶する時によくするように、すばやくうなずいてさえいる。しかし夫人が注視しているのは、草地の柵の内側に立つ、一本の高いトネリコの木であることが分かった。

「大丈夫だと思ったわ」と、夫人はまた馬を前進させながら、満足そうにそう言った。「前にここを通った時、あの木はしおれたような様子で元気がなかったの。成長した木も人間と同じ——時々そんなことがあるのよね。でも、また元気になって新しい場所に根を伸ばし、勇気をもってやり直すんだわ。トネリコの木は力が弱くて、他の木にあるような不屈の気性がないのね」

わたしはもっと聞きたいという期待を持って、耳をすませていた。このような珍しい知識を聞かせてもらえるからこそ、ミセス・トッドと共に過ごす時間は楽しいだけでなく価値があると思わずにいられないのだ。

「むき出しの岩から——やっと根が張れるような亀裂から、丈夫な木が生えていることが時々あるの」と夫人は話を続けた。「手押し車一杯分の土さえあるとは思えないような、石だらけで何もない急斜面——にもかかわらず、乾ききった夏の最中でも、先端の緑を絶やさないのよ。地面に耳をつけてみるといいわ。微かな流れが聞こえるから。そういう木は自分だけの、よどむことのない泉を持っているの。人間にも、それに似た人たちがいるわね」

わたしは、すぐそばにいるミセス・ブラケットを振り向いてみずにはいられなかった。薄手のウールの黒い手袋をはめた手を穏やかに組み合わせたまま、ミセス・ブラケットは期待と喜びに満ちた微笑を浮かべて、ゆっくり通り過ぎて行く、花盛りの路傍を眺めていた。樹木の話はまったく聞いていなかったようだ。

「あの向こうに綺麗なオオグルマが見えたようよ」ほどなく夫人は娘にそう言った。

「今日のわたしは、薬草に注意が向かないの」とミセス・トッドはあっさり答え、「会う人たちのことで頭が一杯だから」と言うと、また手綱を振った。

少なくともわたしとしては、先を急いでほしいとは少しも思わなかった。木陰の道を行くのは、とても気持ちが良かったのだ。右手には近々と林が迫り、左手は細い野原や牧草地で、モミやマツが生えているかと思えば、月桂樹、ネズ、ハックルベリーなどが、お互いに小さな草地をはさんで生えているという眺めだった。内陸地帯の真ん中にいるとわたしは思っていたが、馬車は丘の頂上に着き、素晴らしい景色が目の前に突然開けた――入り江になった海まで、広々と続く平野を見晴らす絶景である。その先は、まるで別の国のように真昼のもやにかすむ、遠い海岸線、やはりもやで半分隠れた丘、そして遠く北の地平線には淡い青色の山々があった。海岸に点在する白い村の一つから、帆をすべて張って湾をやってくる、スクーナー船が一艘、他にもたくさんのヨットが見える。あまりに雄大な風景だったので、木陰の路傍の観察に目が慣れていたわたしには、全体の把握がすぐにはできないほどだった。

「ほら、アッパーベイですよ。フェッセンデンの町まで見えるでしょう。あっちに広がる農場は、みんなフェッセンデンになるの。あの海べりに、母の妹が昔住んでいたわ。夏の朝にできるだけ早くグリーン島を出発しても、叔母さんの家に着くのは午後の遅い時間――具合のいい風がずっと安定して吹いていても、よ。そして帰りも潮に合わせて、満ち潮で帰りつけるように正確に時間を見計らう必要があるの。それがなかなか厄介だから、母が望むほどには行き来ができなかった。コールドスプリング灯台まで岸沿いに進んで、岬を回りこむの――後浜《バックショア》って呼んでいるところね」とミセス・トッドが説明してくれた。

「そう、妹が結婚した最初の年のあと、わたしと妹はほとんど離れたままだった。それぞれ家族が出来て、心配事もたくさんあったから。いつかもっと会えるようになる日を、ずっと楽しみにしていたものよ。旦那さんが魚とりにでかけた時などに、妹は時々、何日か泊まりがけで島に来たわ。その旦那さんが、妹と二人の子供を連れてやってきた時には、魚の干し棚をそこに作って、持ってきた魚を全部、冬用にしたの。本当に楽しかった――妹もわたしもね。その時のこと、あの子はずっと懐かしがっていたわ」ミセス・ブラケットはそう言った。

馬車は丘を下り始めたが、夫人の話は続いた。「妹の住んでいたところを、ぜひ見たいものだわ。いなくなってずいぶん経つけど、今もあそこにいるような気がするの。妹は自分たちの農場が大好きで、わたしがどんなに島の暮らしに馴染んでいたかわからなかったようだけど、どういうわけかわたし、最初から島が大好きだったのよ」

「ええ、ああいうのんびりした農場って、わたしにはすごく退屈よ」ミセス・トッドははっきり言った。「冬には雪で大変――すっかり冬に包囲される、って言ってもいいんじゃないかしら。あんな所より、海沿いの方がずっといいわ。内陸に住みたいなんて、一度も思ったことありませんよ」

「あらまあ、次の坂を行く、前の馬車の行列をごらんなさいな！」とミセス・ブラケットが大声で言った。「盛大な集まりになるわね――アルマイラ、そう思わない？　ここまではずっと、わたしたちの他に、行く人なんか全然なさそうな感じだったけど。今日がこんな上天気で、昨日は仕事にも支度にも向いた、涼しくて気持ち良い日――となれば、来ない人がないほど誰もかれも集まって来たって不思議はないわ。フィービ・アン・ブロックみたいな、おっとりした人でもね」

ミセス・ブラケットはわくわくして目を輝かせた。ミセス・トッドでさえ、いつになく興奮した様子で馬を急がせ、前を行く集団に追いついた。「デットフォード家の六人、馬車に全員乗って行くわ。それからミセス・アルバ・ティリーの家族も新しい馬に乗って、いま丘を越えているところよ」とミセス・トッドは、嬉々としてわたしたちに知らせた。

ミセス・ブラケットは、黒い帽子紐のきちんとした蝶結びを引っ張り、もう一度念入りに結び直した。「あんたの帽子、少し斜めになってるみたいよ」と夫人は、まるで小さな子供に注意するかのようにミセス・トッドに言ったが、ミセス・トッドは手綱をさばくのに集中していてそれどころではなかった。他の馬車に交じって進みながら、大きな催しに参加するのだという華やかな感覚が、わたしたちの中に膨らみ始めていた。

十八　ボーデン家の集い

祝祭がごくわずかしかない田舎の生活では、一般の関心を集める出来事が重大事にならない例など、めったにない。ニューイングランド人の性格には情熱の炎が隠れているので、いったん出口が見つかると、それはまるで火山の光と熱を持ったような勢いで現れてくる。この静かな土地では、その内なる力が都会の日常特有のささいな刺激に浪費されることはなく、その代わりに愛国心、友情、血縁の絆などへの祭壇がたまに築かれることがあれば、その時にはまるで燃え続ける地球の中心から出る火のように、炎が燃え上がり、輝く。我々の魂が植えつけられている、花崗岩のように堅い地面を、原初の火が打ち破って行くのだ。一人一人の胸が熱くなり、どの顔もいにしえの光で輝く。このような一日には変貌の力が備わっているので、冷淡だった人とも容易に仲良くなれ、無口な人も口を開く機会ができ、不器量な顔も美しくなる。

「長いこと会っていない友達と、今日はきっと会えるわ」ミセス・ブラケットはとても満足そうに言った。「年寄りもたくさん出かけてくるでしょうよ。こんなにいいお天気なんだから。みんなをがっかりさせることにならなくて、わたし、嬉しいわ」

「たぶん、いい人たちはみんな来ると思うわ」ミセス・トッドは、わたしをちらっと見ながら、軽いユーモアをこめてそう言った。「一つ確かなことがあるわよ――このあたりでは、ボーデン一家に関係することほど人気を博することはないの。だってね、ボーデン家の人を呼んでごらんなさい。ランディングからバックコーブの向こうの端まで、ほとんどの家族が立ち上がると思うの。血のつながりがなければ、結婚でつながった姻戚だというわけでね」

「わたしが小さかった頃、こんなお話が伝わっていたわ」とミセス・ブラケットが面白そうに話し始めた。「当時はボーデン家の人たちが今よりもっとたくさんいたの。ひどく暑いある日曜の午後、一同が礼拝に集まっているところに、近所の家で女中奉公しているらしい女の子が慌てふためいた様子で息を切らして走ってきてね、礼拝堂の入口で言ったの。『ミセス・ボーデン、ミセス・ボーデン！　赤ちゃんが引きつけを起こしてます！』次の瞬間に全員が立ち上がって、通路に出たんですって。ミセス・ボーデンと呼ばれる女性はみんなすぐに家へと帰って行き、説教壇に取り残された牧師さんは落ち着きを保とうとしていたんだけれど、出し抜けに笑い出したそうよ。話によれば牧師さんはとてもいい人で、ではここで礼拝の終わりの祝禱を行いましょう、説教は今度の日曜にお聞かせしますからね、と言って、お話を次にとっておいたんですって。母はその場に居合わせて、その赤ん坊はきっとわたしだと思ったらしいわ」

「うちの家族に引きつけを起こすような人は一人だっていたためしはありませんよ」とミセス・トッドは厳しい口調でさえぎった。「ええ、引きつけなんてね、誰も、一度もありゃしません。なくて幸運でしたよ、離れたグリーン島にいたんですからね。ほら、真ん前にいる人たちね、この人たちは知ってますよ――イヌハッカとノコギリソウを乾燥させて、引きつけを治す薬をイーヴィンズのおばあさんに処方してあげたことを。引きつけの体質は表情からわかるものよ。イーヴィンズ家の人はみんなそう。あら、母さん、わき道を見て!」と夫人は突然大声で言った。「前を行く、あの馬車の列！　それに、ああ、湾を見てごらんなさいよ、ほら、下の湾を！　すごい眺めだわ、たくさんの舟が、みんなボーデンさんの入り江に向かってくるわ！」

「ああ、素晴らしいじゃないの！」ミセス・ブラケットは、若い娘のように大喜びで言った。何もかも見ようとして夫人は馬車の中で立ち上がり、再び座った時にはわたしの手をしっかりと握った。

「アルマイラ、馬を少し急がせたらどう？」とミセス・ブラケットは言った。「ここまでゆっくり来たんだし、向こうに着けば馬は休めるでしょ？　みんなが先を行くから、一分でも惜しい気持ちよ」

　わたしたちが台地を進みながら見ていると、入り江に入った舟は一艘また一艘と帆を下ろしていった。ボーデン家の古い屋敷は緑の原の中の、たっぷりした広い屋根のある、低い建物だった。それはまるで、あらゆる方向からさすらいつつ集まるひよこたちを待ち受ける、茶色の母鳥のような姿だった。初代の開拓民のボーデンがここに居を構えて以来、ずっとボーデン家の農場として、五代にわたって船乗り、農場主、兵士たちを輩出してきた。やがてミセス・ブラケットが、湾を見おろす小山の上に小さな砦のように立つ、石垣で囲まれた墓地を指さして教えてくれたが、夫人によれば、分散したボーデン一家の中にはそこに眠っていない者がたくさんいるとのことだった――海で死んだ人、西部に行った人、戦死した人もいるわ。故郷のお墓に眠るのは、ほとんどが女たちね。

　ここまで来ると、海岸から、あるいは野山を越えて、あちこちから歩行者用の小道が通じているのがわかった。どの小道にも、列をなして歩いてくる人々が見えて、まるで『天路歴程』の古い挿絵のようだった。大きな蜂がライラックの木に群がるように、屋敷の周りに集まる人々がいた。草地と入り江の向こうには、湾まで延びる高台があって、その一帯をおおう森は、冬の北西風をかなりさえぎるに違いなかった。今はそこが日ざしを避ける木陰となって、集まりのための快い場所に見えた。

大幅に遅れたような気になり始めたわたしたちは、道を急いだ。ついに石だらけの街道を折れ、古い林檎の木の陰に続く、緑の小道に入った時にはとても嬉しくほっとした。ミセス・トッドに急がされた馬は、はしゃいで跳ねるように進み、馬車は柔らかな芝生に立つ屋敷の正面に到着——するとたちまち喜びの声が上がり、賑やかな一団から二、三人の人がこちらに駆け寄ってきた。

「ああ、ミセス・ブラケットだ！　ミセス・ブラケットがいらした！」という声が聞こえた。それはまるで、夫人の姿を見ればこの日一日の喜びとして十分満足だというかのようだった。ミセス・トッドは献身の喜びと達成感に満ちた、愛すべき表情でわたしを見た。名船長の風貌の、年配の男の人が両腕を差し出し、まるで子供を抱き下ろすようにミセス・ブラケットを馬車の高い席から下ろすと、心からの歓迎をこめてキスをした。そして日焼けした少年のように嬉しそうな顔をミセス・トッドに向けて、「お母さんはいらっしゃらないかと思っていたんですよ」と言った。誰もが歓迎のあいさつをしようと押し寄せてきた。

「母はいつだって女王様よ。とっても大事にされるの。今日は素晴らしい時間を過ごすでしょうね。だから絶対に来てほしかったし、心残りもないだろうと思うわ、ウィリアムが一緒でなかったこと以外は」とミセス・トッドは言った。

ミセス・ブラケットは丁重に屋敷へと案内されて行き、ミセス・トッドも敬意をもって迎えられた。騎士道精神に通じる、誠実な親切心のある男性たちが、わたしたちの手からバスケットを受け取り、付き添って案内してくれたし、馬も引いて行ってくれた。ミセス・トッドの友人や親戚の何人かとは、わたしもすでに知り合いになっていたので、この幸せな瞬間、まるでボーデン家の養女になったような感じがした。ミセス・ブラケットと同じ馬車でここに着いたというだけで素晴らしいことに思われた。夫人は屋敷の中でかしずかれていることだろうし、愛想がよく、大柄で目立つミセス・トッドは、ライラックの木立の周りにどんどん集まってくる大勢の人の中心だった。海辺から続く長い緑の坂道には、連れ立って上がってくる人たちがまだ少し続いていた。舟はほとんど岸に着いたようで、弱い風に邪魔されている舟が三、四艘見られたが、間もなくするとボーデン家の人たちは全部そろったらしく、わたしたちは草地の向こうの木立の方に歩いて上がり始めた。

騒々しい子供たち、よそ行きの黒いドレスを着て、そのたっぷりした襞の裾が広がらずにまっすぐ地面に届いている、胴回りも豊かな女たち、町民集会に出る時のように真面目な顔の、日焼けした男たち——お喋りの絶えない、そんな集団に、沈黙と秩序が突然生まれた。小柄で姿勢の良い、軍人らしい一人の人物の姿が見えた。ミセス・ブラケットによく似たその人が、何の苦労もなく一同をまとめられるようなのだ。十分な威厳は備えているが、堂々とした軍人らしい礼儀正しさも併せ持っていて、重職につく人らしい、重々しい品位をもって振る舞っていた。その明快な考えに従ってわたしたちはきちんとグループに分けられ、その指示を待つように無言で立っていた。子供たちでさえ、可愛らしい一団となっていつでも行進する用意が出来ていたし、一番最後になって、ミセス・ブラケットと品格のある何人かの人たち、牧師たち、それに高齢の人たちが一緒に屋敷から出てきてそれぞれの位置についた。横四列に並んでも、行列全体は長くなった。

わたしたちが歩いて行けるように、草地を横切って草の刈り取られた幅広の道が一本あり、そこを進むとクローバーの中から小鳥たちが飛び出して来たり、まるでまだ六月かと思うほど、蜂がぶんぶんと飛び回っていたりした。何羽もの白いカモメが海の上を勢いよく飛んでいて、海面に浮かぶボートは、そろって入り江の小さな波に揺れながら、わたしたちの歩みに調子を合わせるかのように小さなマストを振っていた。波が砕けるパシャパシャという音は、とても微かだがここまで聞こえてくる。わたしたちはまるで、勝利を祝いに、あるいは収穫の神に祈りを捧げに、上方の木立へ行く古代ギリシア人のようにも思われた。この光景を目にし、またその一員になるのは、不思議に感動的だった。空と海は、卑小な人間が連綿と儀式を続けるのをずっと見つめてきた。わたしたちはもう、自分たちの存在とつつましい進歩を祝うニューイングランドの一家族ではなかった。祖先にあたるすべての一族からの形見と遺産を携えて、家系の最後に連なっている存在なのだ。今では忘れてしまった、遠い子供時代の直覚を、わたしたちは備えていた。緑の枝を手に、皆で歌いながら進むべきではないかという気分に、わたしはいつの間にかなっていた。やがてわたしたちは、濃い木陰を作っている木立まで静かに進み、まっすぐに伸びる木々のそばに落ち着いた。その木々は一緒に揺れて、木漏れ日はそのたびにあちこちに動き、それはまるで一枚の金色の葉がちらちら落ちては涼しい陰に消えるようだった。

その森は広かったので、人々の集団は、開けた野にいた時よりずっと小さく見えた。黒っぽいマツやモミが密集している中に時々カエデやカシの木が混じり、小さくきらめくその色彩は、大きな家の屋根の、明るい窓のようだった。木の幹の向こうに輝く海が三方に見え、一日で最も気温の高い時刻にさしかかる折から、潮の変わり目とともに吹き始めた涼しい潮風も感じることができた。いま横切ってきたばかりの、日の当たる緑の野が見える――まるで暗い部屋から外を覗いているように。古い屋敷とライラックは穏やかに日を浴びており、馬車を入れる柵のついた緑の納屋からは、残っていた二、三人の世話係の男たちが、野を横切ってこちらに向かってくるところだった。ミセス・トッドは暖かい手袋をはずしたが、その様子は満足そのものに見えた。

「ああ、わたしはずっとこの場所をあなたに見せたいと思っていたの。でもこんなに素晴らしい状況を期待したことはなかったわ。お天気と機会がぴったり合って、ええ、わたしは大満足、これ以上は望みませんよ。母が先頭を歩くのを見たかしら、どう？母が先頭を、牧師さんたちと一緒に先頭を行くのを見て、わたしはもう――息がつまってしまって」夫人はそう言うと、一瞬抑えきれなくなった感情を隠すために向こうを向いた。

「あの司令官はどなた？　軍人だった人ですか？」とわたしは急いで訊ねた。

「うまいものでしょ？」ミセス・トッドは満足気に言った。

「あの人の才能をひけらかすのに、こんなチャンスはめったにないですものね」と言ったのは、ランディングの友人の一人で、わたしたちと一緒にいたミセス・キャプリンだった。「サント・ボーデンといって、チャンスがあればいつだって先に立つ人。それ以外には何もできないのよね。問題はあの人が――」

わたしは最悪の言葉が出るかと、興味津々で振り返った。ミセス・キャプリンの口調は堂々として、熱を帯びていた。

「元気づけに飲むってこと」夫人は軽蔑するようにそう続けた。

「いえね、サントは一度も戦争に行っていないの」ミセス・トッドは見下すように冷たく言った。「あの人にはそれが大きな悩みの種。ずっと志願し続けて、このあたりはずいぶんあちこちに隊と一緒に移動したし、ボストンまで舟で行って志願したことさえあったんだけどね。心身ともに健康じゃないから、入れてもらえないの。戦術には詳しくて、バンカーヒルの戦いだって、ワーテルローの戦いだって、なんでも知ってるそうよ。お国は偉大な将軍を一人、持ちそこなったわねって、わたし、あの人に一度言ったことがあるけど、それは本気でそう思ってもいたからよ」

「おっしゃることは、ほぼ正しいと思います」とミセス・キャプリンは、少し元気をなくし、申し訳なさそうに言った。

「あっていますよ」とミセス・トッドは、大いに優しく言った。「あの人を平和な商いに縛っておくのはすごくお気の毒なんだけど、素晴らしい靴屋さんだし、作戦を考え練る時間があるのも商売のおかげだと、自分でも言っているしね。メモリアルデーの行進にいつも招かれて行っているけど、その様子は本当に立派。軍人の家系なのね」

この田舎の集まりにフランス風の顔立ちが目立つことに気づいて、わたしはとても興味を感じていた。ミセス・ブラケットが容姿の点でも魅力的な資質の点でも明らかにフランス系の血統であることは、既にわかっていた。だが、ニューイングランドでも北の海岸地方を初期に開拓した植民者のうちに大きな割合を占めるのがユグノーだったこと、新しい世界への冒険に乗り出すのはサクソンではなくノルマン系イングランド人であることを考えれば、不思議ではない。

「昔聞いた話だけど」とミセス・トッドは控えめに言った。「わたしたちの一族はフランスのとても上流の出で、どこか昔の戦争で偉大な将軍だった人もいるんですって。時々思うんだけど、サントの能力は、そんなところから来ているんじゃないかしら。自分で手に入れたんじゃなく、もって生まれたもの。あの人が観兵式を見たことがあるかどうか、そういう特別の研究をする人に会ったことがあるかどうか、わたしは知りませんよ。すべて自分で考え出して、資料も自分で手に入れたの。どうやって五マイル先のグリーン島にあるウィリアムの漁師小屋に大砲の照準を正しく定められるか、あるいは信号のあるバーント島ではどうか、ちゃんとわかっているの。いつだかわたしに全部詳しく語ってくれたことがあって、話を興味深く聞いているように見せようと骨を折ったものよ。人生のすべてがそこにあるのに、例の憂鬱の発作に時々襲われるから、そんな時にはあの人、飲まずにいられないの」

聞いていたミセス・キャプリンは深いため息をついた。

「そういうはぐれ者はたくさんいますよ、植物と同じでね」何より植物学の専門家であるミセス・トッドは続けた。「近くの荒地に一本だけ生えている月桂樹をわたしは知っているんだけど、この沿岸に他に一本だってあるとは、聞いたことがないのよね。一度マサチューセッツのほうから大束を運んでもらったことがあって、それで知っているの。この木はよく育ちそうな開けた場所に立っているんだけど、何だか貧弱でね、何度も行ってみたけど花にも元気がなくて。まさに、場違いなところにいるサント・ボーンだわ」

ミセス・キャプリンは困惑して、うつろな表情に見えた。「そう、わたしの知っているのは去年のこと——あの人、郡の部会のメンバーを小隊にして行進させる計画を立てたんですけど、隊形は中空方陣だっていうんで、みんな呑み込めずに大混乱」と夫人はまくしたてた。「内陸部から潮風の吹く沿岸まで出てきたんですから、方陣はともかく、お腹は空っぽだったでしょうよ。しかも待っていたおもてなしが、信仰と仕事についての、老牧師ハーローさんの果てしなく続くお話だったんですからね。みんな、戦術どころじゃないし、戦う教会なんて考えてやしません。サントにはどうしようもなかったわ。大勢の人を見れば、行進させることしか頭にないのよ。欲張らなければ大丈夫だけど、とにかく絶対に他の人と同じには行動しない人だったから」

「さっきからわたしが言ってるでしょう、人とは違うって」とミセス・トッドはきっぱり言った。「変わった人には、必ず変わったやり方がありますよ――わたしの見るところではね」

「誰かが前に言ってましたけど、教区の人たちを見回して似た外国人を考えれば、ほとんどの国の人がそろうって」ミセス・キャプリンは突然の閃きに明るくなった表情で言った。「その時は意味がよくわからなかったんですけどね。マリ・ハリスは中国人に似てると、前から思っていたんですよ、わたし」

「小さい時のマリ・ハリスは可愛かったわ。覚えていますよ」ミセス・ブラケットの快活な声がした。ほとんどすべての人たちから愛情のこもった挨拶を受けたあと、わたしたちのところに戻ってきていたのだ――あなた方がいたずらをしていないかどうか確かめにきたわ、と言いながら。

「ええ、大きくなると不器量な羊になってしまう、可愛らしい仔羊の例だわ」とミセス・トッドは力をこめて言った。「マリがちゃんと切り盛りのできる人だったら、リトルペイジ船長もあんなにわびしくは見えないでしょうよ。船長の気を晴らせたかも――そう、船長も気が晴れて、何でも徹底的にこきおろす代わりに、自分には自分のやり方がある、と思えるようになったかもしれないわ。あの人もたまには座って船長の昔話を聞いてあげたって、損にはならないでしょうに」

「その船長のお話、面白いんですよ」とわたしも思いきって言った。

「そうね、あなたはいつも、全部本当だったらどうかしら、って考えているのよね。船長にはそういう聞き手がいてくれて当然です」とミセス・トッドが答えた。「マリ・ハリスみたいな浅ましい人と比べたら、船長ははるかにいい話し相手だわ」

「人はそれぞれよ、だから寛容にね」ミセス・ブラケットは穏やかに言った。「船長にはもう長いことお会いしてないわ。この頃はわたし、人の集まりにあまり出ないから。船長は昔からの知り合いなのにね」と夫人は残念そうに言った。

「じゃ、もし明日お天気が良かったら、ウィリアムを行かせて船長を食事にお招きしましょう。ウィリアムは早く来るから、誰とも顔を合わせずに通りを上がって来られるわ」

「あらあら、食卓の用意をする時間です、と向こうで言ってますよ」ミセス・キャプリンはとても興奮した様子だった。

「いとこのセアラ・ジェイン・ブラケットがいるわ！　ああ、ほんとに嬉しい！」ミセス・トッドは、心から嬉しそうにそう言った。そして同様の身内意識の持ち主たちが、出会っては「話は、あとでまたゆっくりとね」という言葉と共に別れるのだった。この後は、わたしたちが長い食卓にきちんと座るまで、会話の時間はなかった。

「わたしはこういう時、自分の好きでない親戚に会うのをとても嫌がるたちなの」ミセス・トッドはわたしにこっそりと告げた。ちょうど祝宴の開始を待っている時だった。「わたしみたいないい大人がそんな胸の痛む思いをするなんて思えないでしょうね。今でも覚えているんだけど、ネイサンと将来を誓った時、わたしは最高に幸せだったにもかかわらず、急に頭に浮かんだの——ネイサンの実のいとこなら、その人はこの先わたしにとっても一生涯、近い親戚になってしまうんだわ、とね。死ぬかと思うほどだった。かわいそうにネイサンは、わたしの心を何かがよぎったのを見てとったの——鋭い感覚の人だったから。どうしたのと聞かれて打ち明けると、ネイサンは『あの人なら、僕だって好きにはなれないよ。気にしなくていい』って言った——こういう人だから、一緒にいたくなったのよね。相手の言うことに反対するのを習慣にしている男の人もいるけど、ネイサンは違ったの。『ええ、でも感謝祭の季節や、お葬式があった時のことを考えてみて。親類だから親類らしくしないわけにはいかないわ』ってわたしは言ったけど、今の若い人たちはこんなこと考えないわね。ほら、あの人が歩いてくる！ 通り過ぎてくれることを祈りましょう」一般論から急に特定の人への敵意へと、驚くべき変化を見せてミセス・トッドは言った。「今もあの人が大嫌いなことに全然変わりはないの。だけど、すごく綺麗なドレスを着てるじゃないの。ネイサンのいとこだっていうことを、わたし忘れまいとしているのよ。ああ、よかった！　通り過ぎたわ、わたしを見ないで。何しろ目的は見せびらかすだけなのに、お近づきになったのよ、だなんて後で言うために、こっちに来るんじゃないかと覚悟していたのよ」

ミセス・トッドのいつもの寛大さとあまりにも違うので、一瞬わたしは不安を覚えた。けれども、雲は夫人の心の上をさっと通り過ぎ、心を乱した要因とともに消え去った。

その日ボーデン一家の催した野外パーティーほど豊かな祝宴は、東部沿岸のどこを探しても一つもなかった。ピクニックと呼んでは、あまりに平凡になってしまうだろう。大きなテーブルはすべて、若い人たちが作った、カシの葉の飾りで縁取られていた。また、わたしたちは広い野の茂みから花を摘んで来ていた。そういった花と食べ物の無秩序の中から、ちょうど司令官が行進のために用意した計画同様に秩序立った、祝宴の構想が突然現れるのだ。趣味の良さ、手際の良さ、それに儀礼に関する、感じの良い才能を受け継いでいるボーデン一家に、わたしは敬意を感じ始めていた。この一家はなぜか、辺りのたいていの人たちより洗練されたやり方で、すべてをさばくことができた。食卓をあちこち見回すと、元気な顔、喜びに輝く謹厳な顔、品位ある謙虚な物腰の人などが並んでいた。このような立派な行儀作法が足りないため下座につくべきだと思われる人もいたが、その数は多くなかった。それでわたしは考えた——この人たちの先祖は、どこかフランスの古い館の大広間に座ったかもしれない、戦闘、包囲、行進、祝宴などが身近だった中世の頃に、と。ミセス・ブラケットと牧師たちは、同様の地位と年齢の数人の人たちとともに貴賓席に着いていて、わたしの目は他の方向を一度見るのに対して、ミセス・ブラケットを二度見ていた。夫人は特権と責任とを意識した穏やかな表情で、この重要な日の女王とされるにふさわしかった。

ミセス・トッドは木々の緑が作る天井を見上げ、それからお客たちを注意深く観察した。「皆さんが座ったので、前よりよく見えるわ」と満足そうに言い、「あそこにギルブレイス老人と妹さんがいる。わたしたちと一緒の席だったら良かったのに。あそこじゃ周りに話し相手がいなくて、憮然としているようだわ」

祝宴が進むにつれて、ミセス・トッドは朗らかになってきた。意外に大きな催しだったことの興奮が、夫人の気性を微妙に刺激したようだった。これまで時に夫人が内向きで偏狭な人に思えたのは、単に周囲からの刺激がなくて活気をなくしていただけなのだと、わたしは悟った。夫人はもう懐古的ではなく、これから起きることを待ち受ける姿勢になり、若い娘のように機敏で陽気だった。そばにいるわたしたちははしゃいでいたが、それは夫人の表情の輝きを反射した光であるに過ぎなかった。この世における人間の能力の浪費にわたしが驚異の念を感じるのは、それが初めてではなかった。消えていく無数の種子や使われることのないさまざまの蓄えなどという、自然界の無駄に対する植物学者の思いと共通なのだ。社会の余力の蓄積は、考えれば考えるほど驚くべきものとなる。欠如しているのは機会と刺激だけというタイプの人が、ボーデン一家の中には一人ならず見受けられた。有能な人物を、環境が檻に入れて囚われの身にしたのだ。華やかな都会の集まりにも田舎の集まりにも、まったく同じタイプが見いだされる。もし誰に対しても同じ真意をもって話すなら、理解してもらえるのは間違いないだろう。

十九　宴の終わり

既に述べた通り、宴は立派なものだった。パイにも上品な工夫が施されていて、わたしの心を楽しませてくれた。もちろんアメリカのパイは、つつましい先輩であるイギリスのタルトよりずっと好まれるものだと認めた上で、発明工夫の才がまだ衰えていない事実をボーデン家の集まりで再確認するのは喜ばしいことだった。材料の素晴らしい多彩さに加えて、デコレーションがそれまでわたしの見てきたものすべてを越えていた。早生上の面に日付や名前が、ペストリーを並べたり糖衣を使ったりして書かれている。早生りんごのパイにはさらに手の込んだ読み物が書かれていて、教訓また教訓、わたしたちはそれを分けて食べることになり――ミセス・トッドは気前よく、「ボーデン」と書かれた部分をそっくりわたしにとってくれ、判読できない小さな部分を除いて「集まり」という部分を自分で食べた。けれども食卓に並んだ様々のごちそうの中で最も評判を集めた意欲作は、ボーデン家の古い屋敷をかたどったものだった。持ちの良いジンジャーブレッドで出来ており、窓もドアもすべて本物と同じ位置につけられ、正面には本物のライラックの小枝がさしてあった。煉瓦《れんが》造りの大きなかまどの一つで各部分を焼き、当日の朝に組み立てたに違いない。宴の終わりにそれが崩された時には、いっせいにため息がもれた。そしてそれを配られた人々は、真面目な顔で、それがまるで忠誠の証であるかのように受け取るのだった。わたしはそのジンジャーブレッドの家――童話の一つを生き生きと思い起こさせるものだった――を作った人に会った。高い理想のある、輝く目をした女性だった。

「白くお砂糖をまぶしたケーキで全体を作ることもできたんですけれど、それだと色合いが合わないと思って。ご存じの通り、お屋敷には一度もペンキが塗られたことがありませんからね。そこで考えた末、色をつけないジンジャーブレッドがぴったりだという結論に達したんです。自分の理想通りにはできませんでしたけど」その人は悲しそうにそう言った。これまで多くの芸術家が自分の作品について述べたのと同じことを。

牧師たちの話があり、次にはボーデン家にも年代記の編者が存在するのを示すように、一家の来歴からの逸話を紹介するスピーチがあった。それから現れたのは女流詩人で、ミセス・トッドはこの人を、物言いたげな寛大さと同情をもって見守っていた。そして、色あせた花冠のような長い詩が感動的な結びに来ると、わたしの方を向いて賞賛の言葉を述べた。

「綺麗な詩だったわ」寛大な聞き手である夫人は言った。「そう、とてもよくやったと思いましたよ。あのメアリー・アンナとは一緒に学校に行ったんだけど、あの人はつらい思いをしたの。困ったことに、母親が自分は天才を生んだと思いこみ、本人もそう信じるようになったってわけ。ほら、あの人がいなかったらわたしたち、どうしようもなかったと思うのよ。ここことロックランドとの間に、詩を書ける人なんて一人もいないし、こんな時に詩人はすごく花を添えてくれるわ。亡くなった人についての言葉はすべてあの人の感じたままだし、誰でも同じように感じる。だけど、くどいのよね。わたしがメアリー・アンナだったら、半分は削って次の時のためにとっておくんだけど。あ、母だわ。あの人とギルブレイスさんの妹に話をしに行くのね。あの人、自信をつけるでしょう。母は当を得たことを言うから」

旧友たちの別れの挨拶は、再会の時と同じくらい感動的だった。若い人たちももちろんたくさん来ていたが、こういう集まりの機会を特に重んじるのは老齢の者たちである。若者にとって仲間に会うのは日常的なことで、別れの時はまだ来ていない。年とった親類や知人同士がお互いの顔を覗きこみ、名残惜しそうに親しい相手の手をとる様子、愛情のこもった再会と不承不承の別れ——わたしはこういう情景を見て、まばらにしか人の住まない地域で生きる人々の孤立感について、これまで知らなかった見解を持つようになった。この人たちが次に会う機会は、すぐには期待できない。農場で絶え間なく続く重労働、ある場所から他の場所へ移動する際の困難——船がすっかり陸に上げられてしまう冬には、とりわけ難しい——こういった事情のために、たくさんの家族が集まる機会の価値は二倍にもなるのだ。このとんがりモミの木の郷では、葬式でさえ社交上の利益と満足を伴うことを否定できない。「今度の夏にまたね」という言葉が何度も繰り返されるのが、わたしの耳に入った——夏はまだここにあり、木々の葉は緑だというのに。

舟が次々に岸を離れ、馬車も帰路につき始めた。木立から戻ってきた時、ミセス・ブラケットはわたしを古い屋敷の中に連れて行ってくれた。そこは夫人の父親が生まれ、幼時を過ごした家で、夫人自身も小さい頃、よく祖母を訪ねてきたものだという。まるでごく最近のことを話すような口ぶりで当時のことを語ったが、実際に屋敷は夫人の目に、ほとんどそのころと同じように映っているのだろうと、聞き手のわたしにも想像できた。急な階段を見上げると、塗装されていない天井の茶色の梁《はり》が見えた。一方で、上等の羽目板と少し装飾のある蛇腹のついた応接間には、町にある当時の古い部屋と比べてもまったく見劣りしない魅力があった。

遠くから来たお客たちの中には、わたしたちが屋敷の主人夫妻に別れの挨拶をしに行った時にもまだ応接間に座っている人がいた。何と楽しい一日だったことか、時間が何と早く過ぎたことかを、わたしたちは熱っぽく述べた。再会の集いが流行になっているのは、ひょっとすると最近の国の記念祭の影響、またあちこちで開かれている軍人の集まりの影響かもしれない。ともかく今回の集いはとても面白かった。わたしが想像するに、長年の確執は見逃され、「血は水よりも濃い」という古いことわざが真実であることを再び示したのだ。もっとも、他の姓が加わったため、ボーデン家の特質や属性が若干薄まったのではという議論はあったが。同族主義は本能的なもので、生得権や習慣以上であり、重要性のより低い権利は、代々伝わる共通性を主張する中で忘れ去られてしまうのである。

わたしたちは、本来の生活と住まいに戻るのが一番後になったグループに属していた。

わたしはほとんどボーデン家の本当の一員になったように感じていて、新しくできた友人の何人かとはまるで旧友のような気持ちで別れた。新しい思い出という宝物もどっさり増えた。

ついにわたしたちは、車高の高い馬車に再び乗り込んだ。白い老馬はボーデン家の小屋でたっぷりと餌を与えられていた。出発した馬車は間もなく、木の多い尾根に向かう長い丘を上り始めた。いつものことだが、帰りの道もわたしにとっては目新しかった。集まった人々の大部分は、家のこと――牛や、ひどい状態に陥っていそうな小さい子供たちのことを心配していたが、わたしたちには急ぐ必要がまったくなかったので、おしゃべりをしたり途中で休憩したりしながらゆっくり進んで行った。ほこりが吹き込まないように、うちの玄関のドアが閉まっているといいけど、とミセス・トッドは一度言い、気にかかるのはただ一つ、屋根裏に新聞紙を広げて乾かしているビロードモウズイカの葉を裏返すのを忘れないように気をつけることだけよ、とつけ加えた。ミセス・ブラケットとわたしは、この重大な仕事をわたしたちも覚えておいて注意しますから、と約束した。話すことがたくさんあったので、帰り道は短く感じられた。広い入り江と島々を見渡せる丘を上り、それから薄暗い谷間へと降りて行く。すると空気は夕方のようにひんやりとして湿気を含み、濡れたシダの香りが漂ってきた。ミセス・トッドは、樹皮を珍重している、ある珍しい低木の枝をとるために一、二度馬車を降りたが、一人でできますよ、と手助けを断り、採集の理由については何も言わなかった。来る時に親切にドーナツをふるまってくれた家にさしかかったが、閉まっていて誰もいないようだったので、わたしたちはがっかりした。

「きっとどこかにお茶に寄って、今日という日の仕上げにしようと思ってるに違いないわ」とミセス・トッドは言った。「集まりを最高に楽しんだ人なら、まっすぐうちに帰ってその日を振り返ろうとするでしょうけれどね」

「あの女の人、向こうで見かけなかったわね。見た?」馬に飼い葉おけの水を飲ませるために馬車を止めた時、ミセス・ブラケットが訊ねた。

「ええ、わたしは会って話をしたわ。うちの一族じゃなかった」ミセス・トッドは、興味も好意も乏しい様子で答えた。

「額のあたりがいとこのパリナ・ボーデンに似てるって、あんたが言ったんじゃなかったかしら」とミセス・ブラケットは言った。

「それがね、そう似てもいないのよ」とミセス・トッドは、いらだたしげに言った。「わたしは普通、一族の共通点を見誤ることのない人間なの。で、あの人がお友達に誰にも会っていないように見えたので、まっすぐそばに行って言ったの、『お顔立ちから見て、あなたはボーデン一族ですよね。そう、きっとボーデン家の一人だと思うわ』って。そうしたら、『あら、違います。わたしの旧姓はデネット、最初の夫がボーデン家の人でした。集まりがどんな様子かと思って、ちょっと見に来ただけなんですよ』ですって！」

ミセス・ブラケットはとてもおかしそうに笑って「この話、絶対ウィリアムに伝えるわ」と言った。「ねえアルマイラ、わたしが今日一日、残念に思っていたたった一つのことは、ウィリアムがいたらどんなに楽しんだか、っていうことなの。あの子が来ていたらねえ」

「来ていたらって、わたしもちょっと思うわ」ミセス・トッドは率直に認めた。

「どういうわけか、年とった人はあまりたくさんは来ていなかったわね」ミセス・ブラケットはわずかに悲しさをにじませた声で言った。「前ほど多くないのに気づいてはいたけど、それにしてももっと来るかと思ったの」

「考えてみれば、皆さんかなり元気だと思ったわ。だって誰もがそう言って満足していたし」ミセス・トッドは耳触りの良い言葉を無意識に、あわてたように言った。その頬がさっと紅潮するのをわたしは見た。そして間もなく、夫人は理由をつけて顔をそむけ、母のミセス・ブラケットを心配そうにちらっと見た。ミセス・ブラケットは微笑を浮かべて、幸せな一日のことを考えているようだったが、少し疲れが見え始めた。夫人の年齢による負担については、二人とも心配していなかった。わたしも長生きしたら二人のようになりたいものだ、と思ったが、もうわたしだってそう若くはない、とすぐに気づいて微笑んだ。身体という外枠は衰え、時の影響を示したとしても、わたしたちは常に変わらない心を保つものなのだ。

「讃美歌をみんなが歌った時、とっても綺麗だったわね?」夕食の時、ミセス・ブラケットが感激した様子で言った。「男性の声がすごくたっぷりしていたわ。わたしの座っていたところでは、とても見事に聞こえたわよ。おしまいのところでは、手を止めて聞かずにはいられなかったもの」

ミセス・トッドの広い肩幅が揺れるのがわたしの目に入った。「歌の上手な人はいたわ。ええ、確かに素晴らしい人たちがね」夫人はティーカップを置きながら、心からの同意を示した。「でもわたし、たまたまグレート・ベイのピーター・ボーデンの奥さんの近くを通ったの。もしあの人が、歌の調子がはずれているのと同じくらい遠い町はずれに住んでいるとしたら、とても一日では帰りつかないだろうなって、そう思わずにはいられなかったわ、その時」

二十　海岸に沿って

　ある日わたしは海岸に沿って、昔からの波止場や、もっと新しい建造物である、汽船のための埠頭などを過ぎて歩いて行った。舟はすべて浜に引き上げられ、お昼過ぎの憩《けい》潮《ちょう》の気配があたりに広がり、進行していることは何もなかった。トロール網に餌をつけるとか、網の修繕、ロブスターの籠の修理などといった悠長な作業さえ見られず、居並ぶ舟でさえ、日なたで午睡をとっているように思われた。海に目を移しても、遠くに浮かぶ帆の一つさえ見つからない。目に入るのは、入り江に吹く微風のおもちゃのように漂う、風雨にさらされた一艘のロブスター漁船だけだった。バーント島の沖の広い海域を、あまりに当てもなくさすらったり回転したりしているので、舵をとる者が誰もいないか、あるいは乗組員が全員眠っている間に、錨の錆びついた鎖が切れたのか、というのがわたしの推測だった。

　わたしはその舟を少しの間見つめていた――あれはキャプリン家の誰かの古い舟、ミランダ号だわ。みすぼらしい主帆の先端に当て布としてつけられた、やや新しい帆布の、変わった形でわかる。舟が気まぐれに漂っているので、背後でしわがれ声が聞こえた時には、それを話題にできる相手が見つかったと、わたしは大いに喜んだ。ところがその瞬間、背後の人に答える間もなく、形のわからない、何か大きなものがミランダ号の甲板から飛び出し、そのせいでしぶきが高く上がって黒い舟べりにかかるのが見えた。後ろでは満足そうな含み笑いが聞こえる。この時、古いロブスター漁船の帆は再び風をとらえ、入り江の沖の方に動いて行った。振り向くと、後ろにいたのはイライジャ・ティリー老人だった。隠れ家のような暗い小屋から、そっと出てきていたのだ。

「モンローの舟の若いやつ、うとうとしながら舵を握っていて投げ落とされたんだな。水に落ちれば、もうすっかり目をさましたじゃろう」この説明に、わたしも一緒に笑った。

わたしとしては、ミランダ号が岩場の多い水域を危なっかしく動いていたことで、一度も話をしたことのない老漁夫と知り合いになる機会が得られたのを嬉しく思った。捕らえどころのない、厄介な人物というのが最初の印象だった——こちらをあまりに疑い深く見るので、自分で自分が疑わしく思えてしまうような。イライジャ・ティリーは、よそ者を横柄な冷淡さで眺める人のように見えた。小石の浜や小屋の入口に立っているのを見かけても、こちらが近寄ると姿を消してしまうようなタイプである。やせた身体つきの年配の漁師たちが重い舟の船首を、馬でも引くようにつかんで、水際から傾斜のある小石の浜の上へ見事に引き上げる様子を、わたしは好んで眺めたものだが、そういう数人の中の一人でもあった。ランディングに四人いる、これらの豪放な老人たちは、今より力強い、前の世代の生き残りなのだ。お互いの協調と理解は緊密なので、言葉は交わされないようだ。お互いの舟が出て行くのを、また帰ってくるのを長いことじっと見つめ、荒天の時にはロブスターの仕掛けを扱うのにすぐ手を貸す。魚のはらわたを抜いたり、トロール網の餌としてつける小鯛を切り身にしたり、まるで相棒のように手伝う。遠洋での操業を終えて港に戻る舟があれば待ち受けて急いで駆けつけ、二人ずつ並んで水を跳ね飛ばしながら、あるいは強情な子馬でも扱うように船首をつかんで、浜に引き上げる手伝いをする。実際どんな舟でも、彼らのすばやい指示と協力があれば、必ず経験豊かで安定した動きを見せることになる。アベルの舟もジョナサン・ボーデンの舟も、持ち主と同じ紛れもなく老練な個性の持ち主で、同じように無口だった。この非常に古くからの友人間の会話に、議論や意見の交換などは珍しく、ボーデン老人、イライジャ・ティリー、そしてあと二人の仲間たちがささいな噂話に言葉を費やすのを耳にできると思うくらいなら、むしろ象の集団で世間話が耳に入るのを期待した方がよさそうなくらいだった。時々はそっけない言葉が交わされたが、彼らのことを知るようになると、そもそも会話しているというだけで驚くようになってしまう。話をすることは、軽くて優雅なたしなみの一種のように思われ、意外にも彼らがそれを身につけていると、聞き手にとっては新しい価値を持つ存在となる。まるで目印《ランドマーク》のマツの木がお天気のことを突然話しかけてきたり、サーカスのテントで、人を見下げるような老ラクダのそばに恭しく控えていたらお言葉があった、という感じになるのだった。

彼ら無口な老漁師たちの思いや精神生活について、よくわたしはいろいろと考えを巡らした。政治や神学などという人間の考案品よりも、自然やその要素に心が向けられているようだった。わたしの友のボーデン船長は、この四人のうちの一番年長の人の甥で、四人に敬意を払っていたが、親密な交わりの一員ではなかった――無口で、年齢的にも若くはなかったが。

「あの人たちは、子供の頃から一緒なんだよ。海のことならほとんど何でも知っている。遠い昔からずっと、今と変わらない様子なんだな」とボーデン船長はわたしに言ったことがある。

これら年老いた船乗りたちは、ダネット・ランディングにある他の住まいと、外見上は違わない家と地所を持っており、そのうちの二人は家庭を持つ父親だった。しかし、本当の住みかは海であり、見慣れた海岸を縁取る、石だらけの浜であり、サバを入れる魚籠《びく》から出た大量の塩水がしみこんで、木材が茶色の化石となった小屋であった。老漁師の丈夫な肌にもそれは表れており、致命傷を負わせるには現代的な細い投げ槍などでは役に立たず、十七世紀の木版画にある、頑丈な銛《もり》でもなければ無理だろうと思わせるほどになっているのだった。

イライジャ・ティリーは、いっさいの希望をなくしたような様子の、捕らえどころのない人で、前かがみで頭が大きいため、まともに顔を見ることができなかった。そのため、ロブスター漁船の船長モンロー・ペネルと眠たがりの少年について友好的な言葉が発せられたにもかかわらず、再び話しかけることができずにいた。ティリー老人は片手にタラを一尾持っていたが、それがわたしのスカートに触れないようにとすぐに反対の手に持ち替えた。同行することが許されたとわかったので、わたしは一緒に少し歩いた。

「おいしい夕食を食べようというわけですね」親しくなろうとして、わたしはそう言ってみた。

「このタラと、味のいい、わしのベークドポテトにするつもりじゃよ。生きるためには食わなきゃならん」老人はとても楽しそうに、率直に答えてくれた。この時わたしは、近寄りがたい海岸地帯から、親交という小さい穏やかな港に、自分が突然入ったのを感じた。

「あんた、うちには一度も来たことがなかったな。今じゃみんな、昔ほど訪ねて来ない。いや、誘ってみても無駄なことじゃ。死んだ家内は、若い連中を引き寄せる名人だったがな」

この老漁師が、妻の他界を心に受け入れられず、ひどく悲嘆に暮れたままだという話を、ミセス・トッドがしていたのを、わたしは思い出した。

「ぜひとも伺いたいです。もしかして、このあとお宅にいらっしゃいますか?」

老人は重々しくうなずき、背中を丸めてよろめく足どりを進めた。古いチョッキの肩に一か所、新しい継ぎ当てがあり、入り江に浮かんでいたミランダ号の主帆の修復に通じるものがあったので、これはこの老人の、長年にわたる遠洋での操業でぎこちなくなった指で縫い付けたものなのかしら、とわたしは思った。

「今日の水揚げはどうでしたか? ちょうど舟が戻った時、わたしは浜にいなかったものですから」とわたしは、ちょっと足を止めて聞いた。

「良くなかった。みんな軽い荷で戻った」と老人は答えた。「アディックスとボーデンが最高で、アベルとわしはちょっぴりじゃったよ。早く出たが、もっと早く出たこともあったさ。不漁の朝だったようだな。わしはタラの小さいのばかり九匹と、他の魚が七匹。他のやつらは、別のが多くてタラの方が少なかった。魚たちだって、餌に毎日食いつく気になるとは限らんさ。ちょっとは調子を合わせてやって、好きなようにさせてやらんと。憎らしい小型ザメにいじめられるわけじゃなし」この最後のところには、大いに思いやりが込められていた。あたりの漁場にいるタラたちの、真の友人だと自任するように。そしてわたしたちは別れた。

その日の午後遅く、わたしは再び浜に行った。ティリー老人の所有地の端まで行くと、老人の足跡が丸石や岩の間を横切って続き、その先には船の骨組みのような、木釘だらけの、重くて古い材木が一本あった。やっと一人が歩けるような細い小道が、ここから上りになり、ティリー老人の地所である小さな緑の原を横切って行くのだが、地所はこれで全部ではなく、家と道路の向こうに不規則に延びた、丘の急斜面の牧草地もあるのだった。トウヒの林のどこかでカウベルがチリンチリンと鳴る音が聞こえた。トウヒによって牧草地は四方から囲まれた形になっていて、少しすれば林地と呼ばれることになりそうだった。その点、畑はまだ周囲に侵されていなかった。囲まれた内側に低木やイバラは一本もなく、ほとんど小石一つ紛れ込んでいなかった。この地方のように、固い岩棚があり、勤勉な人間が工夫考案した壁でやっと地面から取り除いたばかりの石があたりに散らばる土地で、これは驚くべきことだった。小さな草原に、ずんぐりした杭が何本もあることにわたしは気づいた。草の中に、またじゃがいもの畝に、見たところ無造作に立てられているようだが、家と調和するように黄色と白にきちんと塗り分けられている。その家はと言えば、小綺麗ですっきりした小さな住まいで、その持ち主にしては奇妙にモダンな感じだった。ティリー老人の家というより、ランディングで卵の卸し業を営む、若くて抜け目ない商人の住む家とでも言われた方がむしろ信じられそうだった。家というのは住む人を包む、より大きな身体で、その人の本性や性格をある意味で表すものだからである。

わたしは草原に続く平坦な小道を伝って、横手の通用口に向かった。正面の入口は特別の時にだけ使用するらしく、高い石の踏み段に接して長い草が生え、セッコウボクの木が寄りかかるようにそちらに傾いていた。漁師に言わせればドアの取っ手に「ロープを半分ひっかけた」ような形でからみついたアサガオのつるで、セッコウボクは頭が重くなっていた。イライジャ・ティリーは通用口でわたしを出迎えてくれた。青い撚糸《よりいと》で長靴下を編んでいるところで、白の陶製ボタンのついた厚手のフランネルの青いシャツ、色あせたチョッキ、それに両ひざにしっかり継ぎ当てのあるズボンという、暖かそうな服装だった。漁に出る時の衣服ではない。冷たい海水やつるつる滑る魚どころか、手触りの良い毛糸にしか触れたことのないような、清潔で温かい手——その手を握るのは喜ばしいことだった。

「あそこにある、色を塗った杭は、何のためなんですか？」とわたしは急いで聞いた。

すると老人は、小道に一、二歩足を進めて、まるで初めて注意をひかれたかのように杭を見た。

「最初わしがここを買って引っ越してきた時、みんな笑って言ったもんじゃ——こんなところ、ちっともいい土地じゃない。石ころだらけで何も育たないから、となあ。いい土だとわかっていたから、他に用事のない時に土地を耕して、石をすっかり取り除いちまった。こんなに綺麗なところ、他に見たことあるまい？　あそこにある杭は、わしのブイなんじゃよ。地面に全然見えてない、ずっしりした岩に当たったことがあったが、鋤が欠けてしまいそうだった。それで場所を確かめて、今のようにブイを埋めてそれを示すようにしたんじゃよ。これでもう心配ない、というわけでな」

「むだに海に出てはいらっしゃいませんね」わたしは笑いながらそう言った。

「一つの商売は別の商売を助ける、と言うからな」老人は優しい微笑を浮かべてそう答えると、「さあ、入ってお掛けなさい。こっちに来て休むといい」と大きな声で言いながら、居心地のよい台所にわたしを案内した。向こう側の二つの窓から日ざしがたっぷりと注ぎ、窓の間にあるテーブルの上では、一匹の猫が丸くなってぐっすりと眠っていた。床には軽い防水布が敷かれ、一人暮らしには大きすぎるサイズの陶製のティーポットがコンロに置かれていた。どなたか優秀な主婦がいらっしゃるようですね、とわたしは言ってみた。

「わしじゃよ」と老漁師はあっさりと答えた。「この家にはわし一人しかいませんからな。すべてをきちんと――家内が遺していった時のようにちゃんとしておこうとしているんでね。ここにある、この椅子に座ってごらん。海が見えるから。わしが一人でやっていけるなんて、誰も思わなかった――絶対にだめだと。だが、このうちがごちゃごちゃになって、すっかり変わっちまうのはいやだった。だから誰のためでもない。家内の好きなやり方を心得ているのは、わし一人。どうにかやっていくさ、と決めて、頑張ってやってきた。一人で耐える方がいい」そう言うと、老人は深いため息をついた。まるで、いつもため息をついて心の慰めにしてきたようだった。

二人ともしばらく黙ったままでいた。老人はわたしがいるのを忘れたように、窓の外を眺めていた。

「奥さんがいなくて、さぞかし寂しいでしょうね」と、わたしは沈黙を破って言った。

「ほんとに寂しいよ」老人は答えて、またため息をついた。「時が経てば楽になるって、みんなに繰り返し言われるが、だめだね。寂しさは、毎日変わりない」

「亡くなってどのくらいに?」

「十月一日がくると、八年になる。そんなに経ったとは思えんなあ。わしには妹がいて、時々泊まりに来る――春と秋、それ以外にも、わしが来ないかと言った時に。編み物と違って縫うのは苦手なわしのために、妹が何でも手早くやってくれる。結婚して家庭があるし、息子一家も一緒にいるんで、そうそう頼むわけにはいかないが、頼んで来てもらえば妹をちょっと助ける口実もできる。あまり余裕のない生活をしているんでな。死んだ家内は妹のことが大好きで、一緒にいろいろ工夫したものさ。一人暮らしはのんきでな、ここに座って昔のことを考える――天気が悪くて外に行かれない時なんか、ずいぶん考えるよ。家内が今にもこの台所に入って来るかもしれんと思うんじゃ。どのドアから来るかと、全部のドアを見張っている。そう、そうやって目を離してばっかりだから、しょっちゅう編み目を落とすわけで。そうなんじゃ、家内を失った悲しみを乗り越えるだなんて、絶対にできんよ、絶対に。そうなんじゃよ」

わたしは何も言わなかった。老人は顔を上げなかった。

「そんな感じだから、時々わしは何もかもやめて外に行く。家内はいつも優しくてかわいかった」と老人は言い足した。「そこに家内のロッキングチェアがある。そこに座って思うんじゃよ。家内が逝って、その椅子は今まで通りここにあるとは、なんて不思議なことだろうってね」

「わたしもお会いできたらよかったのに。前に一度、ミセス・トッドが奥さんのことを話してくれましたわ」

「家内に会いに来ていたら、あんたにもきっと喜んでもらえたじゃろう。誰でもそうだったからな」とイライジャは言った。「家内は、いろんな話を聞いたり、人と知り合ったりするのが好きだった。人を楽しませる、一種の才能があったんだな。たぶんアルマイラ・トッドはあんたに、家内が美人だったと話したと思う。若い時は特に綺麗だったと。年をとってからも美人だったよ。器量を保って、感じのいい様子になった。やれやれ、もうたいした問題じゃない。わしも先は長くないから。漁をして魚に迷惑をかけることはもうない」

妻を亡くした老人は、編み物を手に、うつむいて座っていた――まるで時という糸を急いで短くしようとしているかのように。一分一分がゆっくりと過ぎて行った。やがて老人は手を止めたが、その両手を固く握りしめた様子から、わたしのいるのを忘れているのがわかった。そこでわたしも、午後の見張りに加わった。やっと目を上げた時、老人はまるでたった一瞬しか過ぎていないような様子だった。

「そう、わしには厄介なことがあったんですよ」老人はそう言って、また編み物を始めた。

丁寧な家事によって示される妻への愛情、また、かつてはその人がいた、そして今はその思い出を納めているような、清潔で明るい部屋の佇まいに、わたしは心打たれた。老人は妻以外の人のことや、ここ以外の場所のことをまったく考えていなかった。その人がこの家にいるところがわたしの目に浮かんできた――容色は衰えたものの、つつましく小柄な女性。武骨な力と愛情深い心を持った夫に頼り、この窓から海を眺めて夫の船の帰りを待ち、帰宅すればドアを開けていつも温かく迎えた人。

「わしはよく、家内を笑ったもんですよ、かわいそうに」老人は、まるでわたしの心を読んだようにこう言い出した。「あいつの臆病な考えを、くだらんと言ってね。荒れ模様の時にわしが海に出たり、着岸に手間取ったりすると、えらく心配するもんで。わたしには時間がとっても長く思えるのよ、とあいつはよく言ってたんだが、今になってみれば全部よくわかる。あの頃は若かったたし、魚はいくらでもかかるし、それ以外のことは何も考えちゃいなかった。よく帰りが遅くなったもんだが、家内は待って待って、沈み込んでいたに違いない。いやはや！　どんな食事を用意してくれたことか。わしが草地を上がってくると、話を聞きたそうにその戸口で待ち受けていたよ。寒い時には頭に何かかぶっていた。ああ、そういう細かいことまで、今は思い出されてな」

老人は間もなく編み物をテーブルに置き、「家内が応接間と呼んでいた部屋は、こちらですわい」と正面の入口の前を横切って案内してくれた。そしてドアの錠を開けると、得意そうにさっとドアを開いた。わたしにはその部屋は、台所よりずっと空虚で悲しい部屋に思われた。慣例を尊重しようとするあまり、台所に備わっていた素朴な完成度が失われ、気の毒な野心のせいで失敗しているように見えたのだ。この応接間に興味をひかれるとすればそれは、どれほどたゆまぬ節約と、社交というものに対するどれほど大きな観念的敬意とが相俟って、このような家具調度の部屋になったかを思う時に限られる。買い物をした記念すべき日の光景がわたしには想像できた。一番近くの大きな町の、戸惑うほどきらびやかな雰囲気の店を回る、野心と不安を抱えた妻と、海で日焼けし、よそ行きの服をぎこちなく着込んだ夫。大いに満足感を得られるはずが、実際に心安らいだのは、無事に自分たちの舟に帰りつき、貴重な積荷とともに入り江を行く時だっただろう――貯えたお金をすっかり使い果たし、舵と帆のことしか頭にない状態で。まだ新しい絨毯や、白くなったスワンプグラスとほこりっぽいローズマリーの入った、マントルピースの上のガラスの花瓶などを見れば、ミセス・ティリーの応接間の歴史が最初からわかる気がした。

「どんなに素晴らしい敷物が家内には作れたか、自分の目で見てくださいよ。さあ、あいつがとても大事にしていた、一番いいティーセットをお見せしましょうな」そう言いながら主は浅い食器棚を開き、「本当の磁器だよ。棚二つ分ある」と誇らしげに告げた。「わしが全部自分で買ったんだよ、結婚した時に。ボルドーの港でな。以来、一つも壊してない――ああ、家内が生きてる間中、ただの一つも欠けていないとわしは言っていたんじゃが、家内がちょっと困ったような顔をするのに、気づいてはいた。わしがそんな自慢をするからだとばかり思っていたわけさ。家内の葬式の時、みんながここで食事をすることになって、使っていいかと聞かれた。すべて立派にしたいと家内が望むと思って『もちろん』とわしは答えた。女の人たちがティーセットを出し始めた時、何人かがわしのところに走ってきて、カップの一つが壊れています、そのかけらが、紙に包まれて戸棚の一番奥にしまわれていましたと言って、見せるじゃないか。自分たちが壊したと、わしに思われたくなかったんじゃろう。それを見た途端、わしは家を飛び出さずにはいられなかった。かわいそうに！　その瞬間にすべてがわかったんじゃよ。買ってきて以来全部そのままだとわしがいつも繰り返していたもんだから、どういう具合だかカップを一つ壊した時、家内はそのことをわしに言おうにも言えなかった。わしが怒ると思ったんではなく、家内の自尊心が傷ついたせいじゃろう。わしら夫婦には、それ以外の秘密は一つもなかったと信じているよ」

ピンクとブルーの華やかな小枝模様のついた、フランスのティーカップ、最高のタンブラー、古い花模様の鉢と茶缶、一、二枚の漆塗りのトレイ――これらが棚を飾っており、重ねられた数枚の銀板写真とで食器戸棚は占領されていたが、それらを眺めてわたしは嬉しさを感じた。最近は家の中を案内してもらう機会が多いが、目をひかれるものはいろいろとあっても、これほどはっきり興味をひかれることはない。

「この部屋にあるのが、家内の一番大事なものだった」イライジャはドアに再び鍵をかけながら言った。「逝ってしまう前の、最後の夏、家内はこう言った――もう何も欲しいものは思いつかないわ、この家に何もかもあって、どの部屋も綺麗に整っているもの、とな。わしは港に行くところで、買い物はないかと訊ねた時だったよ。よくそうやって、ほしいものがあったら値段にかかわらず言ってごらんと家内に言ったもんでな。無理を言わない女だったたし、特別の買い物はたいていそこで済ませていたからじゃ。あんまり満足しきった口ぶりなんで、わしは怖くなってぞっとしたよ」

「クリスマスの後には、漁に出ないんですか？」明るい台所に戻ってきた時、わたしは訊ねた。

「ああ、一月に入ったら編み物に集中するよ」と老いた船乗りは言った。「苦労の甲斐がないんじゃ。魚は深い方に行くし、獲物も大してあてにできんのに、あんな寒さには耐えきれん。奥まった窪みにいくつか魚わなをかけておくのと、天気が良けりゃロブスター獲りにちょっと出るくらいかな。若いやつらの中にはひるまずに出かけて行くのもいるが、わしは違う。買い込んでおいた冬用の毛糸を、あったかいここにぬくぬくと座って編むのさ。編み物は小さかった頃、母親から教わった。編み物がすごく上手だったよ。わしが膝を痛めて寝ていた時に、編み物をすれば退屈しのぎになるし、わたしも助かるわ、と言っていたものさ。うちは大家族だったからな。このへんじゃみんな、アディックスの店で買い物をするんじゃが、わしらダネットの者が作る靴下はボストンで評判になってきたらしい。毛糸の質が良くて、編みも良いとかなんとか。わしは昔から網作りの名人と言われてきたが、引網は全部手仕事だと昔より安い。春にかけては網直しに交代して、トロール網やロープを繕って、道具を整える。ロブスターを獲るわな籠も手入れが要るが、それは春の陽気になって小屋の中があったかくなってからやることにしているんじゃ。何もしないで座っているのは嫌いな性分でな」

老人は編み目を数え終わると、「そこの敷物、それは家内が作ったんじゃよ。家内は毛糸編みをあまり好まなくてな」と言い出した。「うちの敷物はくたびれてきているが、こういう女の仕事はわしには無理で、妹が修繕してくれる。この前来た時に言ったよ、これで兄さんの生きてる間は大丈夫だと思うわ、とね」

「やっぱり古いものが一番綺麗ですね」とわたしは言った。

「こういうひもを編んだやつのことを言ってるんじゃないだろうね?」と老人は聞い

た。「うちの敷物は、だいたいが編んだやつでな、綺麗なのは最初のうちだけさ。家内が言っておったよ、これだと床を歩きやすいとな。わしはうちの中を、ボートみたいに足を引きずって歩くんで、布に毛糸を刺したやつだと、角のところで必ず引っかかったもんだ。家内とわしとは、いつも子供みたいにふざけあっていたもんだよ。他の人が見たら、何のことやら皆目見当がつかなかっただろうよ。家内は誰にでも礼儀正しかったが、わしにとってはあれほど愉快な相手は他にいなかった。ここで二人きりの冬の晩には、いろんな人のおしゃべりを真似てみせるんじゃが、本当に当人がそこでしゃべっていると思うほどで、そりゃもう！」

老人はまた編み目を一つ落とし、青い毛糸を指先でぎこちなくもつれさせていた。それをさばいて、まるでタラ釣り糸を扱うように腕を伸ばした長さに引きほどいた。もどかしげに眉をひそめていたが、頬に一粒の涙が光っていた。

遅くなってきたので、そろそろおいとましなくてはなりません、また伺ってもいいでしょうか、いつか漁場に連れて行っていただきたいのですが、どうでしょう、とわたしは聞いた。

「ああ、いつでも好きな時に来てください」と老人は言った。「家内がいた時ほど楽しくはないですがな。ああ、あいつを亡くしたくなかったし、あいつも逝きたくはなかったじゃろうが、どうにもならんかった。こういうことは人間の口出しできることじゃない。いいもいやもないんだ」

別れ際に戸口に立って、「あんた、アルマイラ・トッドのことを最高のご婦人の一人だと思っているかね?」と老人は言った。わたしは緑の草地を下り始めたところだった。「いや、メイン州中探しても、あれ以上親切な人はいないな。小さい時から知っているし、最高の母親に恵まれているんじゃ。明日早く、上等のサバを二、三尾届けると伝えておくれ。決して忘れずにな。家内はいつもアルマイラのことを考えておってな、あの人のために魚を獲る人はいないんだから、とよくわしに念を押して言ったもんだよ。なのにわしは、そのことを忘れるともなく忘れておった。あんたも時々、釣り糸を垂れるようだね」

わたしたちは親友のように笑いあった。わたしは漁場のことにもう一度触れ、南から吹く風と大波のうねりは好まないのですが、と言った。

「わしもじゃよ。好きなやつは誰もおらんさ。家内は舟を見るだけで機嫌を損ねたくらいでな。あんたも知ってると思うが、アルマイラは最高の母親を持っておる。グリーン島のミセス・ブラケットという人で、いつも夏になると訪ねる計画をしたんだが、ぴったりの天気の日が選べなくてな。心配させるような時に舟は出さん。それはだめだ。

あの人はとても感じが良くて、わしらはいやな思いなんか、一つだってするわけがなかった。人の前では愛想良くしておいて陰でののしるようなことは絶対にありえない」

草地の端まで来て振り返ると、老人がまだ戸口に立っているのが見えた。孤独な姿だった。「お気の毒に」と、わたしは小さく声に出して独り言を言った。「奥さんはどこにいるのかしら。あとに遺した小さな世界について何を知っているのか、そして、この八年間、ずっと何をしているのかしら」

サバについての伝言を伝えると、ミセス・トッドは関心をそそられたように言った。「イライジャのところに行ってきたの？　きっと退屈な訪問だったでしょう。あの人、話をするほうじゃないからね。魚のことばっかり考えていると、話ができなくなってしまうみたいよ」けれども、その日老人がどんなことを話したかをわたしが伝え始めると、夫人は急いでそれをさえぎった。

「つまり奥さんのことばかりね。楽しいことなんか、一つも言えないのよ。サラは人見知りする人だったけど、古くからの友達でもあの人の死を埋め合わせることはできないわ。だからわたしは、もうあそこには行きたくない。亡くした後に懐かしく思う人と、そうでない人がいるわよね。わたし、大好きなサラ・ティリーのことを考えない日は、ほとんどないわ。あの人はいつもあそこにいて、どこに行けば会えるか、ちゃんとわかっていたものよ――まるで平凡な花のように。イライジャは立派だし、偉いと思うけど、まじめだけが取り柄の人ね」

二十一　振り返ってみれば

ついに夏の終わりが――家の中が午前中、ひんやりと湿った感じで、外の光がすべて緑の葉を通して入ってくるように見える季節、しかし一歩外に出れば太陽が温かい手を肩に置いてくれ、見上げると、澄んだ空がたちまち高くなっていくように思える季節が来た。海辺には、秋の霧も八月の濃霧もない。海も空も長い海岸線も、そして内陸の丘の低木やモミの木の天辺一つ一つに至るまで、より濃い色に、より鮮明になった。空気中で何かがきらめき、水の上にも緑の草地にもつやのようなものが加わった。一年のこの時期以外に見ようとすれば、ずっと遠くまで行かねばならない、北国の景観だった。北国の夏の輝きが、美しい終局を迎えつつあったのだ。

ダネット・ランディングでの日々は残り僅かしかなく、わたしはそれがいつの間にか逃げ去って行くのを、守銭奴がコインをしぶしぶ手離す時のような気持ちで見送っていた。来たばかりの頃の一週間――薬草の成長と太陽の動きの他には何事も起きない、長い時間のあった日々をもう一度取り戻せたらと思った。かつてはどこに散歩に行けばよいのかさえわからなかったものだが、今では実行したい楽しいこと、また繰り返したい楽しいことがたくさんあって、まるでロンドンにいるようだ。急き立てられるような気分と、ぎっしり詰まった約束とを抱えて、毎日が飛び去って行った――まるで海風の吹く中に放り出された一握りの花のように。

ダネット・ランディングのすべての友人たちと、我が家のように親しんだ、小さな住まいとに別れを告げ、自分を異邦人のように感じるのではないかと危ぶまれる世界に戻らねばならない時が、とうとうやってきた。ひと夏の幸せには制約があるかもしれないが、簡素さの中にある安らぎは魅力的で、こうした生活に欠けているものすべてを補って余りあるものである。平和の恩恵は、戦いの真っただ中に生きる者には無縁なのだ。

わたしは午後に入り江を行く、運行時間のあてにならない、小さな汽船に乗る予定だった。しばらく部屋の窓のそばに座って、緑の薬草園を眺めていたが、一緒にいてくれる人がいないのは残念だった。ミセス・トッドは、その日ほとんど口をきかず、わずかに話した時の口調はひどく不機嫌そうでそっけなく、まるで仲たがいの一歩手前のようだった。わたしの出発を平静に受け入れるなどということは、夫人にはとうてい不可能なのだろうと思われた。やっと足音がして、見ると戸口にミセス・トッドが立っていた。

「さあ、全部用意ができましたよ」夫人はいつになく大きな、事務的な声でわたしに告げた。「旅行鞄は、もう波止場に着いてるはず。ボーデン船長が自分で取りに来て、間違いなく船に乗せるからと言ってました。そう、手配は全部済ませたからね」夫人は少し優しい口調で言った。「手荷物にしたいと思うようなものは台所のテーブルに置いてあるわ。バスケットは返さなくていいから。わたしはこれから港の方まで歩いて行って、ミセス・エドワード・キャプリンの具合を聞こうと思うの」

わたしは夫人の顔をちらっと見て、その表情に胸を衝かれた。出立する前からすっかり悲しくなっていた。

「船が出る時、波止場に立って見送るわたしがいなくても許してくれるわね?」ぶっきらぼうに言おうとする努力を、夫人はまだ続けていた。「そう、ミセス・エドワード・キャプリンを見舞ってこないといけないの。倒れたのはこれで三回目だし、もし母が日曜に来たら、あの人の具合を知りたがるでしょうからね」こう言い終えるとすぐに、ミセス・トッドは向こうに行ってしまった。まるで忘れていたことを何か、急に思い出したようなそぶりだったので、戻ってくるものとばかり思っていたが、間もなく台所のドアを出て門への小道を歩いて行く気配がした。このまま別れるわけにはいかない——そう思ったわたしは、別れの言葉を言いに、走り出て後を追った。しかし夫人は、わたしの急ぐ足音を聞きながら頭を横に振り、振り向きもせずに手を振ってそのまま通りを歩いて行った。

中に戻ると、小さな家は急に寂しくなり、わたしの部屋は初めて着いた日のように空っぽに見えた。わたしもわたしの持ち物も、すべて消えてしまったのだ。ミセス・トッドがあとで戻ってきて下宿人が去ったのを悟った時にここがどう見えるか、わかる気がした。こんなふうに、わたしたちは自分の目の前で死ぬ。人生の章のいくつかが自然に終わるのを、わたしたちは目撃するのだ。

台所のテーブルの上にはいくつかの包みがあった。風変わりな、西インド諸島のバスケット――これは持ち主が大事にしていたもので、素敵ですね、とわたしが誉めたことがある。その横には船で食べるための食べ物が用意されていて、胸を衝かれた。きちんと結ばれたキダチヨモギの束と月桂樹の小枝が一本添えられている。そして古い革の小箱――中にはネイサン・トッドがジョアンナにと持ち帰った、あのサンゴのブローチが入っていた。

まだ一時間あったので、わたしは校舎のすぐ上の丘に登って行き、座って考え事をしたり、海に目をやって舟が来ないかと目を凝らしたりした。遠くにはグリーン島が、黒っぽい樹木に覆われて小さく見えた。眼下には、林檎の木や小さな庭を持つ、町の家々がある。そして向こうの草地に視線を移すと、港のある海岸に続く小道をゆっくりと歩いて行くミセス・トッドの姿がちらっと見えた。遠くから見ると、一人の人を動かしている、否定しがたい大きな資質が感じられるものだ。すぐそばで見るとミセス・トッドは、有能で心優しく、忙しい仕事に没頭する人に思われたのだが、遠くから眺める姿には、仲間のいない孤独さが痛いほど感じられ、奇妙に冷静で謎めいた雰囲気があった。夫人は時々かがんで、何かを摘んでいた。お気に入りのメグサハッカだったかもしれない。とうとう夫人は、丘の上の開けた場所をゆっくりと横切り、黒っぽい小さな木立ととんがりモミの木の後ろに姿を消してしまった。

海岸に沿って進む小さな汽船で港を出たとき、緩慢な流れがあって、岸に連なる岩にはどこも波が高く打ち寄せていた。わたしはデッキに立って後方を——元気なカモメたちが仲良く飛んできて向きを変え、空中の見えない長い坂を揃って降りたかと思うと、分かれて波間に飛び込んで行くのを見つめていた。潮は岸に向かって差してきており、その潮に乗ってたくさんの小さな魚が来ていた——機敏に襲いかかれる獰猛なくちばしを備えた大きな鳥が、頭上で翼を銀色にきらめかせているのも知らずに。海には生命と精気が満ち、波の表面はひるがえるように見えた——まるでツバメのように翼があり、カモメのように自由に空中を飛び回れるかのように。広い澪に出た船は、ロブスターの籠の夕方の見回りに向かう、前かがみの老漁師のそばを通り過ぎた。短いオールでせっせと漕いでおり、小舟は汽船の波を受けて、波間を上へ下へと繰り返し揺れていた。乗っているのはイライジャ・ティリー老人——知らない同士だった長い月日の後、今では親しい友人となったイライジャだった。荒れた海を漕いで行ってロブスター籠を扱うという、一人ではあまりに骨の折れる仕事をするなら、仲間の誰かを待てば良かったのに、とわたしは思った。横を通る時に手を振って、イライジャを呼ぼうとした。イライジャは目を上げ、重々しく一度うなずいて、わたしの別れの挨拶に応えた。奥の入り江に浮かぶ、動かないスクーナー船の高いマストがそびえて見える小さな町は、しばらくの間、穏やかな海の上に姿を見せていたが、やがて単調に広がる海岸線の一部に溶け込んで見分けがつかなくなってしまった——石の多い海岸の、ハリエニシダの緑のように散らばって見える、小さな町の一つとなって。

湾の沖に浮かぶ小さな島々では、岩棚の間を若草のように鮮やかな草が覆っていた。前の週に何日か雨が降ったために、高台の牧草地には至るところにヤマモモの濃い緑が点々と見えた。陸地はまるで初夏のようだったが、低くなった午後の日ざしを受けて斜面の草を食む羊たちの、暖かい冬毛にくるまった丸々した姿が、本当の季節を示していた。ほどなく風が出て船は速度を増し、湾を守るように突き出た岬の長さの二倍ほどの距離を勢いよく進んだ。もう一度振り返った時、島々も岬もともに過ぎ去っており、ダネット・ランディングとその沿岸地方は、すべて見えなくなっていた。

シラサギ

一

ある六月の夕刻、八時少し前のことである。森はもう闇に包まれていたが、木々の幹には燃えるような夕映えの色が、まだ微かに名残をとどめていた。一人の少女が雌牛を一頭追い立てながら家に向かおうとしていた。牛のとぼとぼとした歩みとのろのろした動作には苛々させられたが、それでも貴重な相棒だった。少女と牛は明るさの残る西の空に背を向け、暗い森の奥へと入って行く。歩きなれた道なので、見えなくても問題ないのだ。

この老いた雌牛ときたら、夕方に放牧場の柵のところで待っていたためしなど、ひと夏の間でもほとんどなかった。それどころか、丈の高いハックルベリーの茂みに隠れるのが大好きなのだ。大きな音の出るカウベルを首につけているのだが、身じろぎせずに立っていればベルは鳴らないということに気づいてしまったのである。だからシルヴィアは、見つけるまでさんざん探し回らなくてはならない。「来ーい！　来ーい！」と呼んでも、モーという返事はなく、ついには子供の忍耐力も尽きてしまうというわけだ。上質のミルクを、それもたっぷりと出してくれるのでなかったら飼い主の考えも違っていただろうが、この雌牛は役に立った。それにシルヴィアには、特にすることもない暇な時間があり余るほどあった。そこで天気の良い日など、この牛のいたずらは人間並みに隠れん坊遊びをしたがっているしるしだと考えて心を慰め、他に遊び仲間もいなかったことから、この遊びに熱中することもあった。だがこの日は追跡が長引き、牛も飽きたのか、珍しくベルを鳴らして居場所を知らせたので、沼地のそばにいる「モーおばさん」を見つけたシルヴィアは、笑い声をあげただけで、葉のついたカバの小枝で優しく家の方へと向かわせた。雌牛はそれ以上寄り道しようとはせず、放牧場を出たところではは珍しく正しい方向にすすんで曲がりさえして、ずんずん歩いた。すぐにでも搾乳に応じるつもりでいるらしく、草を食むために立ち止まることもめったにしない。こんなに遅くなってしまって、おばあちゃんは何と言うかしら、とシルヴィアは思った。五時半に家を出てから、だいぶ時間が経っている——とは言え、この用事を短時間で済ませることが難しいのは、誰にでもわかることだった。ミセス・ティリー自身、夏の夕暮れに牛を追うこの厄介な仕事を何度も経験済みで、ずいぶん手間取るわねと非難するどころか、今ではシルヴィアがいて手伝ってくれるおかげで自分は待っているだけで済むのはありがたい、と感謝していた。ただし、シルヴィアは時々好んで道草を食っているのではないかとも、この善良な夫人は思っていた——世界が始まって以来、こんなに外をうろついてばかりの子供なんか絶対にいませんよ！　雑然とした工業都市で八年間も育ってきた女の子にとって、ここは気分が変わっていいでしょう、と誰もが言った。シルヴィア本人は、この農場で暮らし始めるまでそもそも生きていなかったような気さえしていた。町にいた時の隣家の、枯れかけた惨めなゼラニウムの花を、同情の念で思い起こすことがよくあった。

「人見知りする子、ね」娘の家にあふれんばかりの子供たちの中から、周囲の予想を裏切ってシルヴィアを選んで農場に連れてきた時、ミセス・ティリーは微笑しながら独り言を言ったものだった。「人見知りする子だと言ってたわね。まあ、ここだったらこの子も、そんな心配はいらないでしょうよ」二人が人里離れた農場の家に着き、入り口の前で鍵を開けようとしていた時、猫がのどを大きく鳴らしながら近づき、二人の足に身体をすり寄せた。捨て猫らしいが、ツグミの雛を食べて丸々としている。素敵な場所ね、ここで暮らせるのなら、家に帰りたくなることなんかあり得ないわ、とその時シルヴィアはつぶやいた。

薄暗い森の道を、牛はゆっくりした歩みで、少女は足早に、連れ立って進んで行った。放牧地が半分沼地なのにもかかわらず、牛は小川に来ると長いこと立ち止まって水を飲んだ。シルヴィアは浅瀬で素足を冷やしながら、じっと立って待った。夕方に飛んでくる大きな蛾が何匹も、やわらかくぶつかってくる。牛が歩き出すと、シルヴィアも小川の水の中を歩いて渡りながら、喜びに胸を弾ませてツグミの声に耳を澄ました。頭上の太い枝で、何か動く気配がする。そこはたくさんの小鳥や小動物の世界で、油断なく動き回ったり、あるいは眠そうな声でお休みの挨拶を交わしたりしているのだ。歩いているうちにシルヴィアも眠くなってきた。しかし、家はもう遠くなく、大気は穏やかで甘い香りがした。こんな遅い時間に森にいることはあまりなかったので、まるで自分も灰色の夕闇や揺れる葉の一部になったような感じがした。農場に初めて来たのは一年前のことなのに、ずいぶん前のような気がする、あの騒がしい町はわたしがいたころと同じかしら、と考えていたが、そのうちに、よく自分を追いかけて怖がらせた、赤ら顔で体格の良い少年が思い出され、木下闇から逃れたくなって、道をたどる足が早まった。

すると突然、そう遠くないところで口笛がはっきりと聞こえて、森の少女は恐怖に一瞬凍りついた。あれは鳥の声ではない。鳥ならもっと親しげに聞こえるはず。それは迷いのない、攻撃的にさえ感じられるほどの、若者の口笛だった。牛についてはこの際、運を天に任せることにして、シルヴィア自身は用心深く茂みに隠れたが、もう手遅れだった。敵はシルヴィアを発見してしまい、朗らかで人当たりの良い調子で、「やあ、お嬢ちゃん、街道まではどのくらいあるのかな？」と大きな声で話しかけてきた。シルヴィアは震えながら、やっと聞き取れるほどの声で「かなり遠いです」と答えた。

相手は背の高い若者で、銃を肩にかけていたが、シルヴィアにはそちらをまともに見る勇気はなかった。茂みから姿を現すと牛を追い続け、青年は横に並んで歩いた。「ずっと鳥を追っていたんだけどね」見知らぬ青年は穏やかに言った。「道に迷ってしまって、誰か助けがほしいところだったんだよ。怖がらなくていい」青年の口調は優しかった。「大きな声で、君の名前を教えて。それから、君のうちに今夜泊めてもらえそうかどうかも。そうしたら、朝早く猟に出られるんだけど」

シルヴィアはますます心配になった。わたしのせいだと、おばあちゃんに言われるのでは？　だけど、こんな出来事が起きるなんて、誰にも予想できないじゃない？　自分のせいではないと思いながらも、シルヴィアは茎が折れたように頭を垂れた。再び名前を聞かれたので、何とか力を振り絞って「シルヴィー」と答えた。

二人と一頭が帰ってきたとき、ミセス・ティリーは戸口に立っていた。雌牛がまるで言い訳でもするように、モーと一声大きく鳴いた。

「はいはい、そうやって自分で申し開きすればいいのよ、この厄介もの！　今度はこの牛、いったいどこに隠れたの、シルヴィー？」祖母にそう聞かれたが、シルヴィアは怖くて黙ったままだった。事態の重大さを祖母はわかっていない、と本能的に感じたのだ。おばあちゃんはこの知らない人のことを、どこかこの辺の農場の若者だと思っているに違いないわ。

青年は戸口の脇に銃を立てかけると、重そうな獲物入れの袋をその横に下ろした。それからミセス・ティリーに「今晩は」と挨拶し、自分がここまできた経緯を夫人にも説明したうえで、一晩泊めていただけませんか、と頼んだ。

「どこでも結構なんです。明日は夜明け前に出発しますから。しかし、腹ぺこでして。牛乳ならきっといただけますね」

「まあまあ、もちろんですよ」とミセス・ティリーは答えた。長い間眠っていた歓待の精神が、たちまち目をさましたようだった。「一マイルくらい行って本街道に出れば、もっと良いものが食べられるかもしれませんけど、うちにあるものでよろしかったら差し上げますよ。すぐに乳搾りに行ってきますから、くつろいでいらしてね。布団はトウモロコシ皮を詰めたのと羽毛を詰めたの、両方ありますよ」と夫人は親切に申し出た。「みんなわたしが作ったんです。沼地のほうへちょっと下りたところに、ガチョウの良い餌場があるんですよ。さあ、シルヴィー、こっちに来てお客さんのお皿をテーブルに並べて」シルヴィアはてきぱきと動いた。することができて嬉しかったし、自分も空腹だったからだ。

ニューイングランドの田舎で、こんなに清潔で居心地の良い住まいを見つけられるとは驚きだった。青年はこれまでに、ひどく粗末な生活を見てきており、ニワトリがそこらを歩き回るのさえ厭わないような、むさ苦しいところに暮らす人たちも知っていたからだ。ここは隠遁者の住まいのように小さくはあったが、古風な農場の質素なスタイルを最良の形で保っていた。青年は老婦人の面白い話を熱心に聴き、シルヴィアの青白い顔とキラキラした灰色の目を、次第に強く惹かれながら見つめただけでなく、ぼくはこの一か月間、これほど美味しい食事にありついたことはありません、と力説した。そして食事の後には、すっかり親しくなった三人で一緒に戸口に座って、月の出るのを眺めた。

もうじきベリーの季節だわね、シルヴィアは摘むのがほんとに上手なの。あの牛はよくお乳を出してくれるんだけど追いかけるのに苦労するのよ、という具合に、ミセス・

ティリーはすっかり打ち解けてお喋りし、さらには、自分は四人の子供を亡くしたので、健在なのはシルヴィアの母親とカリフォルニアにいる(もしかするともう死んでいるかもしれない)息子、この二人だけなの、とも話した。「息子のダンは鉄砲がうまかったわ」と語る調子は悲しそうだった。「あの子がうちにいた頃は、ウズラやハイイロリスには絶対に不自由しなかったもんですよ。ひとところに落ち着いていないし、手紙なんか書かない子でね。でも、責めやしません。わたしだって、できれば世界中を見てまわりたかったと思うんですからね」

「シルヴィアは、その息子に似ていてね」一息入れると、祖母は優しく続けた。「このあたりでこの子が知らないところなんか全然ないし、野山の生き物はこの子を仲間だと思っているほどよ。リスをここに来るように馴らして、手から餌を食べさせるし、いろんな鳥なんかもね。この前の冬にはカケスがうろつくようにしちゃって、わたしが見張っていなかったら、餌にするために自分の食事をうんと減らしてしまうところだったのよ。とにかくカラス以外なら、わたしがちゃんと餌を考えてあげるからって、この子にいつも言うんです。もっとも、いつかダンはそのカラスまで馴らしたことがあったわ――人間並みだと思うほど頭のいいカラス。あの子がいなくなっても、しばらくうちにいましたよ。ダンと父親は反りが合わなくて。でも、衝突の挙句にダンが出て行ってしまったら、父親も元気をなくしちゃいましてね」

一家に起きた不幸な出来事がほのめかされたが、青年は別のことに気をとられていた。

「それじゃシルヴィーは、鳥のことを何でも知っているわけですね?」青年は語気を強めてそう言い、シルヴィアのほうを見た。シルヴィアは月の光の中でおとなしく座っていたが、次第に眠くなってきたようだった。「実はぼくも鳥を集めているんです、小さいころから」(ミセス・ティリーは、これを聞いて微笑んだ。)「五年くらい前から追いかけている、とっても珍しいのが二、三種類います。もし見つけたら、必ず手に入れるつもりです」

「鳥を集めてかごで飼うの?」青年の熱っぽい言葉を聞いて、ミセス・ティリーは不安そうに訊ねた。

「いやいや、剥製《はくせい》にして保存するんです。もう何十とありますよ」と、鳥類学者のような青年は言った。「どれも全部、ぼくが自分で撃ったり罠で捕まえたりしたものばかりです。土曜日に、ここから数マイル離れたところでシラサギを一羽ちらっと見かけてから、こっちへずっと追いかけてきたんですよ。これまでこの地域ではシラサギは見つかってないんですけどね。小さな白いサギなんです」シルヴィアがこの珍しい鳥を知っているんじゃないかと期待しながら、青年はまたシルヴィアのほうを振り向いた。

けれどもシルヴィアは、小道にいるヒキガエルをじっと見つめていた。

「見ればすぐにわかると思うんだ」と青年は熱心に話を続けた。「面白い格好をした、背の高い白い鳥で、柔らかそうな羽、細くて長い脚をしています。小枝を集めて、タカと同じような巣を高い木の天辺に作るはずなんだ」

シルヴィアは胸がどきどきした。その珍しい白い鳥なら知っている——森の向こうの湿地の、明るい緑の草の中に立つその鳥に、忍び足でそっと近づいたこともあった。そこには、日光がいつも不思議な黄色に見えて、熱く照りつける、開けた場所があり、丈の高いトウシンソウが風にそよいでいた。あの下の黒い泥の海に沈んだら、あんたの身体は二度と見つからないからね、と祖母はシルヴィアに言っていたものだ。そこから少し進むと塩水性の湿地になっており、その先は海だった。シルヴィアはまだ海を見たことがなく、いろいろと想像したり夢を描いたりしていた。嵐の夜には海の音が、森の木々のざわめきより大きく聞こえてくることがよくあった。

「あのサギの巣を見つけることほど大きな望みはありません。巣の場所を教えてくれた人には十ドルのお礼をするつもりですし、必要なら休暇のすべてを費やしても探すつもりです。ひょっとしたら渡りの途中だったのかもしれないし、猛禽類に追われてテリトリーから出てしまったのかもしれませんが」ハンサムな青年は熱心に言った。

ミセス・ティリーは驚嘆した様子でこの話に聞き入っていたが、シルヴィアはヒキガエルを見つめ続けた。もっとも、平静な時であれば気づいたかもしれないこと——つまり、戸口の段の下にある自分の穴に入りたいヒキガエルが、今夜は時ならぬ観客に邪魔されて困っていること——には気づかなかった。青年が軽い調子で口にした十ドルというお金で、ずっと欲しかった品々がどんなにたくさん買えるか、これもこの晩、いくら考えても答えは出なかった。

翌日、若い狩人は森を歩き回り、シルヴィアも同行した。この愛想の良い青年に対して最初に感じた恐れは消え、とても親切で心が通じる人だと思うようになった。鳥について多くのこと——鳥の知恵、すみか、行動などについて、シルヴィアにいろいろと教えてくれたし、ジャックナイフもくれた。シルヴィアはそれを、無人島の住人がするように大事にした。終日ともに過ごして、シルヴィアを困らせたり怖がらせたりすることはなかったが、何の警戒心も持たずに歌っている鳥を、枝から撃ち落とす時だけが例外だった。銃を持っていなければ、シルヴィアは青年をもっとずっと好きになったことだろう。鳥が大好きらしいのに、その鳥をなぜ殺すのか、理解できなかった。しかし夕暮れ時になっても、青年を見るシルヴィアの目には愛情のこもった賞賛があった。こんなに魅力的で感じのいい人には会ったことがないわ——子供の中に眠っていた娘心が、恋への夢で何となくざわめいた。その大きな力の予兆が、いま荘厳な森の中を静かに歩いて行く二人の心を動かし、揺さぶっていた。足を止めて鳥の声に耳を澄ませ、また枝をかき分けながら熱心に前進する——ほとんど口はきかず、話す時にはささやき声だった。青年が先を歩き、シルヴィアは興奮のあまり色が濃くなったように見える灰色の目で、青年の数歩うしろに従っていた。

青年の探し求めるシラサギが現われないことは悲しかったが、シルヴィアは先に立つことをせず、後について行くだけだった。自分から口を切るなどはとんでもないことで、もし何か聞かれてもいないのに話をしたら、自分の声に驚いたことだろう。どうしても答えなくてはならないときに、はい、いいえ、と言うのさえ大変だったのだから。ついに日暮れになると、二人は雌牛を連れて一緒に家に向かった。ほんの昨日、口笛を聞いて怯えた場所に来ると、シルヴィアは嬉しくなって、思わず微笑んだ。

二

家から半マイル離れた、森の向こうの端には丘があって、マツの大木が一本だけ、同世代の木々から取り残されて立っていた。境界線の目印として残されたのか、あるいは他の理由があったのか、誰にもわからなかった。仲間の木を切り倒した木こりたちはとっくに世を去っていて、マツ、カシ、カエデなどのたくましい木が、今では新しい森に育っている。けれども、このマツの古木の堂々たるこずえは、他のすべての木々の上に高くそびえ、はるか遠くの海からも陸からも目印《ランドマーク》となっていた。シルヴィアはそのマツをよく知っていた。天辺まで登ればきっと海が見えるに違いないと信じていたし、ざらざらした太い幹に手をあてては、うっそうとした大枝を憧れの目で見上げた。空気が淀んだ暑い時でも、上空にはいつも風があって大枝が揺れていたのだ。いまシルヴィアは、新たな興奮を覚えながらその木のことを考えた——世界を見渡せるあの木に、もし夜明けに登ってみれば、シラサギがどこから飛んでくるか、きっとわかるに違いない。その場所を覚えておけば、秘密の巣も見つけられるはず。

なんと素晴らしい冒険！　なんと途方もない夢！　朝起きてきたあの人にその秘密を教えてあげたら、どんなに誇らしく、嬉しく、楽しいことだろう！　この思いはあまりに大きくて真に迫っていたので、少女の胸におさめておくのが難しいほどだった。

この小さな家の戸口は一晩中開いたままで、戸口の段にヨタカが来て鳴いた。狩人の青年とおばあさんはぐっすりと眠っていたが、大きな計画のあるシルヴィアは目を覚ましたままだった。眠ることなど、すっかり忘れていた。短い夏の夜が、まるで冬の夜のように長く感じられたが、ついにヨタカの鳴き声がやんだ。もうすぐ夜が明けてしまうのではないかしら——シルヴィアは忍び足で家を抜け出すと、牧草地の小道をたどって森を抜け、開けた場所にむかって急いだ。通りすぎるときに揺らしてしまった小枝に止まっている鳥たちが、半分眠ったままでさえずる声に、仲間を得たような気がしてほっとした。大自然や森の物言わぬ生命と心を通わせる素朴な少女の喜びを、突然現れた男性への初めての関心という高波が吹き飛ばしてしまうようなことが、万一あったとしたら！

薄れていく月の光の中で、巨木はまだ眠っていた。大志を抱く小さなシルヴィアは、持てる勇気をすべてふるって、天辺に向かって登り始めた。熱い血潮が興奮で疼くように身体中の血管を駆け巡り、はだしの手足は鳥の鉤爪のように幹にしがみついていた——空に届くほど上へ、上へと伸びていく、巨大なはしごのような巨木の幹に。シルヴィアはまず、横にあるホワイトオークに登らなくてはならなかったのだが、その木の黒っぽい枝や露に濡れてずっしりと茂る緑の葉の中に、姿がほとんど隠れてしまいそうだった。一羽の鳥が巣から飛び立ち、気分を害したアカリスは無邪気な侵入者を咎めるように、右往左往して走り回った。シルヴィアにとって、この木に登るのはわけもないことだった。それまでにもよく登ったことがあって、もう少し上まで行くとホワイトオークの枝の一本がマツの幹に触れているのを知っていた。そこにはマツの低い枝が密生している。オークからマツへの、危険を伴う移動に成功して初めて、この大仕事が本当に始まることになるのだ。

ついにシルヴィアは這うようにして、揺れるオークの大枝の上に身を乗り出し、マツの老木に移るための大胆な一歩を踏み出した。思ったより難しい。遠くまで手を伸ばして、しっかりつかまなければならず、乾燥して鋭く尖った小枝が身体にからみつき、怒った爪のようにひっかいてくる。大木の幹を回りながら上に登って行くにつれて、小さな細い指に松やにがついて、動かしにくくなった。下の林ではスズメやツグミたちが目をさまして、白み出す空にむかってさえずり始めたが、マツの木の上方はずっと明るいように見える。計画の成功のためには急がなくては、とシルヴィアは思った。

シルヴィアが登るにつれて木は背丈を伸ばし、上に向かって遠くへ遠くへと伸びていくように思われた。まるで大地という船の、巨大なメイン・マストのようだった。その朝、固い決意を胸に秘めた、元気で小さな人間が、枝から枝へつたって自分の身体を登って行くのを感じた時、どっしりした大木はさぞかし驚いたに違いない。この軽くてか弱いものの前進を助けるために、一番細い枝でさえ動きをずっと抑えていたことを誰が知ろうか。マツの老木は、自分の庇護を求めるように現われた小さなものを、きっと愛したに違いない。この灰色の目をした、ひとりぼっちの子供の勇敢な心臓の鼓動は、すべてのタカ、コウモリ、蛾、あるいは綺麗な声のツグミと比べても貴いものだった。その六月の朝、暁の東の空が明るくなっていく間、その木はじっと立って、風をしりぞけていたのだ。

とげとげした大枝の最後の一本を制して、震えながら、疲れ、しかし意気揚々と木の天辺に立った時のシルヴィアの顔を、もし地上から見る人がいたなら、青白い星のようだったであろう。ああ、確かに海が見える——夜明けの太陽が海面を金色に輝かせ、まばゆいばかりの東のほうへと、二羽のタカが翼をゆっくり動かしながら飛んで行くのが見えた。これまでタカといえば、青空を背にした黒い姿をはるか上方に仰ぐものと決まっていたのに、いまこの高みから眺めると、なんと下を飛んでいることか。タカたちの灰色の羽は蛾のように柔らかく、マツの木のすぐそばにいるように見え、シルヴィアは自分も雲の間を飛んで行けそうな気がした。西のほうには森林と農場がずっと遠くまで続き、ところどころに教会の尖塔や白っぽい村の集落が見える——世界はなんと広く素晴らしいことか！

鳥たちの声は次第に大きくなった。ついに太陽が、驚くほどまぶしい光とともに昇ってきた。シルヴィアの目に、海に浮かぶ何艘もの船の白い帆が見えた。最初のうち紫色、薔薇色、黄色に染まった雲の色が次第に薄れて行く。広がる緑の海のどこに、シラサギの巣はあるのだろうか。この素晴らしい景色とそれを舞台にした壮麗な色彩のショー――目がくらむほどの高さまで登ってきたことへの報酬は、それだけなのだろうか。さあ、シルヴィア、もう一度下を――輝くカバの木と黒いツガの木に囲まれた緑の沼地を見てごらん。前にシラサギを見たあの場所に、再びその姿があるだろうから。ほら、見て！　白い小さな点のような姿が、一枚の羽根のようにツガの枯れ木から浮かび上がり、だんだんと大きくなりながら、上へと近づいてくる。そしてついには、翼でしっかりと風を切り、羽冠のついた頭、ほっそりした首を伸ばして、このマツの木のそばを通って行く。待って、動かないで！　足一本、いや、指一本も動かしてはいけないよ、シルヴィア、視線という矢を両目から放つのもまずい。シラサギはそこから遠くないマツの枝に止まって、巣にいる連れ合いの声に応え、新しい一日のために羽づくろいをしているのだから！

間もなく、けたたましい鳴き声をあげるネコマネドリの一団が木にやってくると、あたりかまわぬ羽ばたきや鳴き声を嫌って、謹厳なシラサギは飛び去ってしまい、シルヴィアは大きなため息をついた。あの鳥――空中をゆるやかに飛ぶ、ほっそりとして軽やかな野生の鳥、そしていま、下にある緑の世界の住みかに、矢のように戻って行くあの鳥の秘密を、シルヴィアはもう知っているのだ。十分に満足して、シルヴィアは下に向かう危うい下りを開始した――足元の枝より下は見ないように気をつけて。指が痛み、足が滑りかけては泣きそうになりながら。シラサギの巣への道を教えてあげたら、あの男の人は何と言うかしら、どう思うかしら、と何度も繰り返し考えながら。

「シルヴィー、シルヴィー！」おばあさんは忙しく働きながら何度も呼んだが、返事がない。トウモロコシ皮の布団のかかった小さなベッドも空っぽで、シルヴィーの姿は消えていた。

青年は夢から覚めて、この日に期待できるはずのことを思い出し、一刻も早くという思いで、急いで着替えた。昨日あの内気な少女が一、二度見せた表情から考えて、シラサギを見たことがあるのは間違いない、絶対に聞きださなくては、と思っていた。そこへシルヴィーが戻ってきた。それまでになく青ざめた顔をしている。着古したワンピースはぼろぼろに破れて、松やにで汚れていた。おばあさんと青年は一緒に戸口のところに立って、シルヴィアにわけを聞いた。緑の沼地のそばの枯れたツガの木のことを話すべき、素晴らしい瞬間がいま訪れたのである。

しかし、シルヴィアは結局、口を開かなかった。おばあさんが腹を立てて叱り、青年は訴えるような優しい目で、まっすぐにシルヴィアを見つめたのだけれども。この人はたくさんお金をくれると約束してくれたし、うちはいま貧しい。この人なら喜ばせてあげたいし、わたしの話を聞こうと待ち受けている。

でも、ああ、やっぱり話すわけにはいかない！――突然シルヴィアがそう思って、口をつぐまずにいられなくなってしまったのはなぜだろう。九年間生きてきて、いま初めて大きな世界が手を差し伸べてきたのに、ただ一羽の鳥のためにその手を押しのけなければならないのか。緑色のマツの枝のざわめきが耳に残り、金色に染まる大気の中を飛んできたシラサギの姿がよみがえる。そして海と朝の光景を一緒に眺めたことを思い出すと、シルヴィアは話すことができなくなる――シラサギの秘密を漏らして、その命を取り上げることはできない。

忠誠なる心よ――その日、青年ががっかりした様子で去って行くとき、鋭い痛みを感じた胸。犬のようにその後を追って仕え、愛することができたかもしれないのに！　のろのろした足取りの牛を連れて帰る夕方の道で、シルヴィアにはあの口笛が聞こえたように思うことが何度もあった。青年の銃声が鋭く響き、ツグミやスズメたちの歌がやんで、美しい羽を血で濡らして無言で地面に落ちてくる、痛ましい光景を目にした時の悲しみ――それさえ忘れていった。親しくなれたかもしれない、あの猟師の青年より小鳥たちのほうが良き友だったのか――それは誰にもわからない。シルヴィアがどんな宝を逃したにしても――森よ、夏よ、忘れないで！　この独りぼっちの田舎娘に恵みを与え、神秘を教えてやってほしい。

ミス・テンピーの通夜

時は四月、ニューハンプシャー州の農業地帯の、近くに鉄道もない、小さな町のことである。ミス・テンピー・デントの家の周りに散在する家々の明かりは、一つまた一つと消えていった。だが、近所の人たちは最後に外を見るとき、ランプが灯されたままのその古い家に、無意識のうちに好奇心のこもった視線を向け、小さなため息をつくのだった。「気の毒なミス・テンピー！」そうつぶやく知人は、一人ならずいた。というのも、その人は亡くなって北側の部屋に安置され、外に漏れる明かりは通夜の明かりだったのだ。葬儀は翌日の午後一時に予定されていた。

一番古くからの友人であるミセス・クローとセアラ・アン・ビンソンが通夜に来ていた。二人が台所に座っていたのは、ふだん使われていない応接間よりこちらのほうが怖くないという理由からで、気を紛らせようと、ずっとおしゃべりを続けていた。春の長い一夜を夜通しとなれば、話題も持論も尽きるのではないかと思われるかもしれないが、二人とも気が高ぶっていて、いつになく自信に満ち、表情豊かだった。どちらもそれぞれ、秘密にしておこうと決めていた事柄を二つ以上、すでに打ち明けてしまっていた。日中にはとても言えないようなことを口に出したい気持ちに誘われることもたびたびだった。ミセス・クローは夫のために青い長靴下を編んでいたが、足首から下の部分がもう長すぎるほどになっていた。適切な場所で細くするのを忘れたようにも見えたが、ミセス・クローは自分のしていることがよくわかっていた。ミス・ビンソンよりずっと冷静な性格だったのである。ミス・ビンソンのほうは、縫い物をしようという努力もむなしく、話に気を取られるたびに膝に落としてしまう有様だった。

二人の顔だちは興味深かった。そっけなく、賢そうで機転のきく、ニューイングランド人らしいタイプで、薄い髪は編んで、邪魔にならないように後ろにきちんと結い上げている。ミセス・クローはどことなく親切そうに見え、ミス・ビンソンのほうは、近所の人の言葉を借りれば、少々険のある印象と言えるかもしれない。しかし、生活力のない未亡人の姉と言うことをきかない六人の甥姪という、背負わされた重荷を考えればそうならざるを得なかったことは、誰もがわかっていた。煉瓦《れんが》職人としての技術を学ばせるために、信頼できる人のもとに一番上の甥を何とか預けたところだった。セアラ・アン・ビンソンはその不安げで鋭い表情にもかかわらず、姉からいくら愚痴や泣き言をぐずぐず言われても、いっさい言葉を返すことなく聞いていた。この子たちは父親さえいたら指一本動かす必要のない境遇なのよ、と毎週のように聞かされ続けてきたのだったが、セアラは小さな農場を堅実に守りながら、甥や姪に有益な事柄を根気よく教えた。先々、彼らにきっと感謝されるよ、と誰もが言ったものだった。楽しみのない人生だと外からは見えようが、喜びにあふれた人生だと本人は感じていた。

それに対してミセス・クローには立派な農場主で鷹揚な夫がいて、裕福だった。吝嗇《りんしょく》家であったにもかかわらず寛大に見えた。誰かを助けるためにほんの少し骨を折ったり、ものを与えたりすると、それだけで大変な恩恵とみなされ、もっと貧しい知人が気前よく差し出した場合の二倍もの感謝が寄せられるのだった。ミセス・クローは誰もが親しくなりたいと思うような人物で、社会的な立場はセアラ・アン・ビンソンよりずっと上だった。だが二人は昔の学校友達で、テンプランス・デントとも友達だった。亡くなる少し前のある日、ミス・デントは二人に、自分の亡きあとは一緒に来て家とその他すべてを取り仕切ってもらえないかと頼んだことがあった。近しく協力していく間に二人がさらに親しくなり、恵まれない友の苦労を裕福な夫人がよりよく理解できるのではと期待したのかもしれない。前の晩、二人はここに詰めてはいなかった。旧友の看護をし、最期まで付き添ったため疲れ果てていたのだ。

丘を下ってこの家のすぐ近くに流れてくる小川があり、そのせせらぎがいつもよりずっと大きく聞こえる。台所が静かな時、止まることのない流れは激しい音を立て、過去にまつわる何かへの理解を、妙に執拗に二人に求めるかのようだった。

「はっきり言って、まだテンピーを悼む気持ちにはなれないの。あの人が今は安らかで嬉しいわ」ミセス・クローは小声で言った。「あの人がいないのに、ここに座っているのは変なものね。でも、逝ってしまったなんて思えない。楽になって、うとうと眠ってしまったみたいで、起こすのが何より怖いわ」

「ええ、ほんとにそうね」とセアラ・アンは言った。「あの人を亡くしてわたしたち、いま思うよりも、ずっと寂しくなるでしょうね。困難を乗り切るのに何度助けられたか。そして、そういう人はわたしだけじゃありませんよ」

それはまるでミセス・クロー以外の別の人がもう一人そばにいるかのような話しぶりだった。亡き人を見守る役目の二人は、自分たちもまた誰かに見られているような感覚を、追い払うことができなかったのだ。春の風は時折、窓の隙間でヒューッと音を立て、小さな家を突発的に揺すぶった。それは何となく、人恋しい気持ちにさせるものだった。しかし、おおむね静かな夜で、二人はほとんどささやくように話した。

「あんなに物惜しみしない人は見たことがないわ」ミセス・クローはきっぱり言った。

「資力の許す限り、他人に誰よりも与えてしまう――そんなことではいけませんと、わたしはよく言ったものよ。あの人はあまりに我慢しすぎるから、ほんとに心配していたの。自分自身を大切にすることも必要ですからね」

ミス・ビンソンは面白そうな表情を無意識に浮かべて顔を上げ、それから物思いにふけった。

ミセス・クローは真剣な顔で、その視線を受け止めた。「与えることが容易にできる人もいますけど、わたしにとってはそうではないの」夫人はあっさりと言ったが、それはこんな機会だからこそ言えるような気がしたからだった。「まだテンピーがこの家に安置されている今のうちに言っておきたいわ――あの人はずっと、わたしにとって一つの教訓でした。皆さんとても親切で、わたしのする程度のことにも感謝してくれるから恥じ入ってしまうのよ。わたしはテンピーのように心の広い女じゃないの。まあ、あの人とは関係ないけれどね」

セアラ・ビンソンは、この告白に深く心を動かされた。思いがけない謙虚さに感動し、胸が痛くなるほどだった。「あなたには使命がたくさんおありですもの……」敬意を示そうとして言い出した言葉は、途中で止まった。

「ええ、ええ、でもわたしには財産がたっぷりあるんだから。歳をとるに従って、自分の性格が十字架のようになっているのよ。それで今朝決めたの、これからはテンピーの示してくれたことを、わたしのお手本にしようってね」そう言うと、夫人は猛烈なスピードで編み物の手を動かした。

「暗くなってはだめ。これはテンピー自身がよく言っていたことだわ」セアラ・アンは、一瞬黙っていた後にそう言い、「よく言っていた、なんていう言い方、妙なものじゃない？」自分でも少し声を詰まらせた。「あの人は、自分たちのことばかり言いたてる人の話をいやがったわね」

「それはただ、そういう人たちには他人にほめられたい下心がありがちだからよ」ミセス・クローはつつましく答えた。「わたしの言いたいのはそのことじゃないの。テンピーは子供を喜ばせるためなら何でもしたわ。昔、マサチューセッツの兄が、夏に家族で泊まりに来たことがあったの。子供たちはまだみんな小さくて、たくさんの玩具をばらばらにしたまま帰ってしまった。そこにテンピーが来てくれたの、家中を元のように片付けるのに手伝えることはないかと。ちょうどわたしは、がらくたを暖炉に投げ込もうとしているところだったわ。へとへとだったから、まずそこから手をつけようとしてね。『ああ、それ、わたしによこしなさいな』テンピーは熱心にそう言って、帰りにはそれらをまとめて家に持っていき、壊れたところを直したりくっつけたりして子供を喜ばせてくれたわ。しかもわたしが大変な恩恵を施したみたいな言い方をするから、『お礼なんて言わないで、テンピー！　全部燃やすところだったんだから』って言ったものよ」

「ああ、うちでもそんなこと、あったわ。テンピーは何とかして子供を喜ばせようとするのよね。わたしたちだったら、あっちに行ってと言うところよ」

「あの人がした最大の贈物を、わたし知っているのよ。ほかに知る人はもういないと思うし、忘れられてほしくないことなの」セアラ・ビンソンは、時計を見上げて時間を確かめながら言葉を続けた。「トレヴァーさんちの可愛い娘で、コーナーズの学校で先生をして、ニューヨーク州の良いところに縁付いた――あの子、たぶん覚えてるでしょう？」

「もちろん」ミセス・クローは興味を示して答えた。

「とっても優秀な学生だったそうで、学校でも上手に教えていたんだけど、自分の勉強とその学費を稼ぐ仕事とで消耗してしまって、春に倒れたことがあったわ。テンピーはあの子を呼んでしばらくここにいさせたの――覚えてます？　それでね、リジー・トレヴァーにはシカゴに伯父さんがいて――母親の兄さんだったか、裕福な良い人で、リジーと手紙のやりとりをしていたし、たぶん贈物なんかもいろいろしていたんじゃないかしら。でも活動的で忙しい人だったから、親類のことを考える時間を割く余裕がなかったのね、リジーには小さかった時以来、ずっと会っていなかったそうなの。かわいそうにリジーは、すっかり弱って青白い顔で何とか学期を終えたんですけど、すぐに肺病にでもなりそうでしたよ。テンピーはしばらくリジーを甘やかしてやり、次に皆が聞いたのは『ミス・トレヴァーは伯父さんに会いに行ったの。途中一泊でナイアガラの滝にも行く予定でね』と触れてまわるテンピーの言葉。わたしはたまたま知っているんだけど――どうやって知ったか、ここで長々と説明はしないつもり――リジーはここに来たとき学費のために借りがあって、最後の学期の分を何とか払い終えて、ほとんど一文無しになっていたの。借金のことを考えるのがいやで、全部支払ったのね。払えっていう、うるさい催促があったのかも。わたしは、リジーをそんな旅行に行かせるなんてとテンピーをとがめたの。そうしたら、リジーが責められるよりはと思ったのか、白状したのよ。六十ドル渡して――まるで財産があり余っている人みたいじゃない――ゆっくり休めるように休暇に送り出したのよ、って」

「六十ドルですって！」ミセス・クローは大きい声を出した。「テンピーは年に九十ドルしかもらってなくて、残りの生活費は、砂と泥土の小さな畑で育てた作物で補っていたのよ。しかも、世界中のどこよりもナイアガラの滝が見たいわって、以前あの人から何度聞かされたことか！」

二人は黙って顔を見合わせた。気前の良さの程度が、ほとんど理解を越えていたのだ。「貧しかったからできたんだわ！　あなたが何と言おうと、わたしは屈辱を受けた感じよ」とうとうミセス・クローは、感情のままに言い放ったが、セアラは何も言わなかった。六十ドルものまとまった金額を人にあげたことは一度もなかったが、それはただ、それだけのお金を持っていなかったからだった。「テンピーはそうできる境遇にあったから」と唇まで出かかったが、抑えることができた。自分自身の境遇には言及しないという方針を守りたかったのだ。

「気前の良さについて、人はいろいろ言うわね。あの人は公共心があるとか、あの人は物惜しみせずにものを与えるとか」沈黙に少し不安を覚えたミセス・クローが言い出した。「節約しないとわたしが不安になるように、与えることをしないと満足できない人の気持ちは、わたしたちには理解できないと思いますよ。節約こそわたしに向いた、わたしのすべきことみたいに思えるの。何のための節約か、それがはっきりわかれば、ずっと気分が良いのだけれど。もし子供がいたらね、セアラ・アン」少しかすれた声で夫人は言った。「もしわたしに子供がいたら、どっさり貯蓄していたと思うの。だって、その子こそは神様のお導きに従って、そのお金を賢く使い切ることができるでしょうから。でも今は、主人とわたしの二人だけ、お金の使い道がないの。二人とも、何でも今のままがよくて、新しいものを欲しがらないしね。プリシラ・ダンスが先々週、盛んに言いふらしていたの――応接間用に、最新流行の金と白の壁紙と新しい家具、上が大理石のテーブルをわたしが買いに行くって。わたし、あの人を見て言ってやったのよ。『ねえ、プリシラ、うちのあの艶《つや》のある壁紙には、なんの問題もないんですよ。あれでなくちゃ、うちの応接間だとは思えないくらい。ダニエルの記憶によると、昔ちっちゃな指をこすりつけた最初のものはあの壁紙で、赤い薔薇が何て素晴らしいんだと思ったそうよ』ってね」ミセス・クローは、さらに主張した。「わたしに言わせれば、みんな実に馬鹿げたことにお金をどっさり使っていますよ。教会堂の壁を取り壊して、信者席を作り変えたりして。前のを直せば十分だったのに。それでしばらくすると、やっぱり昔のように戻したくなるんだから」

この件はその教区の熱心な信者にとって、ともすると熱くなってしまう話題だった。ミス・ビンソンとミセス・クローは対立するグループに属しており、一時は険悪な関係になったものの、最悪の事態は回避されたのだった。変わらない友情を示そうと、二人は急いで話題を変えた。

「賛成ですとも」ミス・ビンソンは言った。「日常の必需品を買う以外、お金の使い方をわきまえている人は、ほとんどいないと思います。これまで世の中を、わたしより見てきているあなたなら、お分かりでしょう。そういう事柄の趣味や判断となったら、わたしは他の人たちの意見に敬意を払って従うつもりです」この控えめな言葉によって、起きたかもしれない不穏当な議論は防ぐことができた。

そして静かになると、いま自分たちが死者の家にいるという事実をいっそうはっきり感じられるようになった。ねずみが一匹、近くの戸棚の板をかじる音がして妙に気になる。二人は気づかわしげに時計を見上げた。夜中の十二時が近く、厳粛な任務を帯びて、二人きりで世界中から取り残されたようだった。小川だけが目を覚ましていた。

「そろそろ二階の様子を見に行ったほうがいいかもしれないわ」ミセス・クローが小声で言った。死者の部屋にいま行くことに反対する理由が返ってくるのを期待するかのように。けれどもミス・ビンソンは、重々しく、それでいて満足げな表情を浮かべて、テーブルの小さなランプを取り上げた。通夜にはミセス・クローより慣れていて、それだけにずっと平常心を保てるのだった。二人は急な階段に続く、小さな入口ホールへのドアを開け、きしむ階段を上がって、ひんやりした部屋に忍び足で入った。ランプが背の高い箪笥の上に置かれ、長い影が壁にうつると、ミセス・クローの心臓の鼓動は速まったが、白い覆いの掛かった厳粛な姿に向かって、ためらいがちに進んで行った。事務的な手つきで静かに薄い覆いをめくるセアラ・アンに、抗議したい気持ちを感じるのだった。

「表情がどんどん幸せそうになっていくように思えるわ」とセアラ・アン・ビンソンがささやいたのは、素晴らしい微笑をたたえた白い顔を二人でじっと見つめていた時だった。「明日になれば、すべて薄れてしまうでしょう。人は亡くなると、一日か二日後にちょっと目を覚まして、それから逝くのだと思うの」そう言うと、ミス・ビンソンは覆いを元に戻し、二人はすばやく背を向けた。二階のこの部屋には冷気が漂っていた。

「誰であれ、この重要な移行を成し遂げたら、大したものじゃない?」忍び足で階段を降り始めた時に、ミセス・クローが静かに言った。下の台所からの温かい空気は、二人を迎え入れ、守ってくれるようだった。

「なぜだかわからないけど、上にいるよりここのほうが、テンピーを近くに感じるのよね」とミス・ビンソンは答えた。「なんだか空気中にテンピーが満ちてるみたいな気がするの。わたし、時々、あの人の言いたいことを感じることができるんです。霊とかを信じたことは一度もないけど、ちょうどいま、あの人に言われたのがわかるわ——かまどにもっと薪をくべなさいって」

ミセス・クローは、重苦しい沈黙を保っていた。これまではミス・ビンソンのことを、自分よりも弱く、人を信じやすい気質ではないかと考えていたのだ。相手がいま言ったことをまったく無視して、「たしかに、これを成し遂げたら大したものだわ」と繰り返した。「あなたも知ってるとおり、テンピーはいつも死ぬのを恐れていたわね。ようやくそれも終って、死がどんなものか、今ではわかったわけね」ミセス・クローは小さなため息をついた。やはり死という大きな変化を恐れるもう一人の旧友を思いやる気持ちが、ミス・ビンソンの胸にわき上がった。

「テンピーがわたしにはっきりと遺してくれた言葉を、絶対に忘れたくないわ」本当に慰めを与える人になったかのように、ミス・ビンソンは優しく言った。「最後に会いに行った午後、ミセス・オーエンが帰った後に、あの人はわたしのことを一度か二度見上げたの。それでわたしは、『テンピー、あなたの心を軽くするために、何かわたしにできることはない?』って言ったんだけど、目に涙があふれてしまって、あの人がどんなふうにうなずいたか、見ることはできませんでした。『いいえ、ないわ、セアラ・アン』テンピーはそう答えて、もう一度呼吸を整えてから、真剣な目でわたしを見て言ったの。『わたしはね、ただ眠気が増すだけなの。それだけのこと』希望に満ちたような微笑みでわたしを見上げて、目を閉じました。言いたいことは、よくわかったわ。わたしと言葉をかわす機会を探していたのね。その後はもう、あまり話さなかったわ」

ミセス・クローは、もう編み物をしていなかった。とても熱心に耳を傾けていたからだった。そして「そうね、時にはそれを思い出すと慰めになるでしょうね」と言って、相手の言葉を受け入れた。

「いつか夕方の集会の時に、プリンス先生が言われたの――先生は臨終の床に付き添ったことが何度もあるし、死をずっと恐れてきた病人もたくさん見てきたけれど、いざ最期の時になると、逝くのをいとう人は一人もいなかったし、たいていは喜んで世を去って行ったたって。生まれることや生きることと同様に自然なんだとおっしゃったわ。どうしてあの晩、そんなことを話す気になられたかは分からないけど。先生にそういう習慣はなかったわよね。ともかく、外国派遣使節のための月例の合同祈禱会だったわ。経験から出た先生の言葉を聞くのは、強い心の支えになりました」とセアラ・アンは言った。

「あんなに善い人はいなかったわね」ミセス・クローは朗らかな口調で答えた。神経質な不安から立ち直っていたのだ。ランプの光と暖炉の火に照らされた台所はとても居心地がよく、ちょうどその時、古時計が大きな音でゆっくりと十二時を打ち始めた。ミス・ビンソンは手仕事を脇に置くと、すばやく立ち上がって食器棚のところに行った。「わたしたち、何か少し食べたほうがいいわね。夜はこの先、時間の経つのが早いでしょう。今日お宅にいらした時間に、いつもの美味しいカップケーキを作ったかどうか、教えてくださらない？」その口調は嬉しそうだった。贅沢をしない、このつつましい友が示した温かい心遣いを、ミセス・クローはありがたく思った。セアラ・アンがたっぷりとお茶をいれ、通夜をつとめる二人はテーブルに椅子を引き寄せると、健康的な食欲で空腹を満たした。ミス・ビンソンは、砂糖煮の花梨《かりん》の入った古風なガラスの小瓶にスプーンを入れて、ミセス・クローに渡した。家の中のことをよく知っているので、お客をもてなす女主人の役目を受けもったのだ。「そのバタつきパンの上に、これをのせてごらんなさい。テンピーに三、四回勧められたけど、そのときは気が進まなかったの。でもきっとテンピーは今頃、わたしたちにここでくつろいで欲しいと思っているでしょうし、夜食を美味しく食べてね、って熱心に勧めると思うわ。あの人のことだから」

「テンピーったら、なんて素晴らしい砂糖煮を作ったの！」ミセス・クローは悲しそうに言った。「美味しいものをあんなに上手に作る人、ほかにいないわね。しかも何だってうまくこなしてしまうんだから。土地の区画のはずれに、古い花梨の木が一本だけあって、あの人は春になると出て行って世話をして、嬉しそうに眺めていたわ。花が咲くのを待つみたいに」

「人に対しても全く同じだったわ」とセアラ・アンが言った。「花梨の実は、せいぜい広げたエプロンのすそ一杯くらいしかとれないのに、それをみな、人のために使おうとするの。応接間の戸棚に、それはそれは嬉しそうに瓶を並べて。何日か前のことだけど、ティースプーンにちょっぴりゼリーをとってあの人にあげたの。『ありがと』って言って受け取って、味わった途端に、すごく困った顔でわたしを見上げて『これを食べるの、気が進まないわ。病気の時のために取っておくことにしているから』ですって。『コップ一杯、自分で食べるといいわ。もし今のあなたが病気じゃないとしたら、いったい誰が病気か、知りたいものよ！』わたしがそう言ったので、テンピーも声を上げて笑わずにはいられなかったのよ。わたし、うまいこと言ったものでしょう。ああ、あの人といろいろ話ができなくなって、どんなに寂しくなることか！　いつもわかってくれて、言いたいことの核心を必ずつかんでくれたんだから」

「テンピーは二、三年前まで、全然老けなかったわよね？」とミセス・クローは訊ねた。「あんなに美貌を保った人、見たことないわ。自分もお婆さんになったなあ、とわたしが感じ始めたあともずっと長い間、あの人は若く見えたもの。気持ちが若いからだって、ドクターがよく言っていたけど、きっとそのとおりね。あんなに他人に尽くして！　一日、長いと二週間くらい家をあけて働きに出ている期間があったけど、そうやって働いて自分の食料が節約できたのね。あの人がいなければ若い人たちは結婚できなかったし、老人たちは病気で倒れたり最期が近づいたりしたときにあの人がそばにいてくれないと気落ちしたわ。衣類の手入れ、紳士服の仕立て、敷物作り――どれをとっても、誰にも負けないくらい上手だった。『わたし、働くのが大好きよ』っていう言葉、一週間に二十回くらい聞かなかった？」

セアラ・アン・ビンソンはうなずき、空いた皿を片付け始めた。「朝までに何かもう少し食べたくなるかも。ここの戸棚にはたくさん食品があるし、もしお葬式に遠くから来た人がいたら、墓地からここに戻った時に軽食を出せるわ」

「ええ、わたしは午前中ずっと台所に立って、ここに持ってくるものをたくさん作ったのよ。テンピーのためにできる最後のことのような気がして」とミセス・クローは言った。

二人は再び暖炉のそばに椅子を引き寄せ、それぞれの手仕事を取り上げた。ミス・ビンソンの揺らすロッキングチェアがきしみ、小川のせせらぎが、いつになく大きく聞こえた。誰ものを言わないと寂しさが募るもので、ほどなくミセス・クローは、年をとることについての思いに戻って行った。

「そう、テンピーは突然老けたわ。ある時わたし、あの人に訊ねたのを覚えてる――気分はどう？　いつもと変わりない？　って。心配するわたしを笑って、もちろんよ、って答えたけど。ほら、ダニエルが老けて見え始めた時、どこか悪いんじゃないかとわたしは思わずにはいられなかったもの。あれはたぶん、彼が何とか治そうと頑張っていた病気のせい。だからわたし、夏の半分くらいずっとその病気の薬を飲ませていたの」

「テンピーに聞きたいこと、これからどんなに出てくることかしらねえ！」長い沈黙の後にセアラ・アン・ビンソンが語気を強めて言った。「あの人がいなくても頑張ろう、っていう気持ちになれないの。亡くなった人たち、一度だけでいいから戻ってきて、どんなふうだったか話してくれたらねえ。そうすれば、遺されたわたしたちも、もっと楽にやっていけるんだけど」

小川のせせらぎは絶えることなく、家の周りで風はときおり音を立てた。だが、家の中はしんとしていた。食事は済み、火は暖かく燃え、新しい話題もなかったので、二人は眠気に襲われた。少しだけ、と先に目を閉じたのはミス・ビンソンで、同情的な一瞥を投げたミセス・クローの胸には、この疲れた小柄な女性に対する新たな思いやりが湧いてきた。セアラ・アンをゆっくり休ませてあげよう。今夜はわたしが一人で――心にそう決めたのだったが、ほどなくその手から編み物が滑り落ち、ミセス・クローもまた眠ってしまった。その頭上には青白い姿のテンピー・デントが――愛情深く、気前の良い、純真なその女性も、疲れた身体を白い衣装に包んで眠っているのだった。ひょっとすると、テンピーはすぐそばに立って、自分の人生と周囲のものとを新しい目で見直しているのかもしれなかった。ひょっとすると、テンピーただ一人が通夜をつとめていたのかもしれない。

何時間か経って、セアラ・アン・ビンソンが、はっと目を覚ました。小さな窓の外には夜明けの淡い光がさし、台所の中ではランプがぼんやりと灯っていた。ミセス・クローも目覚めた。

「テンピーがいたらきっと真っ先に、『二人とも少し休めて良かったこと』って言ったでしょうね」ミセス・クローは、少しやましい気持ちを感じながら言った。

ミス・ビンソンは外に通じるドアのところに行って、大きく開けた。新鮮な空気はそれほど冷たくはなく、小川のせせらぎは、真夜中の闇に響いたほど大きくはなかった。連なる丘の輪郭と、低地に広がる大きな影が目に入った。東の方はどんどん明るくなってきた。

「お葬式には素晴らしい日になりそうだわ」そう言うと、ため息を一つついて向きを変え、ミセス・クローのあとについて階段を上がった。テンピー・デントの優しい顔と人助けをいとわない両手が消えた今、世界はますます空虚になるように思われた。

ベッツィーの失踪

一

風の強い、五月のある朝のことだった。バイフリート救貧院の物置部屋の、開いた窓辺に三人の老女が座っていた。風は北西風、窓は南東向きだったので、そこには新鮮な空気を運ぶ風が、時折ふわっと吹くだけだった。三人は膝を突き合わせるように座って、大量の実を選り分けていた。窓の外にはタンポポのちりばめられた緑の庭と、二マイル先の村へと曲がりくねって続く、砂だらけの一本の道が見渡せた。頭上の梁《はり》では、蜘蛛の巣にかかった蜂が数匹、抗議するようにうなったり、窓ガラスの上の方にぶつかったりしている。二頭の子牛が大声で鳴きたてているのは前庭で、そこでは数人の男たちが手押し二輪車に何か積み込みながら、耳の遠い人に話す時のように声を張り上げていた。活動的で明るい気分、そして快適といってもいい雰囲気が、バイフリート救貧院を包んでいた。皆たいていはそれぞれに面白い過去を持っていたが、それに比較すると未来についで話すべきことは少なかった。入居者たちは、決して落ちこんでいたり不幸だったりするわけではなかった。多くの人が冬の間だけここに住み、間もなく出て行く予定だった——ある者はまだ自分にできる仕事を始めに行き、またある者は小さな自宅に帰るのだ。大部分の人たちは年齢のせいで体力が衰え、貧しくなっていたが、町の世話になることを嘆くどころか、むしろ救貧農場での冬の暮らしで生活に変化がつくのを喜び、わくわくしているのだった。そんな一同の中に、一人だけ例外が混じっていた。それは七人の子持ちの若い未亡人で、疲労を滲ませた鋭い顔つきをして、自分の運命を嘆く。年かさの女たちは不信の目でこの人を見て、こんなふうに一緒に座って仕事をする時間になると、その噂話をするのだった。

実を選り分けている三人は、同じ服装をしていた。白線の格子模様のある、茶色の丈夫なギンガムのワンピース、その上には色あせた青のエプロン——右手を入れやすいポケットがついた、たっぷりしたエプロンをつけている。その中の一人、ミス・ペギー・ボンドは、一見とげとげしい印象の、とても小柄な人物だった。スチールの縁の大きな眼鏡をかけ、尖った顎を、まるで鼻の低さを補おうとするかのように高々と上げていた。ほとんど目が見えないのだが、眼鏡は水平方向でなく上方に向けられているように思われた――いつも油断なく鳥たちを見張るかのように。足元にまったく注意を払わないので、しょっちゅうどこかにぶつかったり、つまずいたりしながら歩き回り、あざや傷が絶えなかった。跳ね上げ戸の出入り口や地下室への入口でつまずいたり、深い溝や草地の小川にはまったりしたことが、これまでに何度もあったが、わたしは父と同じで目が上を向いているのよ、と得意げに言うのだった。救貧院では珍しい疾患ほど名誉とされていて、上向きの目というのは大変名誉なものだった。例えばラヴィナ・ダウはリューマチを患っていて、その曲がった手にはこのような軽い作業でさえ難しく、苦痛であったのだが、ただのリューマチなどはいわば日常茶飯事で、そんな話には誰も興味を示さなかった。実はペギーは愛想の良い、控えめな人で、決してでしゃばることなどなく、わたしは他の皆さんと同じよ、と言うのが口癖で、実際にそうだった。だが、ミセス・ラヴィナ・ダウはまるで違ったタイプで、とても威厳があり、時には強引と言えるような行動に出ることがあった。かつては、いろいろな人と一緒にたっぷりの仕事をこなした日もあったが、手足が不自由になって働けなくなり、もう長いあいだ、農場から出たことはなかった。訪ねて行くような親類も友人もないが、自分が世間から忘れられた存在になることは、権威を好む生来の性格が許さなかった。ここでのルールを取り決める女主人となり、三、四世代もさかのぼる膨大な町の歴史と人々の来歴を記憶しているだけでなく、ほぼ四十年間の救貧院の全入居者とそれぞれの興味深いエピソードを残らず覚えているのだった。

ミセス・ダウは、三人目の女性ベッツィー・レインと仲良しで、二人は共に皆の思想と意見——と言っても主に意見だが——をリードし、バイフリート農場だけでなく、行政委員や他の権威ある人々にも影響力を持っていた。ベッツィーは若い時から、ソーントン老将軍の立派なお屋敷に長年勤め、大いに信頼され、大事にされていた。繁栄を誇った大家族がばらばらになった時、ベッツィーは、それまでの自分の貯えと遺贈されたものとで、不自由のない経済状態にあった。しかし、気前の良さと不運とのせいでほとんどを散財してしまい、おまけに病気をして片手が不自由になり、先行きに不安が募ると、近所の世話になるよりむしろ町全体の支えに頼る方がよいだろうと、賢い判断をしたのだった。生きているうちに世界をいくらかでも見ておきたい、というのが、昔からのベッツィーの願いだった。冒険好きな船乗りの家系の生まれだったにもかかわらず、三十マイル先のダンビーとノースビルの町に行ったことがあるだけで、それより遠くへの旅は一度もしたことがなかったからだ。

三人とも年をとっていたが、ベッツィー・レインが六十九歳——年齢よりずっと老けて見えたが、実際はこの中で一番若い。ペギー・ボンドは七十代後半、ミセス・ダウはさらに十歳は年上だった。年齢は絶対に秘密にしていたが、独立革命以前の出来事を目撃証人らしい断定的な表現で語るときには、大変な老齢らしい雰囲気が自ずと漂った。そのような話はベッツィーにとって、何よりも楽しみだった。友であるミセス・ダウが実年齢をやすやすと超越するおかげで、自分が二十歳ほど若く感じられたからだ。

クランベリーの入った丸い大籠は手の届くところにあり、三人は何度も手を伸ばして、ベリーを膝へと移した。座ってする作業に、物置部屋は悪くない場所だった。茶色の大梁から種用トウモロコシが下がり、使わなくなった牛乳缶や、ほこりまみれの織機、こわれそうな紡ぎ車、古い家具などが置かれている。向こうの隅には何か不吉な使い道を思わせる幅広の板、その脇には古い揺り籠がある。救貧院の持ち主が花の種子をしまっている、使い古しの整理だんすが一つ、枯れたキュウリがその上を飾っている。ここには美しいものや興味深いものは一つもないが、どこか素朴で飾らない雰囲気がある。老女たちのお気に入りの隠れ家のようなもので、救貧院の煩わしさから逃れて、邪魔されずにいられる場所なのだ。

ベッツィーは手にとった実についた小さな苞《ほう》を、ふっと吹き飛ばした。すると春のそよ風が向かい風だったため、それが顔や肩に吹きつけられた。ベッツィーは目にかかったのをもどかしげに払いのけたが、ちょうどその時、ペギーがまるで捧げものでもするように手を高く上げて、実をはっきり見ようと頭を左右にかしげているのに気づいた。その様子は雌鶏にそっくりだった。

「まあまあ、ミス・ボンド、この仕事はあなたには厄介ね、そうでしょう?」とベッツィーは同情して訊ねた。

「自分なりにできるから、何だか楽しいの。自分の役目を果たしたいのよ」とペギーは答えた。「道をやってくるのは、ファレスさんじゃない? 足音があの人みたい」

一同は目をやったが、遠目がきかなかったので、ペギーに分があった。ミセス・ファレスは、歓迎したい訪問者ではなかった。

「この春ここにいるつもりで来るんじゃないといいけど。たぶん、それはないわね、もう遅いから。あの人、道が大丈夫になるとすぐにうろつきたがるのよ」とベッツィーが言った。

「ファレスさんだよ!」不安げな面持ちで真剣に耳を澄ましていたペギーが言った。

「さあみんな、通り過ぎてくれるように祈らないと」

「ビーチ・ヒルの近くにいる親戚のところに向かっているんだと思うわ」間もなくベッツィーが言った。「娘さんの家を今朝出たとしたら、ちょうど今頃、この辺に来るはず。素通りするつもりはないというしるしに、ちょっと挨拶に寄っただけだと思いたいもんだわ」

物置部屋ではその後、誰も口をきかず、前庭の子牛たちまで静かだった。トウモロコシの植え付けの季節なので、男たちは皆、畑に行ってしまっている。足元の木製の入れ物に、実が絶え間なく小さな音を立てて入っていった。ベッツィーが讃美歌を歌い始めると、一同は秋のコオロギのように精いっぱいそれに加わった。老女たちの声はかすれて甲高く、悲しげな調子の低音が時折混じった。ベッツィーはかなり上手に歌えたが、残りの者は伴奏部を務めるに過ぎず、高音部になると声は途絶えた。

「ああ、ほんとに建国百周年記念博覧会に行く手立てがあったらねえ」ベッツィーが突然歌うのをやめて嘆息したので、残りの者はベッツィーなしで、甲高いしわがれ声を一瞬だけのばしてしまってから歌をやめた。「見に行かずに死んだら、心残りになりそう。世の中をちっとも知らないんだもの、わたしは」

「わたしほど歳をとってるわけじゃないでしょう?」ミセス・ダウが尊大に言い出した。「あんたはまだ間に合うわよ、ベッツィー。あきらめるなんて、だめ。八十過ぎてから四回も世界一周して、しかもその旅をしっかり楽しんだ人を知ってるわ。家族は船乗りで、息子三人と嫁いだ娘が一人、みんな船長でね。子供たちが小さい時は夫がいたけれど早くに亡くなってしまって、子供を女手で育てた――本当に賢い、あっぱれな人よ。子供たちが結婚して落ち着いて、暮らし向きも大丈夫となると、寂しくなったのね。最初は一人で頑張ろうとしたけれどうまくいかなくて、自分の未来にあるのは最後の病床だけだと思うようになった――しかも家族の世話になることを潔しとしない性格だったしね。そこで息子の一人が――長男だったと思うけど――母親を海に連れて行こうと申し出たわけ。場所なら十分にあるし、喜望峰やお茶の取引をするシナ海沿岸の港によく行くのだそうでね。彼女は大喜びだったけど、歳が歳だけに議論百出。結局、出発前の日曜に、牧師様が航海のことをお祈りに加えて、みんなも最後の別れの挨拶をしたの。でも彼女は、何か綺麗なものをお土産に持って帰るわね、と何人かに約束して、それを守ったわ。ホーン岬をまわって帰ってきてもすごく元気で、他の子供たちが羨ましがったの。だから彼女は他の子たちとも、一人一人と一緒に行く約束をしたのよ。あんなに元気いっぱいの人には会ったことがないわね。見てきたものを話すのも上手だしね」

「海で亡くなったの?」ペギーが興味を感じて訊ねた。

「いいえ、航海の合間で、家にいた時。元気ならまた船旅に出ていたでしょうよ。お葬式に行ったわ。ジョージの船が一番好きで、ペルーのカヤオにもそれで行くつもりだったの。船ではみんなから、おばあ様と呼ばれていたみたい。服を繕ってあげたり、病人が出れば介抱したり。まだまだ長生きして楽しめたでしょうに、牛に蹴られてねえ。

群れから離れた新しい雌牛——まったくひどい、いやな牛だわ」

ミセス・ダウはひと息つくために、ここで言葉を切り、実をとろうと手を伸ばした。エプロンは空《から》で、柔らかい苞がたまって灰色に見えた。ベッツィーはまだ百周年記念博覧会のことを考え続けながら、讃美歌の次の部分を歌い始めた。老女たちもまたそれに加わった。ちょうどその時、建物の正面から庭にまわってきた人たちがいたが、芝土が柔らかだったので、老女たちには馬の足音が聞こえなかった。震えるかすれ声の、おかしな合唱に、幌のない馬車に乗った一人の女性が、微笑ましく思いながら耳を傾けていた。

二

「ベッツィー！　ベッツィー！　ミス・レイン！」物置の階段の下で、しきりにこう呼ぶ声がした。「ベッツィー！　すぐにあなたに会いたいとおっしゃるご婦人がお見えですよ」

ベッツィーは興奮で目がくらむ思いだった。学校から早退してくるように言われた時の、めったにない喜びを知った、田舎の子供のように。「ああ、わたし、本当に行っていいのかしら」仲間の顔を心配そうに見回しながら、ベッツィーはためらいがちに言った。しかし、ペギーは庭を見ようと頑張って、いつも以上に上を見つめているし、ミセス・ダウはいくらか羨むようにうなずいて、危害を加えるような人ではなさそうよ、と言った。ベッツィーが震えながらまだためらっている間に、ミセス・ダウは重々しく立ち上がって、力づけるように言った。「確かに立派なご婦人よ。ここにはめったにないお客様ね」

「ソーントン将軍ご一家がまだいらした頃には、立派なお客様がわたしを訪ねていらしたものよ」ベッツィー・レインは階段の降り口で振り返って、得意そうに言った。地位が上の者の古風な優越感がちょっぴり混じったような雰囲気だった。それから姿が見えなくなり、階段下のドアが閉められたが、そのきっぱりとした閉め方は、後に残る老女たちには好感の持てないものだった。

「誰かに聞かれないように、って、あんなに気にする必要なんかないのにねえ。わたしたちにだって、馬車に乗って会いに来るような親戚がいるんだもの。いまいなくても、前にはいたわ」ミス・ペギー・ボンドが悲しげに言った。

「いまドアは、風に煽られて閉まっただけじゃないかしら」とラヴィナが言った。「ベッツィーは、慌てやすい質《たち》だから。あの人を連れ出してちょっと楽しませてくれる人が来たんだといいと思うの。ここでわたしたちみたいな年寄りに交じって落ち着くには、まだ若いわ。わたしと違って、あちこちに行きたがる人だから、その望みがかなえばいいと願ってるのよ。あの人に強みがあるとすれば、それはとっても分別があるっていうことだわ」

「そうね」とペギー・ボンドが顎を上げて言った。「あっちで話していること、みんな、何も聞こえない？　わたしは前より耳が遠くなったようなのよ。近くの音なら、全然変わらずによく聞こえるんだけど。まあね、聴力だけが大事とは限らないわ。聞くべきことがたくさん起こっているようなところに住んでるわけじゃないものね。お客さん、すぐには帰らないみたいね」

「確かにね」とラヴィナが賛成した。

「何か特別の用事だと思うわ。ソーントン家の人たちで残っているのは、孫娘が一人だけで、前によくベッツィーから聞かされたけど、その人はロンドンに住んでいるからもう会えないだろうって。そんなに遠い地の果てで、よく満足していられるわよね、不思議だわ」

ハエやミツバチが、熱くなった窓ガラスのところでブンブンと音を立てていた。老女たちの手から、実がカチカチと音を立てて茶色の木製の容器の中に投げ入れられていった。小鳥が一羽やってきて窓の下枠に止まっていたが、やがて軽やかに羽ばたいて、青い空にむかって飛び去った。下の庭ではベッツィーが、訪問客の婦人と立ち話をしている。ベッツィーは青いエプロンをつけ、喜びで顔を輝かせていた。

「あらまあ」と、もう少なくとも三回目になる言葉を繰り返した。「初めてお会いした時のこと、覚えてますよ。ものすごく可愛らしい赤ちゃんで、将軍にそっくり、ってみんな言ったもんです。で、すぐに外国に帰ってしまわれるの?」

「ええ、帰ります。子供たちがみんな、向こうにいますから。あなたにも一緒に来てもらえれば良いんですけどねえ」と魅力的な若い女性は言った。「古い屋敷にある絵や家具を少し持ち帰ろうと思っています。若いころは今の半分も愛着を感じなかったの。ひょっとしたら来年の夏に、みんなで来られるかもしれません。子供たちをあの松の木の下で遊ばせてみたいと思うわ」

「今もあのお屋敷に住んでいらっしゃるんならねえ」とベッツィーは言った。想像力があまり豊かではなかったので、言われたことを呑み込むのに時間がかかり、海の向こうにあるという、見知らぬ二軒の家を思い浮かべることができなかった。ベッツィーには昔のソーントン邸こそが、世界で一番品位のある、魅力的な屋敷に思えたのだ。

「あなたのために何かできることはないかしら? 帰ってしまう前に、何かわたしにできることは? お手紙は書きますし、子供たちの写真も送ります。だから、あなたも近況を知らせてね」とミセス・ストラフォードは優しく言った。

「そうですね、一つお願いがあります。できたら町で小さな鏡を一つ、見立てていただけないでしょうか――今日の思い出に、自分専用にして手元に置くための。別に他の人たちより上に立ちたいというわけじゃないんです。昔、おばあ様のところにいた頃には、一つ持っていたもんですから。ここにいる人たちは、大体とてもいい人たちで、わたしも一家を構えるより幸せに暮らしています。心がけているのは幸せに暮らすことだけなんです。でも、どうしてすぐに帰ってしまうの？　いま話題の、フィラデルフィアの万国博覧会を見にいらっしゃらないの？」

「ええ」真剣で、ほとんど咎めるような質問に笑いながら、ミセス・ストラフォードは答えた。「来週帰るんです。もし行けるのなら、連れて行ってあげられるのだけど。ではまたね、ベッツィー。あなたに会うと、わたし、小さい頃に戻るわ。あなたは全然変わらないから」

少なくとも五分以上、ベッツィーは日向で立ち尽くしていた――嬉しさで茫然とし、自分自身の存在価値を意識して堂々と。片方の手の中に、何か握りしめているものがあった。それが何であるのか考える余裕もなかったが、親切な救貧院長の妻が成り行きを聞こうと出てきたとき、ベッツィーはその丸めた紙幣を茶色のギンガムの服の胸元に押し込んだ。そしてそちらを向いて、誇らしげに言った。「ミセス・ケイティー・ストラフォードとおっしゃる方です。ロンドンからいらっしゃいました。ご病気に船旅が良いと言われたみたいです。そしてまず頭に浮かんだのは、わたしを訪ねて、元気にやっているかどうか確かめることだったと、話してくださいました。で、すぐに向こうへ帰られるとのことです。素晴らしいお屋敷を二軒もお持ちで、わたしがそこで働いてくれればうれしいのだがとおっしゃいました。ずっとわたしがあの方のおばあ様の片腕だったことを、よく覚えておいでなのです。ああ、あの方にお目にかかって、昔を思い出します！　あの頃と同じように、一家の皆さんが古いお屋敷に揃っていらっしゃるようにさえ思えます。さて、わたしは上に行って、ミセス・ダウとペギーに話さなくては」

「お食事ができてますよ。ちょうどラッパを吹いて、男の人たちを呼ぼうとしていたところなの」と院長の妻は言った。「二人もすぐに降りてきますよ。三人一緒で、選り分けの仕事が捗ったことでしょうね」けれどもベッツィーは気持ちが高ぶっていたので、その言葉も上の空だった。

三

広い台所の長いテーブルには、ここに滞在中の、寄る辺のない人達がすぐに集まってきた。蓄えがなく、不運で、老齢というどうしようもないものの犠牲者たち。食事は満足すべきもので、会話もほどなく始まった。ペギー・ボンド、ミセス・ダウ、ベッツィー・レインの三人は、一方の端に常に一緒に座り、他の人たちを下座に置くような雰囲気を漂わせていた。ベッツィーは興奮でまだ顔を紅潮させており、実際いつもほど食が進まなかった。訪問客について話を求められるかもしれないと期待するかのように、時々目を上げたが、誰もが空腹で、ミセス・ダウでさえ、折悪しくじゃがいものお代わりを頼んで、ひそひそ話を中断する有様だった。救貧院の院長とその妻、そして二人の子供を含めて、二十人近い人がテーブルについていた。二人の子供は、老女たちの向かい側の席の未亡人の子供たちを引き連れて、一団で賑やかに下校してきたのだった。未亡人は誰よりも早く食事を終え、椅子を戻した。いつも料理や片づけを手伝うのだ。やせて陰鬱で不機嫌そうな人で、悲しみはこの人を穏やかにするのでなく、辛辣にした。「お偉いあなたには、庶民と一緒の席なんて考えられないのよね」と、ねたむようにベッツィーに言った。

「わたし、ここに座ってますよ」とベッツィーは落ち着いて答えた。「特にいつもより不作法な振る舞いをしているとは思いませんけど」ベッツィーは自分の礼儀正しさを誇ったが、午前中の出来事について知りたいと思っていた他の人たちの機会は、これで失われることとなった。そのため、ナイフと皿のぶつかるカタカタいう音に続いて沈黙が広がり、一同は一人ずつ出て行った。実の摘み取りは終わったので、トウモロコシの植え付けをしても良いと思う女性は集まるようにという招集があった。そこで、丘での列にまだついていけるペギー・ボンドと、植え付けの仕事では誰にも負けないベッツィー、それにミセス・ダウもそろって畑に出て行った。ミセス・ダウは、座部がへぎ板で軽いキッチン・チェアと編み物道具を抱えて庭をゆっくり進んで行き、なだらかな起伏の上にある石垣の近くに座った。そこからだと、池と緑の丘が見渡せて、友人たちが行き来するときに言葉を交わすことができる。ベッツィーは、ミセス・ストラフォードについて一言二言述べるには述べたが、その人の心配とそれに伴う責任とを案じる立場に自分が突然置かれたような気持ちのせいで、いつもの友人たちとほとんど共通点を持てなかったことは誰の目にも明白だった。しかし、ミセス・ダウとペギーは、こういう高揚した気分は長続きするものではないとよくわかっていたので、できるだけの忍耐力をかき集めて待った。二人には寛大な共感力とも呼ぶべき真の機転が備わっていたのである。

細長いトウモロコシ畑は、広い農場の端に沿っていて、その一番向こうの角はカエデとクルミの若木が何本かずつ植わった茂みになっている。農場の境界線を示す一本のクルミの巨木の子供にあたる若木である。自分の植え付けの列を進んできて、この奥まった場所の近くまで来たベッツィー・レインは、遅れている他の人たちがまだ斜面の向こうにいて自分一人だとわかると、こっそりとあたりを見回してから片手をドレスの中に入れて、ミセス・ストラフォードがくれたお金を初めて取り出した。そして驚いた様子で、何度もひっくり返して調べた——新札で百ドルある。ベッツィーはおかしな風に軽く両肩をすくめて茂みから出てくると、まるでダンスでも始めるかのように、幅の狭い土の上に一、二歩踏み出した。それから大事な財産を慌ててしまい込み、くわで耕された柔らかい土を用心深く踏みしめながら、またトウモロコシをまき始めた——盛り土一か所に五粒ずつ。ペギー・ボンドの頭の天辺が丘の頂上の向こうにさっきから見えていたが、今ではその全身が見えた。空を見上げ、少しよろめきながら、それでも指先で粒を数えては、おぼつかない視力をしのごうとして首をあちこちにねじっている。ペギーとすれ違う時、ベッツィーは好意をこめて、小さく何かつぶやいた。ボストンの病院にかかればペギーの視力は治るかもしれないと誰かが言っていたっけ、とベッツィーは考えていた。しかし、あまりにも実現不可能な企てに見えたので、誰も第一歩を踏み出していなかったのだ。それを思い出してベッツィーははっとし、その年老いた褐色の顔が突然ひきつった。が、次の瞬間、いつもの断固とした表情を取り戻すと、向きを変えてペギーに並び、無頓着な様子で声をかけた。

春の強風は午前中でおさまり、素晴らしい五月の午後だった。農場の北にある森には小鳥がたくさんいて、トウモロコシの植え付けを辛抱強く見守るカラスの一団の姿も若葉の間に見えた。土の耕しを終えた二人の男が、かかし作りに励んでいた。畝の間にひざまずき、用済みになって捨てられた古着を調べながら、くすくす笑っている。救貧院の誰かに似せてかかしを作るのが昔からの習慣で、今年はミセス・ダウのかかし人形に畑を守ってもらう予定だった。ちなみに昨年の見張り役はベッツィーに似せたかかしで、キルトのフードと大事にしていたショールの残骸をつけているので、すぐにそれとわかった。このショールは、風に当てようと垣根にかけてあったのを見つけた子牛の一頭が、嚙んでずたずたにしてしまったものだった。男たちの後には、かかしの土台が見える。垂直の棒と横木をちょうど十字架の形に組み合わせたものである。それが畑の一番高い位置に立ち、そばにひざまずく男二人、それに行ったり来たりしてトウモロコシの植え付けをする、奇妙な格好の人たちが見える光景は、どこか外国の風景を思わせるところがあって、ニューイングランドらしくなかった。粗作りの十字架の存在には、妙に想像力に訴えるものがあったのだ。

四

バイフリート救貧院の生活は、ほぼ全般にわたってとても穏やかに流れていたので、ある不思議な失踪事件が夏に起きた時、それをどう考えたらよいのか、わかる者は一人もいなかった。年長の人たちは、病気や死、それに貧しい人たちの葬列には慣れていた。奇しくもここに集まってきた人々の動静や運命は、常に災難と結びつけて語られ、噂になって騒ぎ立てられてもせいぜい一日限りで消えるのだった。一年で一番日の長い六月のことで、老人たちの目覚めも当然早くなっていたが、驚いたことにある朝、ベッツィーのベッドが空になっているのが見つかった。私物であるシーツやブランケットは日ごろから大事にされており、その日も窓から少し離れた椅子の上にきちんとたたまれていたが、ベッツィー本人は消えていた。キーキーきしむ階段を降りて行く足音を聞いた者は誰もいない。台所のドアの鍵はかかっておらず、年老いた番犬は、早朝の日ざしを浴びた外の階段で伏せの姿勢のまま尾を振っていた――まるで逃走者の秘密を守る役目を任された見張り役であるかのように、賢げな様子で。

「でかけるのなら二週間くらい前から繰り返し吹聴して、皆の見ているところを出て行きそうなものだけど、あの人、そうしないでこそこそ出て行くとはねえ。夜になれば何かわかるだろうさ」と意地の悪い者が言った。

ミセス・ダウは悲しそうに頭を振った。「ベッツィーの母方の伯母さんで、身投げした人がいるのよ。とっても綺麗な人だったけどねえ」

「ひょっとしたら、デッカーさんの家族のところを訪ねて行ったのかも。あの人はいつだってすごく早く出発するし、あっちのほうに行くって、こないだも言っていたし」とペギー・ボンドが言ったが、ミセス・ダウはとても陰気な顔で首を振り、譲らずに言った。「あの人の身に何かあったんじゃないかと思えてならないのよ。寝ながらうめくのを聞いたの。わたしはなかなか寝付けなくてね。そんなことは珍しいんだけど」

「わたしたちに何も言わずに行くなんて、ベッツィーらしくないわ」と言ったのは別の旧友で、悲しさより憤慨のこもった口調だった。一同は午前中、ほとんど口を利かずに物置部屋に座っていた。ミセス・ダウはぼろ布を選り分けて切り、ペギーがそれを長い紐に編んだ。これは後日、敷物にするのである。ベッツィー・レインがどこに行ったかさえわかっていれば、お昼の食事までそのことについておしゃべりしたかもしれないが、この新しい話題を取り上げられないからには、他の古い話題にはいまさら興味が持てなかったのである。外ではトウモロコシが育ち、男たちがくわを使っていた。物置部屋の中は朝から暑く、手にとるウールのぼろ布まで熱を含んだようで、ほこりっぽかった。

五

バイフリートの住人はお互いをよく知っていたので、謎の蒸発を遂げた人物が一週間経っても農場に戻ってこないとわかると、事件への関心が高まった。すぐに判明したのは、ベッツィー・レインがバーチヒルに住む友人デッカー家も、他の知人のところも、まったく訪ねていってはいないことだった。それどころか、日ごろの行動範囲からすっかり消えてしまっていた。あまりに早朝のことだったためにその姿を見かけた者はなく、汽車で出かけたのでは、と言い出した者は笑われてしまった——忘れたのかい、最寄駅のサウス・バイフリートで乗れる汽車は、早くても朝の八時をかなり回っている、もしその汽車に乗ろうと思えば、ベッツィーは七時ごろには道を歩いているはずだから、それを見ない女がいるはずはないよ、と。そのあたりでは、道に面した窓が台所にない家など、ただの一軒もなかったのだ。はじめのうち、人々のやり取りは近所の噂話の域にとどまっていた。朝のそんな時刻に一番の晴れ着を着たベッツィーの姿を見かけた者がもしいたら、さぞかし想像をかきたてられただろうが、何の情報も入らないまま日が過ぎるにつれて、ベッツィーをよく知る者たちの好奇心は次第に懸念に変わっていった。そしてついにペギー・ボンドが再び口を開いて、ベッツィーはあの朝早く、自殺しに行ったか、さもなければ百周年記念博覧会に行ったに違いないという考えを述べた。それは日曜の夕食時のことで、食卓についていた者の中には大声で笑いだす者もいたが、大いに関心を示して耳を傾ける者もいた。

「身投げするのに、よそ行きは着ないでしょうよ」と未亡人が言った。「もっとも、着ないで持っていく方がいいと思ったかもしれない。森でうろうろして道に迷った老人が、前にもいたわね」

ミセス・ダウとペギーはこの失礼な発言に憤慨したが、相手を無視する道を選んだ。「博覧会に行くのに、よそ行きは着ないでしょう?」ペギーは天井に向かってすばやく頭を振りながら、穏やかに言った。「そんなところで晴れ着をだめにしたら残念でしょうからね。それに、あの人がお金を持っているなんて聞いたことがないから、この話は終わりね」

「あんたは、うちの近所に昔住んでいたブランドさんと同じくらいひどいな」と老人の一人が言った。「あれは、おそろしくきっちりした人でな。譲られた上等のアルパカのドレスを、もったいないからと衣装だんすに四十年間吊るしておいて、結局は虫に食われたそうだよ」

「わたしは若い頃に、集会に行くブランドさんをよく見かけたけど、姿のいい人で財産も遺したのよ」とペギー・ボンドが好意的に言った。

「その財産、わたしに遺してくれたんならねえ」向かいに座った未亡人が、居並ぶ自分の子供たちに目をやりながら言ったが、この施設で自分の境遇を嘆くのは礼儀に反することだったので、ミセス・ダウとペギーは何も言わずに眉をひそめた。「ベッツィーは、いったいどこにいると思う?」ミセス・ダウはもう二十回目にもなる言葉を繰り返した。「お金は持ってなかったのよね。遠くには行っていないはず——まだ生きていればの話だけど。春中ずっと困っていたのよ」

「ひょっとしたら、この前ここに来たご婦人からいくらか受け取ったのかもしれない」と院長の妻が控えめに言った。

「それならベッツィーは、わたしに話したでしょうよ」ミセス・ダウは、自尊心を傷つけられてそう言った。

六

姿を消した朝、ベッツィーはスズメやピーウィーより早く起き、震える手で静かに着替えると、手ぶらの泥棒のように台所のドアからこっそりと外に出た。老犬はベッツィーの手をなめて、気遣わしげに顔を見上げた。三毛猫は一番上等の服に身体をこすりつけ、庭を小走りで行きかけたものの、案ずるように戻ってくるとベッツィーの後に従ってついてくるので、ついには家のほうへ追い返さねばならなかった。ベッツィーは田舎道を徒歩で遠出するのには慣れていた。早朝がとても好きだったし、朝露も問題ないとわかったので牧草地の小道を選び、野原を横切る近道を取って進んだ。そこここで寝ぼけた羊の群れが驚き、一度などはびっくり仰天した子牛が一頭、茂みからかさかさと音を立てて飛び出したこともあった。小鳥たちは茂みや草地で朝の食事中だ。田園の住人たちは、たまたまベッツィーの通り道にいれば慌てて逃げ出すというだけのことだった。黒いドレスにすっきりした古い麦わらの帽子をかぶったベッツィーは、少女のように軽い足取りで張り切って歩いて行った。僅かな持ち物は一番上等の大判ハンカチーフに包んで持っていたが、それはただ一人の兄が五十年前に東インドからのお土産に持ち帰ってくれたものだ。一羽の年取ったカラスが、小さな枯れた松の木に止まっていた。そばの畑で芽を出したトウモロコシを引き抜いている仲間たちに警告を発する、見張り役のようだったが、思いきった一人旅の老女が現われても、馬鹿にしたようにカアと鳴いただけだった。ベッツィーはお返しに、手にした包みをカラスに向かって振り回して見せ、うろたえたカラスが小枝から落ちそうになってまごまごしている様子を見て笑った。

「そうよ、みんなと同じように、わたしもフィラデルフィアの博覧会に行くんですからね。カラスさん、あんたは行かないだろうけど」と言ってベッツィーは、大胆な自分に満足して笑い声を上げた。サウス・バイフリートの駅まで、あと二マイルしかない。時々お金があるかどうか触ってみたが、無事だった。うまく出てこられたこと、特に大金をずっと隠しおおせたことを、とても誇りに思った。ミセス・ストラフォードの来訪以来、夜は必ず枕の下に、昼間は服の内側にしっかりしまって過ごしてきたのだ。お金のことを知ったら、誰もがその使い道についてあれこれ助言しようとしたり、あるいは使わずにとっておくようにと勧めたり命じたりするのは分かっていた。干渉には耐えられなかったのだ。

駅までの道の最後の一マイルは、線路沿いだった。汽車の時間までにはまだ二時間近くもあるというのに、ベッツィーは気がせいてきた。ひかれはしないかと心配そうに、数分ごとに線路を見渡す。自分の方に接近してくるらしい機関車をついに発見した時には森に逃げ込んで、元の道に戻る勇気が出るまで潜んでいた。その貨物列車は退避線で停止するもので、まわりに何人かの男たちがいて、この時間を利用してゆっくり朝食をとろうとしていた。老女は男たちに近づくと、自分も少し休んで話をしようと立ち止まった。

「どこまで行くの？」ベッツィーが愛想よく訊ねると、行先を教えてくれた。それは、直通列車に乗り換える町だった。農場の男たちの夕暮れどきの会話で、ベッツィーもその地名は知っていたのだ。

「そこまで、いくらで乗せてくれる?」

「客車はないんだよ」若い男の一人が笑いながら言った。「どうしてそんなに急いでるんだい?」

「フィラデルフィアに行くんだけど、まだまだ先が長いのでね」

「確かに遠いな。しかし、八時四十分の汽車に乗るには、まだかなり早いよ。そうだ! もしかしてその包みの中に針と糸は持ってないかな。ボタンを二つつけてくれたら、ただで乗せてやってもいい。おれがとても困ってるっていうのに、こいつら誰もピンの一本さえ持ってないんだから」

「まあ、かわいそうに! すぐにやってあげますよ。腕がよく動かないんだけど、できるだけのことは何とかかね」

世話好きなベッツィーは土手の斜面に腰を下ろすと、超スピードで糸と針を取り出した。二人の鉄道乗務員がそばに立って、丁寧な針の運びを見つめていたが、よかったらあんた、車掌助手にならないか、そうすればおれたちの近くに乗っていられるから、とまで言い出した。ベッツィーは真剣に考えた末に申し出を受け入れたが、ただしわたしはもう年だから、どんな天気でも外にいるというわけにはいかないからね、と念を押すのだけは忘れなかった。急行列車がまるで地震のように通り過ぎた。それからベッツィーは、知り合ったばかりの親切な二人の手によって空《から》の有蓋貨車の中に押し上げられた。そしてお昼になる前に、旅の最初のステージを、それも一セントも使わず、倹約のための知恵までもらいながら終えていたのだった。若者の片方はベッツィーの心細い旅の境遇に同情したらしく、フィラデルフィアにいる、おれのおじさんの未亡人を訪ねて行くといい、もっともその家への行き方はおれにもわからないんだがね、と言った。ベッツィーはそれに対して、わたしは言葉がしゃべれるんだから、探して見つけられないものなんかありませんよ、と答えた。貨物列車に乗るという予想外の展開があったせいで、そのような年恰好の女性がその朝の定期便の汽車に乗ったはずはないと、サウス・バイフリート駅周辺の住民が口をそろえて断言することになったのである。ミス・ベッツィー・レインはおそらく農場の池の底に沈んでいるのだろうと思う人々がいたのも、同じ理由であった。

七

「まあ、百周年記念博覧会って、なんだか最後の審判の日みたい！」赤いトルコ帽をかぶったトルコ人の男が歩いていくのをじっと見ながら、ベッツィーは言った。「一か月くらいここにいられたらいいけど、そうしたらたぶん、この老骨には命取りになるわね」

ベッツィーが寄りかかっていたのは新案特許のポップコーンの店の壁で、すると突然、実家のことが思い出された——冬の夜、フランダースおじがトウモロコシの小さな堅い粒を出してきて、台所のコンロのそばに座ってそれをよく煎り、一同の軽食に供するために、大きな木製のお盆にこぼれないように盛り上げてくれた情景である。それまでベッツィーは、歩き回ってはあちこちで立ち止まって見物し、目も頭もしびれて何も受け入れられない状態になっていた。だが、本当に物事に驚くのは想像力のない人間だけであって、想像は常に現実世界の音や光景を超越できるものだ。バイフリートから来た、この平凡な老女を驚かせるほど華麗で豪華なものは、めったに見られなかった。西洋の驚異と東洋の光輝とを、ベッツィーは等しい平静さと満足をもって眺めた。バイフリートの外には驚嘆すべき世界が存在するのを、以前から知っていたのだ。ポケットの中には、「万一ベッツィー・レインが事故に遭遇した場合は、バイフリートの行政委員まで通報願いたし」と下手な手書きの文字で記した紙を一枚忍ばせてあった。未来に対するこのささやかな備えをすると、ベッツィーは他人の海へと大胆に飛び込んでいった。そして、友人は至る所に見いだせるという喜ばしい発見をしたのだった。

ベッツィーには、どこか親しみやすいところがあった。何かを期待するような、人を元気づけるような微笑を浮かべて、大きな眼鏡越しに相手を突然見上げる癖があり、それはまるで相手が話しかけてくるものと決めているかのようだった——たいていは本当にそうなるのだったが。ベンチで休憩しながら、あるいは熱々のワッフル、糖蜜キャンディ、フライドポテトなどの昼食をメーカーが無料で提供する会場の垣根に寄りかかりながらすごすうち、そこを通る何百人もの人たちが、どこから来たのか、家には誰を残して来ているのか、この大博覧会をどう思っているかなどが、ベッツィーにはすっかりわかったに違いない。夜になって宿に戻るとき、必ずポケットには木綿糸や何やかや、種々雑多なサンプルが詰め込まれていた。故郷の知人のほとんどすべてへの小さなお土産が、すでに集まっていた。ベッツィーがにこやかで感じの良い田舎の老女で、見る目があって好奇心にみちた人物なのが明らかだったので、ずっと帰らずにいてほしいと誰もが思っていた。博覧会で多忙を極める関係者たちは皆、すぐにベッツィーのことをおばちゃんとかおばあちゃんとか呼ぶようになり、ささやかでも喜ばせたいと、それぞれが出来るだけのことをした。目を一定の高さに据えたまま——そのうえ前方も五十フィート先までしか目に入らずに、流されるようにあてもなく進んでくる、愚かで無関心な群衆とは対照的な、魅力的な人物だったからだ。「ねえ、あなた、こちらでは何を作ってるの?」ベッツィーが楽しげにそう声をかけると、どんなに気のない人でも急いで説明せずにはいられないのだった。ベッツィーはこれまでに経験のないほど気前よく散財したので、結果としてバイフリートに帰らなくてはならない日が早くなった。眼鏡を買えるところがどこか近くにないかと、ずっと訊ね続けていて、時折教えてくれる人もあるにはあったのだが、自分で行くのは難しかった。それで、お目当ての、眼科医で眼鏡も作ってくれるような人を見つけられないうちに滞在の最終日になってしまった。

「上向きの目をしたお友達のための眼鏡がほしくて来たんですよ」ベッツィーが重々しくそう告げると、店員はひどく面白がった。「その人、とっても困っていてね、水を飲んでる雌鶏みたいに頭を上げているのよ。かすんだ部分がどんどん大きく広がっていて、脇からみえることもあるけど、たいていは見えないの」

「白内障だね」横にいた中年の紳士が言った。ベッツィーは振り向き、称賛と好奇心のこもった目で相手を見つめた。

「ミス・ペギー・ボンドっていう人の話よ、バイフリート救貧院の、ね」とベッツィーは説明した。「できれば眼鏡を買って帰って、楽にしてあげたいと思うの」

「眼鏡は役に立たなそうだな」と相手は言った。「このベンチに腰掛けて、すっかり話を聞かせてもらおうじゃないですか。まず、バイフリートってどこです?」そこでベッツィーは、詳しく説明した。

「思った通りだ。で、その人の年齢は?」と医師は聞いた。

ベッツィーはきっぱりとした態度でせき払いをすると、エプロンをしている時のように、ドレスの膝のあたりの皺を伸ばした。それから丸太作りのベンチに並んで座っている相手を見つめ直して、人なつっこく訊ねた。「あなたがどなたか、伺ってもよろしいかしら?」

「ダンスターと言います」

「お医者さままですよね」ベッツィーの調子はまるで、夏の朝にバイフリートからサウス・バイフリートまで歩いていく途中でたまたま一緒になった相手とおしゃべりでもするかのようだった。

「医者です、一応はね。目については多少知っていますよ。毎年夏は、そちらの川の下流のビーチで過ごすので、そのうち行って、本人を見てあげましょう。おいくつなんですか?」

「ペギー・ボンドは、絶対に年齢を明かさない人なんですよ。年を自慢するまでには、まだ行ってないのでね」ベッツィーは渋々ながら説明した。「でも、七十六か、ほとんどそれに近いことはわかっているの。あの人とミセス・メアリー・アン・チックとは同い年で、わたしがそれを知っていることは、ペギーもわかっているのよ。メアリー・アンが眠っている墓地に二、三度ペギーと一緒に行ったことがあるんだけど、生没年を刻んだ墓石に注意を向けさせることができないの。上向きの目だってことを、時々うまく利用しているようだわ。でも、同情してはいるのよ。誰だってそうよ。あんなふうに上を向いているから、どこにでもぶつかったり、つまずいたりして」

「はいはい、わかりました」医師は目をきらきらさせて言った。「夏には伺って、そちらのお医者さんと一緒に、その人を見てあげよう。七月の終わりか、八月の初め頃にでも」

「楽じゃありませんよ」ベッツィーはちょっと偉そうに言った。「バイフリート農場じゃ、たいていが病気持ちでね、ほんとのところ。おばあさんの肩から二十年の年月を取り去るような、良いお薬でもお持ちかしら」

忙しい医師は明るい微笑を浮かべて、首を振りながら立ち去った。「ダンスターね」ベッツィーは、新しい名前を記憶に確かに刻みつけようと、まじめに繰り返した。「そう、言われた通り、あの人のことを忘れずにドクターに伝えなくちゃ。もしも目がみんなと同じように治れば、ペギーだって自信を持つようになるに決まってるわ。あんなに頭のいい人は、町中探しても見当たらないでしょうよ。あの人に運さえあればね。さあ、わたしはあの人のためにできるだけのことをした――それは眼鏡じゃなかったわけ。とっておいたお金で綺麗なショールを買ってあげましょう。あの人、持ってないから。うんと楽しい時を過ごしたいとわたしはずっと思っていたけど、いまその願いがかなっているんだわ」

八

それから二、三日後のことである。救貧院からバイフィールド池の岸辺にむかう傾斜を降りて行く、悲しげな様子の二人の姿があった。朝も早い時間で、刈り込まれたばかりの草がまだ雨で濡れていて、年寄りの歩みを邪魔していた。ペギー・ボンドは、いつもよりまごまごして、違う方向に行きがちだった。この日はとても目が見えにくい状態だったのだ。ラヴィナ・ダウは普段から関節がこわばって動きがぎこちなく、この三年間、救貧院から離れたことはほとんどなかった。朝のそよ風がギンガム地のゆったりしたスカートのひだをふくらませ、不格好な身体をさらに大きく見せていた。杖で身体を支え、一方では弱々しい支えではあったがペギーの腕をとっている。そして小声で話をしていた。

「まあ、ミセス・ダウ、あなたったら、そんなにぜいぜい言って!」ペギーは小さな頭を左右に振りながら、強い調子で言った。「死んでしまうわよ。ゆっくり歩いてちょうだい! この斜面にちょっと座って待ってて。わたし、見て来るから」

「あなたの視力では無理よ」ミセス・ダウはあえぎながら、一語一語区切って言った。「わたしも若い頃は元気いっぱいだったのにねえ。今では戸口につっかえそう。こう太ると愚痴も増えるというものよ。辛いわ、ほんとに! でも、これもみんな、かわいそうなベッツィーのためなの。皆が笑ったのはわかってるけど、あの人が池の表面まで上がっているといけないと思って。いなくなって九日になるでしょう。誰が何と言おうと、あの人は飛び込んだに決まってるとわたしは思っているの。そういうことをした伯母さんがいるから、その血が流れているのよ。いつものあの人らしくなく、考え込んだり一人でため息をついたり……ずっと気の合う仲間だったあなたにもわたしにも何も言わないで。ね、ミス・ボンド、あの人の気持ちに何かが起きたのよ」

「ベッツィーのこと、わたしたちで見つけたくない気がするの、わたしとしてはね」ペギーは口ごもりながら言った。この憂鬱な外出の統率者がミセス・ダウであるのは明らかだった。「あの人は入水自殺なんて考えたこともないと思うのよ、ミセス・ダウ。きっとサウス・バイフリートのむこうまで訪問に出かけたのよ。今頃は百周年記念博覧会に行ってるんだ、と考えている人もいるのよ！」

「いいえ、あの人は、そんなお金なんか持っていませんでしたよ」ミセス・ダウは憤慨して、苦しそうに息をしながら言った。「池に浮かぶベッツィーを、親友だったわたしたちでなく、他の人たちに見つけてほしいって思うんだったら、あなた、もう帰っていいわよ」

二人は悲しみに沈んで、黙ったまま歩き続けた。ペギー・ボンドは心の動揺で身震いしたが、ミセス・ダウはその腕をしっかりと握っていた。そして二人は、池を縁取る狭い砂利の岸辺に着き、そこに立ち尽くした。光り輝く水面とそこに浮かぶスイレンを見ようと、ペギーは目を凝らしたが、見えなかった。あるのは分かっているわ、何年か前に一度、かすかにだけど見えたもの――ペギーは一度見たものを決して忘れはしなかった。頭上の青い空も、池の向こうの黒っぽい松林も、すべてはっきりと心に描くことができた。「何も見えない？」とペギーは、言葉もとぎれがちに言った。「目の具合が悪いわ。わたし、目が見えなくなるのね」

「ええ、何も。何もないわ、ペギー」とラヴィナ・ダウは重々しく答えた。「どうか神様、あの人が……」

「あらまあ、こんなところでお会いするなんて！」元気で明るい大きな声がした。二人のすぐ後ろに、ほかならぬベッツィー・レインが立っているではないか。すぐそばのハンノキの茂みから出てきたのだ。駅から近道をたどって帰ろうとしたようだ。

「ねえ、ミセス・ダウ、どうなさったの？　とてもお疲れみたい。それにペギーは、そんなにぶるぶる震えて。いったい何に苦しんでいるの？」

「いいえ、なんでもありませんよ」この無駄になった外出の統率者は答えた。「気持ちのいい朝だから、散歩でもしようと思っただけでね」素晴らしい落ち着きを見せてこうつけ加えてから訊ねた。「ベッツィー・レイン、あなた、今までどこに行ってたの？」

「フィラデルフィア、ですわ」ベッツィーは陽気で若々しく見え、言葉には何かなじみのない都会的な雰囲気があった。「できればみんな行くべきよ。だって、まるで世界中を回ってきたような気がするんですもの。残りの人生これで十分と思えるくらいたくさんの思い出と話題ができたわ。どこかに行きたいと、ずっと思っていたの。あなたがたも一緒だったならねえ。中国から来た人や、ペンシルベニアの奥地から来た人とも話をしたのよ。オーストラリアの人もいたけど、この辺の人とちっとも変わらなかったわ。木綿糸の作り方とか、いろんなものを見たし……。それからね、夏にビーチに来るっていうお医者様とも知り合ってね、八月の初めごろにこちらに来てペギーの視力の相談に乗るって言ってくれたのよ。あと、鳩の卵くらいの大きさのダイヤモンドがあったし、サウス・バイフリート駅のアビー・フレッチャーでしょ、それから千三百ポンド以上ある豚も……」

「話が聞きたいわ」二人が声をそろえて言った。

「ああ、すごい経験だったのね」我知らず残念そうな視線を、晴れやかな水面に投げながら、ラヴィナがそう言葉を加えた。

「どのくらい経ったら落ち着くかわからないけど」船乗りシンドバッド顔負けの田舎の冒険家は言った。「一人のためになることは、みんなのためになるわね。話はあの物置部屋に一緒に座ってからにしましょう。ほら、ミセス・ケイティー・ストラフォードがあの日、わたしに気前よくお金をくださったの。百周年記念博覧会を見に行くことは、寝ても覚めてもわたしの夢だったし、この界隈からも誰かが代表して行くべきで、その代表にはわたしがなるのが良いと思ったわけ。行政委員に連絡するつもりもなかったわ。手元に残ったのは一ドル三十五セント、何もかもすっかり見て回って、みんなにそれぞれちょっとしたお土産もあるのよ。でもいまは、ほこりまみれでくたくた。フィラデルフィアほど親切なところはないけど、あの町をずっと歩き続けるのは、バイフリートの住人にとっては無理があるわ。さあ、ペギー、わたしの包みとバスケットを代わりに持って、ミセス・ダウをこっちに寄りかからせてちょうだい。わたしの方が二倍も楽に支えられるから」

こうして三人の老女は救貧院に向かって、広い緑の野原を意気揚々と歩き始めた。

シンシーおばさん

一

「いいえ、クリスマスを祝う習慣なんて、我が家にはまったくありませんでしたよ」とミセス・ハンドは悲しそうに言った。「母はわたしたちが小さい時に亡くなったんだけど、母なら新しいやり方についていったでしょう。でも父と祖母は、どちらも古風な人で――それに、ほら、ミス・ペンデクスター、昔はみんなお互いに『メリー・クリスマス!』って言うだけで、あとは誰も何もしなかったじゃないの」

「確かに、楽しいクリスマスのために骨を折るなんていうことは、まずありませんでしたね。この頃では、クリスマスの支度に手間がかかりすぎるっていう愚痴も、時々聞きますけど」とミス・ペンデクスターは答えた。

「そうね、贈り物の好きな人には素敵なチャンスだという考えもあるわ。優しい気持ちを素直に口に出す、絶好の機会になるわけだし」ミセス・ハンドは明るい笑顔で言った。「ああ、でもね、わたしはいつも、元日もお祝いするのよ。特別の一日を祝って楽しんだって構わないでしょう？　それに、元日にまつわる素敵な思い出があるお年寄りも多いわ」

「おばのシンシー・ダレットがまさにそうなんです」とミス・ペンデクスターは言った。「わたしが会いに行かないと、まちがいなく叱られるんです。去年は雪が降って、足元が悪そうだったので行くのをやめたら、おばは近所の男の子をわざわざこっちまで寄こしたんですよ。わたしが具合でも悪いんじゃないか、見てくるように、って。おばは足が不自由になって、今ではすっかり家にこもっていて、いつもとても心配なんです。一人暮らしでおまけに年をとっているんですもの、誰だって気になりますよね！　昨日の晩だって、はっと目が覚めてしまったんですよ、家が火事にでもなったら、おばさんはあそこにたった一人きりでどうするんだろうって。夢うつつだったのかもしれないけど、どうにも落ち着かなくて、上に行って北側の天窓から何か見えないかと、のぞかずにはいられなかったわ。いつものとおり、山のほうは真っ暗で何事もなかったけれど。そういえばおばのところに前に行ったとき、煙突の煉瓦《れんが》の目地塗りが必要だなと思って、おばにもそう言ったんですよ、煉瓦が何か所か傷んでいるみたいだからって」

「お宅の北側の天窓から、おばさんの家が見えるの？」ミセス・ハンドは、少しうわの空で訊ねた。

「そうなんです。見えるので、わたしの気持ちはとても救われています。おばが助けを必要とする時に何か合図を送って寄越せるくらいに近かったらと、よく思ったものです。冬の間は山を下りて、わたしのところで過ごしてちょうだいと、何度も頼みましたが、ある時言われました——ツガマツの古木を一本、山から下ろして来ようというのと同じよ、って。ほんとにそのとおりだと思います」

「おばさんは、とても独立心旺盛な人なのね」とミセス・ハンドが言った。

「ええ、とってもです！」と、中年の姪は語気を強めて、嬉しそうに言った。「いつも笑いながら言うんです——年をとって、あなたにここに世話しに来てもらわなくてはならなくなる日がいつか来るだろうね、って。そしてこの前に行ったときには、すごくおどけた様子で『ねえ、アビー、何だかわたし、それが楽しみになってきたような気がするのよ』って言うんですよ。シンシーおばさんにしては思いきった言葉だったので、その気持ちをありがたく受けとりたいと思いました」

「もうあなたに来てもらうべきですよ」とミセス・ハンドは言った。「そうすればお互いに節約になるでしょう。もっとも、あの人はそんなに節約する必要はないわね。そう、あなた方二人がどう思っているか、ちゃんとわかるわ。自分の家を持って、何でも自分のやり方でやりたい、ってわけね」二人は声を立てて笑い、親しみのこもった目でやさしくお互いを見た。

「ネイサン・ダンっていうおじいさんがいてね――借金なし、でも遺産もなし、だったのよ」とミセス・ハンドが言った。「亡くなったのはこの前の夏、その人の姪のところでね。おじいさんのお財布にあったお金はわずかだったけど、お葬式費用の請求書が来たら、ちょうどその金額が入っていたんですって。端数が八十四セントでね、なんとまあ、きちんと畳んだお札の横のポケットに、きっちり八十四セントあったというのよ、まるで前からわかっていたようにね。笑わずにはいられなかったと、姪という人は話してくれたわ。生きている間と同じで、去り際も几帳面な人だったって。おじいさんにお金があるとは思っていなかったから、費用は全部姪が自分で出すつもりだったらしいの。お金に不自由はしていないし」

「確かに不思議」とミス・ペンデクスターは言った。「そのお金がちゃんとあるのをわかっていて、きっとおじいさんは安らかな気持ちだったでしょうね。とにかく、年老いていく人にとっては特に、それは安心ですから」

その顔が一瞬悲しげにくもったが、すぐに微笑んで、別れの挨拶をするために立ち上がった。そして言い残したことはないかと待ち受けるような視線を、ミセス・ハンドの方に送った。

「わたしも最後はきっちりしたいと思いますけど、無理じゃないかと思うこともしょっちゅうで」冗談で締めくくろうとして、ミス・ペンデクスターはそう言った。

ミセス・ハンドは明らかに何か考えている様子で、すこし間を置いてから口を切った。「ダレットおばさんのところに、元日に二人で行ったらどうかしら。あんまり風が強くなくて、雪が降り出さなければの話だけど。風があったら、わたしにはあの丘は登れないでしょうから。朝ごはんをしっかり食べて、早めに出るのはどう？　この季節は道が悪いから、馬よりも歩いて行く方がいいわ」

「まあ、なんて親切なことを言ってくださるの！　一人きりで行くのは、どうしても気が進まなくて」とアビー・ペンデクスターは言った。「一人で行くのが苦手で、そうしなければと思うとひるんでしまうんです。向こうについてしまえば、思ったよりずっと元気にしているおばを見て、とても嬉しくなるんですけど」

「じゃ、早い出発にしましょうね」とミセス・ハンドが明るく言い、二人は別れた。ミス・ペンデクスターは門までの小道を歩きながら、今あとにしてきた小さな居間を感謝の気持ちで思った。

「なんて見事に道が開けたものかしら！　何も持たないわたし、貧しくてずっと困っていて、年の始めにおばさんを訪ねてあげることなんか考えられなかったのに。こうなったら何かささやかな楽しみを、何とかして考えてあげなきゃ。親切なミセス・ハンドも喜んでくれるように。何か急なことが起きたとき、母さんはいつも『自分の持っているものを使いなさい』と言っていたわね。今のわたしにあるのは気持ちだけかもしれないけど、心をこめてやってみよう！」

二

一年の最初の日は明るく晴れわたった――まるで、最高の冬の日とはどんなものか、新年の見本を見せるかのように。仲良しの二人は、天候の変化に備えて外套とショールにしっかりと身を包み、帽子の上から薄織ウールのヴェールを念入りに結んだ姿で現れた。相手が明らかに何かを腕に抱えていること――ことにミス・ペンデクスターがそうだったのだが、ショールが怪しげに膨らんでいることを、二人ともしばらくの間、見て見ぬふりをしていた。相手が秘密にしておきたがっている様子だったので、その気持ちを尊重したのだった。幅の狭い道に残された深い轍《わだち》は凍っていたが、その縁には平らに踏みならされた小道がついていて、歩くには具合が良い。ミセス・ハンドが先に立ち、ミス・ペンデクスターが後に従って歩きながらずっとお喋りを続けていたので、小さな上り坂の上に着くと、一息つくためにたびたび立ち止まらなくてはならなかった。それほど困難な道程ではなかった。林を抜けて行く、ほぼ起伏のない区間がかなりあったからだ。それでもミセス・ダレットの家に着くまでにはずいぶん高く上ったことになるのだった。

「ほんとに素晴らしいお日和ね。足元もいいし」ミセス・ハンドは満足そうに言った。「まるで足がひとりでに進んだみたい。たいていは歩くのに骨が折れて、目的地に着いたって楽しむどころじゃないのよ」

「このすがすがしい空気のせいもあるんじゃないかしら」とミス・ペンデクスターが言った。「こういう気持ちのいい空気がみちたすぐ後に、雪が降ることもありますよね。みんなを若返らせて、心配事を一つ残らず消し去ってくれるみたいじゃありませんか?」

ミセス・ハンドは裕福で落ち着いた人で、めったに心配事などなかったが、ミス・ペンデクスターの口調の何かに胸を衝《つ》かれた。横目でちらっと相手を見ると、そのやせた顔には苦しげな表情が浮かんでいた。打ち明け話の時が来たのだ。

「あら、何か悩みがあるような口ぶりね、アビー」ミセス・ハンドは年上らしい優しさで言った。

「いつもは気にかけるたちじゃないんですけど、今はちょっときつい感じがしていて。まあ、心配事は前にもありましたけど」

「お金のことで、何かまずいことでも?」ミセス・ハンドは思いきって聞いた。

「お金はない、というだけのことで」アビーは努めて明るく答えた。「この前の家賃の十二ドルを払うために他に手立てがなくて、ニワトリを全部売ったんです——その時逃げ出していた一羽を除いて。で、最後の一羽を今日おばさんのところに持っていくわけなんです。最高の出来のローストチキンにして」

「あなた、そこに何か持ってると思っていましたよ」ミセス・ハンドは普段の口調に戻って言った。「わたしはね、ミンスパイを二つ。おばさんのお口に合うかもと思って。一つを三人で食べて、一つはおばさんがとっておいてもいいでしょう。でも、アビー、ニワトリを全部処分してしまったのは無分別じゃなかったかしら? この先だって卵が要るでしょうし、ニワトリを飼うのにお金はあまりかからないもの」

「ええ、ほんと、困るでしょうね。でも、家賃のお金を何とかしなくてはならなかったんです。お店は休業、稼げる当てはなし、夏からのわずかな貯えも使ってしまいましたし」

「シンシーおばさんのお耳に入れて、助けてもらうべきね。あなたはほんとにお馬鹿さんよ。おばさんに助けてもらうべきなのに、逆にあなたが助けているのね」

「おばは年寄りですし、わたしにとって、たった一人の親族です」とアビーは言った。「おばがわたしを必要とする日がいつか来ると前から思ってはいますが、今のおばにとっては、一人暮らしで自由を感じていられることが大きな喜びなんです。わたしは何とかやっていけるでしょう、大変でも。冬のあいだだけ、手伝いに来てくれという人もいるかもしれないし。でも、家は手放さなければいけないかもしれません。どうしていいかわかりませんが、何とかなるでしょう」

ミセス・ハンドは二つのパイを別の腕に持ち替え、地面が少し歩きやすそうに見える、道の反対側に歩を進めた。

「ええ、アビー、もしわたしだったら、心配するのはよすわ。いえ、待って。違うわ。あなた以上に心配するでしょうね、夜も眠れないくらいに」

しかしアビーは答えなかった。ちょうど坂の急な所にさしかかり、それを上りきった時には別の話題が見つかった。

「わたしたちが行くこと、おばさんはご存じないの?」ミセス・ハンドが聞いた。

「ええ、いつも知らせないことにしています。もし来るとわかったら、おばは何から何まですべて、以前と同じように支度したいと思うでしょうから」

「いつだっておばさんは、落ち着き払ってお客を迎えているように見えましたよ。感じ良くくつろいだ雰囲気で、準備の間もこちらをそばに座らせておくのが常でね」とミセス・ハンドは賞賛をこめて言った。「まずいときに来てしまったと思わせるような、ひどい人もいますからね。でも、行きますなんて、うかつに誰にでも知らせるわけにはいかないしね。何年も前にわたしが経験して、以来ずっといましめにしている、ある訪問のこと、あなたに話したかしら?」

「いいえ、聞いていないと思います」どんな話が出てくるのだろうと思いながら、アビーは答えた。

「そう。あれは夏の暑い午後のことよ。クランベリー・マーシュとステイプルズ・コーナーの間の四つ辻にある、エベン・フラムさんのお宅まで、はるばる歩いて行ったの。ドクターがそちらに行く予定だから、帰りは途中乗せてくれることになっていたけど、あんなに遠いとわかっていたら、そもそもわたし、行こうなんて絶対に考えなかったわ。伺いますとずっと約束していたので、ミセス・フラムは夏の間中、日曜日にわたしに会うたびにそのことを言ったのよ。それほどよく知っているわけじゃなかったけど、お互い愛想よくしていたしね。ベッドフォードヒルから越してきた人なの」

「ああ、その人なら知っています」アビーは興味をひかれながら言った。

「それでね、わたしが行くとミセス・フラムは、とても嬉しそうに迎えてくれたの。午後の四時頃ね。お招きにこたえてやってきました、よろしければお邪魔させてくださいますか、ドクターが何マイルか先のお宅に呼ばれて行っていて、帰りは遅れるかもしれませんが大体七時頃、帰り道でここに寄ってくれるそうです、ご親切ですわ、とわたしは話したの。ミセス・フラムは上機嫌でわたしを招き入れると、応接間が涼しいのよ、どうぞいらしてね、早めのお茶にしますからちょっと待ってくださいね、と言うの。特別のことはなさらないでね、何かお手伝いすることはありませんか、とわたしが言うと、いいえ大丈夫、待っていてくだされればいいの、と答えて、大きな扇をわたしに持たせ、姿を消してしまいました。

やれやれ、涼しい部屋で静かに休める、と喜んでロッキングチェアに腰かけたわたしは、しばらくそうしていたの。ミセス・フラムがオーブンの扉をバタバタと開け閉めしたり、お皿を出したりする音が聞こえてきたわ。きびきびした、小柄な人でね。もしこっちに戻ってきたら、お茶一杯のためにわざわざ火を起こしたりしないで、と言うつもりだったし、すぐにも台所に行きかけたほどだったけど、やめておいた方がいい、と何かがわたしに告げたの。そこまで遠慮のない間柄ではなかったから。相手がどう思うかわからないでしょ。それでわたしは、そこでじっと待ち続けました。応接間は緑がかった光に満ちていて、わたしにはちょっと湿っぽく感じられてきたの——外の灌木が窓の高さまで育っていたせいかしら。ああ、とにかくもう、その時間が長くて、長くて！忙しそうにお皿を出す音がするし、卵をかき混ぜている様子だし、何だかたいそうなお食事をこしらえようとしている気配じゃないの。わたし、じっとしていられなくなって、ドアのほうに向かおうとしたくらいよ。でも、あの人はきっと、わたしがじっと待っているのを望んでいると思い直して、そう、部屋にあるものを何から何まで、四十回は眺めたわね。気を紛らすために、テーブルの上のウーステッドの敷物についた蛾の卵を取り除くこともしてみたわ。ばらばらになってしまったけど。あんなにたくさんの蛾の卵を一度に見たことはないわね。でもそれも終わると、することがもう何もなくなって、わたしは何だか疲れて無気力になってしまったの。季節外れのコオロギが一匹、部屋の中に入り込んで鳴き始めたので、秋かと思ったほどよ。ここにわたしを待たせていることを、ミセス・フラムはすっかり忘れてしまったに違いない、と思わずにはいられなかったわ。それまで見てきた見事なおもてなしの数々を思い起こしたりしてね」

「全然戻ってこなかったんですか？　何かオーブンに入れてある間にも？　まったく？」ミス・ペンデクスターは驚愕したように訊ねた。

「次にあの人の姿を見たのは、輝くような笑顔で応接間の入口に現れて、さあお茶の席にどうぞ、と言って案内しようとした時よ」とミセス・ハンドは言った。「時計では六時十五分近くになっていたわね。わたしには七時くらいに感じられましたよ。思いつく限りのことを考え、数えられるものは全部数え、歩き回り、もう蛾はいないかと二十回以上も見たんですから」

「さぞかし素敵なお茶だったでしょうねえ」と、アビーは興味津々で訊ねた。

「ええ、素晴らしいお茶でしたとも！　女王様をお招きしていてもそれ以上は考えられないくらいのおもてなし！　あれだけの時間で作れたなんて信じられないほど、テーブルから溢れんばかりのご馳走でね。カップカスタード、カスタードパイ、クリームパイ、二種類のホット・ビスケット、紅茶だけでなく緑茶もあったわ。それに『新しく作った簡単ケーキよ』と出されたお洒落なケーキ――わたしもそれ以来、よく作るのよ。そして、上等の砂糖煮を二瓶も開けてくれたの。それから二人で座って――骨折ってくれたおもてなしにもちろん感謝はしたけど、会話らしい会話の時間はなかったわ。いただいている最中にドクターがせかせかとやってきて、帰らなくてはなりませんでしたからね。外に出てからドクターに、あんたたち二人、お喋りを楽しんだかい、と聞かれて、笑わずにはいられなかったわ。でもね、いらしてくださってよかったわ、とミセス・フラムはわたしに、心から言ってくれたの。とっても満足そうだった。わたしはやれやれという気分だったけど。そして、その年の秋のはじめに、夫人は亡くなったの」

アビーは子供のように声を立てて笑いながら聞いていた。ミセス・ハンドの口調が、次第に愚痴っぽくなっていたからだった。「面白い経験をなさったと思いますわ」とアビーは言った。『愛があるささやかな食事は、憎しみとともにあるご馳走に勝る』という聖書の格言が、きっと胸の内に浮かんだでしょうね。シンシーおばさんとの会話が途切れたら、このお話をなさるといいわ」そう言ってまた笑ったが、ミセス・ハンドはまだ怒ったような、真面目な顔つきのままだった。

「さあ、着いたわ。すぐそこの、大きなキハダカンバの木の脇にある小道が、おばさんの家に続くんです。おかげさまで、ここまでの道のりがとても短く感じられましたわ、ミセス・ハンド」とアビーが言った。

三

シンシア・ダレットは、高い背もたれのついたロッキングチェアに座っていた。北向きの小さな窓辺は、いつものお気に入りの場所だった。

「また元日が来たのね」口に出してそう言い、「また元日が」と繰り返すと、年老いて曲がった両手を組み合わせて外を眺めた。森に包まれた丘陵地——しかし実際は景色を見ているのではなく、深い物思いにふけっていたのだった。少しすると、「わたしもすっかり年をとって」と言った。

小さな灰色の家の中は、しんと静まり返っていた。外のリンゴの木々の間をアオカケスが飛び回り、遊びに夢中な男の子たちのような騒々しい声で鳴いている。台所には冬の弱い光が満ちていたが、一月一日というより十月末を思わせた。簡素な小部屋は、まるでお日様の顔に向かって微笑み返しているようだった。戸口のドアは緑の前庭に向かって開け放たれ、段には丸々した小さな犬が眠っている。ミセス・ダレットの椅子の後ろには大きな戸棚があって、風よけになっていた。その引き出しも扉も淡い鉛色に塗られていたが、ノブや鋲の周りには、長い間人の手が触れてへこんだ部分がある。ひもを編んで作った敷物は、どれも床に直接敷かれている。二つの上げ下げ窓の間の棚に置かれた四角い時計は、まるでちょうど顔を洗って、新しい一年に備えてねじを巻きあげられたばかりのようだった。もし夫人が振り向けば、寝室も見えたことだろう。ふっくらした羽毛布団の寝台には、紺色の手織りの冬用キルトが掛けられている。すべてが穏やかで快適ではあったが、寂しげだった。ロッキングチェアの横のテーブルには、属している教会の新聞と眼鏡がのっていたが、眼鏡のつるは、ひっくり返って困っている、二本足のおかしな甲虫のようにも見えた。

「また元日が来たのね」シンシア・ダレットは言った。時の流れと共に、あけましておめでとう、と挨拶してくれる人は家に誰もいなくなってしまった。古い家に残された最後の一人になってしまったのだ。「すっかり年をとって」――そう繰り返した。言うことはそれしかないように思われた。

時間を気にして、愛着のある時計に何度も目をやっていたが、まだ午前の半分も過ぎていないし、針が動く様子もない。朝の仕事をゆっくり片付けてから、夕食の支度にかかろうという時までの、長い時間だった。足が不自由で身体もこわばりがちだったので、この休憩時間は普段ならありがたいものだったが、今日は日曜日のように座ったままで、足台のそばにある、敷物作りの時に使う浅いバスケットを手に取ろうとしなかった。

「今日の午後もいつものように、アビーが会いに来てくれたらねえ。昔と違ってここに上がってくるのが楽じゃないことは分かっているけど、身内に会えたらどんなにいいか。待っているってジェイビズ・フーパーに言づけることを、わたしは何で思いつかなかったんだろう――小麦粉を持ってきたジェイビズが帰って行くときに。アビーにはここに二、三日泊まるつもりで来てほしいもんだわ」

一羽のコガラが外の窓枠にちょこんと止まり、中を覗きこむように首を傾げたかと思うと、もどかしそうにガラスをつついた。夫人は子供のように嬉しくなって、笑い声を上げた。一人ではないと感じたのだ。こんな日には、それがたとえぱっちりした小鳥の目にすぎなくても、生命のしるしを見るのは楽しいことだった。

「何か来る前触れかしら?」小鳥がさっと羽を広げて、慌てて飛び去ったのを見て、夫人は言った。「パンくずを撒いてやらなくちゃ。冬を越す鳥たちには、餌を見つけるのが難しくなる季節だからね」果樹の向こう、低地へと続く長い斜面の森を目で追うと、フェアフィールドの村の、白い二つの尖塔が目に入った。遠くの谷間に沿って広がる畑や牧草地、谷から西に続く丘陵——あたりに散在する家々は、まるで子供がまき散らした玩具のように見えた。夫人は夜にはその家々の明かりを眺め、昼には煙突から出る煙を見つめたものだった。遠く北の方には高い山々が連なり、もう雪で白くなっていた。冬はすでに姿を現していたが、今日の風は南風で、雪もまだ大きな風景のほんの一部でしかなかった。

「寒さがもうしばらく来ないでくれるといいのに。大雪が降ったら、どうしていいものやら」とミセス・ダレットは考えた。

悪い夢でも見たかのように、犬が突然目をさまし、二、三回鼻を鳴らしたかと思うと、猛烈な勢いで吠え始めた。夫人はいつものように犬をなだめようとした。

「何でもないじゃないの、タイガー。あんたったら、少し静かにできないの？　たぶん、銃を持ってその辺をうろうろしている若い人たちでしょうよ」けれどもタイガーは吠えたてながら、こちらまで短い脚でよたよたと歩いてきた。そして、気をつけた方がいいですよ、という目で夫人を見てから向きを変えると、また外に走り出した。特別気になることでもあるかのように、大急ぎで柵まで駆けて行く姿が見える。

「誰か来るようね。ただの物音とは思えない様子だから、きっと本当にうちの小道に入ってくる人がいるに違いないわ」夫人はエプロンの皺を伸ばし、主婦の目で台所の状態をさっとチェックした。牧師さんや補佐役さんの訪問のはずはないわね、午前中に来たためしはないから。田舎の人たちは、午前中は忙しくて、他家の訪問には出られないのだ。

ほどなく、木々の間の道に二人の人物が姿を現した。読者はもうご存じの二人だが、ミセス・ダレットはとても驚いた。やせて小柄なほうがアビー・ペンデクスターであることはすぐにわかり、背が高くてがっしりした女性はミセス・ハンドだということも間もなくわかって、ミセス・ダレットの心は躍った。ぴったりした黒い絹のスカーフで白髪をまとめた、その青白い顔が、近づく二人の目に入った。

「ほら、あそこの窓際で、にこにこしていらっしゃるわ！」ミセス・ハンドが歓声を上げたが、二人が戸口に近づくまでにミセス・ダレットは二人を迎えに出てきていた。

「まあまあ、お二人とも！」輝くような笑顔で夫人は言った。「いらしてくださって、こんなに嬉しいことは、今までにありませんよ。今朝は何だか一人取り残された感じがしていて、アビー、まさかあなただとは——なんて嬉しいこと。さあ、入ってお座りくださいな。ミセス・ハンド、すっかり息切れしていらっしゃるんじゃないの？」

ミセス・ダレットは嬉しそうに二人を案内した。腰の曲がった、とても小柄な老女だったが、スカーフをつけた頭はきびきびと動き、目は興奮と感激とで、きらきらしていた。しかしながら、身体のそれ以外の部分は、年齢のためにかなり衰えていた。気の毒に、ほとんど動けない——まるで、肩にかけたショールと厚いペティコートの下に隠れているのが、人体に似せて作った骨組みだけであるかのように。夫人は自分の椅子に戻り、訪ねてきた二人は寝室で帽子をとってから、地味で控えめな黒いウールの服で戻ってきた。寂しい台所もようやく話し相手に恵まれたわ——夫人の心は満たされた。三人は忙しく天候のことを話題にした。山を上ってきて、どんなに暖かい陽気だったか、ちょうど一年前、吹雪でアビーが家から出られず、おばの訪問ができなかったことなど。

「お目にかかるのは九月二十八日以来ですけど、おばさまのことはずっと思っていましたし、いつも以上に今日を楽しみにしていたんですよ」アビーはそう言って、窓際にいる嬉しそうな老女を優しく見た。

「ずっと会いたかったわ、どうしているかと思ってね」おばは穏やかに言い、もう一人の大事な訪問客のほうに再び向き直って、「今日いらしてくださったのは、本当にご親切ですわ、ミセス・ハンド」と付け足した。「何事にも優先順位が必要でしょ。山の上の農場以外の場所に住むなんて、わたしはまっぴらなの。こういうところで生まれ育ったもんでね。でもご近所づきあいは町のようにはできないし、寂しい時間が若い頃より増えたようだわ。たぶん、もうすぐわたしは一人暮らしが無理になるでしょう」そう言うと、期待を込めた、魅力的な表情で姪を見た。アビーも微笑を返した。

「おばさまのところに、毎日ちょっとお寄りできたら、といつも思っていますの。ミセス・ハンドにもそう言ってたところなんですよ」

「そうね、そばに人がほとんどいないとなると、話し相手がどんなに嬉しいか」とおばは言った。「今日はわたし、ずっと一人。山を越えた向こうのどこかで、射撃の競技会があるらしくて、雑用を頼んでいるジョニー・フォスっていう子が、今朝は珍しく早い時間にミルクを持ってきて、それに行きたいから今日は休ませてくれって言うわけ。いつもなら午前中はずっとここにいるんだけど、友達と出かけることなんかあまりない子だし、少し気晴らしをさせてやりたいと思ってね。とにかく今日は元日だし、真面目に働いてくれる良い子だし」

「ああそうだわ、新年おめでとうございます、おばさま！」アビーが珍しく元気よく跳び上がって言った。「だって、わたしたち、それを言いに来たのに、もう少しで忘れるところでしたわ！」アビーはおばにキスし、その手を愛情のこもった優しい手つきで握って、少しの間じっと立っていた。ミセス・ハンドも立ち上がってミセス・ダレットにキスをした。神聖な儀式のような、感動的な瞬間だった。

「わたしはこの日をずっと大事に祝ってきました」とミセス・ダレットが話し始めたのは、座部がへぎ板でできた椅子を三人がそれぞれ前より近くに寄せて座った時だった。「だってほら、そういうふうに育ったし、父がこだわったのでね。楽しい元日にして、一年の良いスタートをきりたいと言っていたものよ。朝早くわたしたちが二つの寝室から出てくると、もうあの暖炉のそばに立っていた父――その姿が今も目に浮かぶの。決して豊かではなかったけれど、何とか子供たちにちょっとしたプレゼントを用意してくれる習慣で、それがマントルピースの角に積み上げられているわけ。父の前に子供たちは一列に並び、母はその間、朝食の支度に忙しくしていたわね。ある年には『伝記　ラファイエット将軍』という、緑色の表紙の綺麗な本をもらったわ。今もあるけど、わたしたちきょうだいが交替で読んでばらばらになってしまった。またある年には、素敵な青いリボン——アビーはね、あなたのお母さんのアビーだけど、ピンクのリボンだったの。ほんとうに子供に優しい父だったわ。今朝最初に目を覚ました時にもあの頃のことを思い出して、昔のようにあの角を見上げずにはいられなかったのよ」

「楽しい子供時代の思い出ほど素晴らしいものはありませんね」とミセス・ハンドは言った。「今の子供たちはあまりに大変な目にあっているように思うことが、わたし、時々ありますよ。何をすべきか、何を求めるのか、自分で決めなくてはならず、責任をすべて負わされるから、偉そうになったり生意気になったり。親たちが上にいてくれた昔の方が幸せだったわ」

「時代は変わったと言われますけど、こうしてここにいると、わたしは自分の世界以外、世の中のことはあまりわかりません」とシンシーおばさんは言った。

アビーはこの会話に加わらず、背もたれのまっすぐな椅子に、良い子がするように両手を重ねて座っていた。犬がアビーの後について入ってきていたが、今はその足元でぐっすりと眠っていた。斜めに差し込む日光が当たって、アビーの黒い服の前の部分が色あせて古ぼけて見えた。丁寧に繕ったあともあり、おばの鋭い目はどれも見逃さなかった。アビーはとても身綺麗にしているが、まるで霜枯れの花のように見えた。「間違いなく、この子も年を取っているわ」おばは同情しながら思った。「アビーったら、何だか干からびて、こわばっているみたい。一人ぼっちで暮らすのはだめね。誰かが必要なのはこの子だわ」

ちょうどこの時、アビーが新しいことを思いついて顔を上げ、明るい声で言った。「ねえ、おばさま、忘れずに教えていただきたいんですけど、ここにお邪魔している間にできる縫い物や繕い物はありませんか？　手が少しご不自由でしょ。ミセス・ハンドとわたし、今日はずっとここで楽しく過ごすつもりで来ているんですもの」

「それはありがたいわね。いずれちょっと縫ってほしいものはあるけど、せっかくのお休みを無駄にすることはないわ」堅い決意が表情に表われていた。「それはまた何とかしますよ。とにかく、元日に来てくれたあなたに、すぐに縫い物をさせるなんていうわけにはいきませんよ。必要な繕い物は自分でできるし、ホックだってつけられるからね。時々ジョニー・フォスに、何本もの針に糸を通しておいてもらうので、とても助かるの。アビー、応接間に行って、ロッキングチェアを運んできてもらえるかしら。ミセス・ハンドに掛けていただきたいと思って」

アビーは戻ってきたとき、「少し日ざしを入れようと思って、応接間の窓を開けました。閉め切ってひんやりした空気だったので」と言った。

「そうしようと思っていたのよ、お二人の来る少し前にね」とミセス・ダレットは満足げに言った。かつての夫人は、このような差し出がましい行為には腹を立てたものだったのだ。「ああ、いろいろと物事に気をつけて、きちんとやってくれる人がいるって、ほんとに良いものね」

「わたしのところにいらしてくだされば」と、アビーは顔を赤らめて言った。「シンシーおばさま、わたしのところで冬を過ごすこと――冬の寒い間だけですよ――それが一番だとお思いにはならないかしら。ここにいるよりたくさんの人に会えて楽しいですし、それに――長い冬の夜に、わたし、おばさまがとても心配で」

耐え難い沈黙が部屋を支配した。ミス・ペンデクスターは心臓の鼓動が速まるのを感じ、はじめのうちおばの顔を見ることができなかった。

やがて沈黙は破れた。窓の外をじっと見つめていたシンシーおばさんが、先ほどより老いて青ざめた顔で、悲しげな微笑を浮かべて二人のほうに向きなおった。

「そうね、あなたの言う通りにするわ。今ではすっかり年取ってしまったけれど、この三月で八十五年間、ずっと自分の好きなようにやってきました。去年の冬、やまない吹雪の晩にはよく、まんじりともせずにいたものよ。一人暮らしに執着はしないわ」そう言った瞬間、その顔は新しい光で輝いた。「あなたがここに来て、春までいるというのはだめかしら。ジョニー・フォスの家族に頼んで、お天気の良い日曜日には必ず馬車に乗せて行ってもらうこと、そしてそれ以外の時にもしょっちゅうコーナーズに連れて行ってもらうことを約束したら、どうかしら」拝むような口調だった。「ねえ、アビー、この年でもう引越しは無理。村におりたらホームシックになってしまうわ。もしあなたがここに来てくれるなら、わたしのものはすべて、あなたに遺すわ。ここにいるミセス・ハンドが証人になってくれますよ」

「ああ、そんなこと、考えないで！　おばさまはわたしの、たった一人の身内です。喜んで参ります」アビーはそう言った。自分の住まいを思い浮かべて、ぐっと胸を衝かれたけれども。「シンシーおばさま、わたし参ります。一緒ならきっと、とても気持ちよく暮らせますわ。寂しい思いをすることが、時々あったんです」

「お二人の両方にとって、それが一番ね」とミセス・ハンドは裁判官のように申し渡した。こうして大きな問題は解決され、そしてそのままいきなり過去のこととなった。

「お食事のことを考えなくちゃね」と、シンシーおばさんは明るく言った。「準備してあったらよかったんだけど。でも、新鮮な卵と豚肉とじゃがいもがあるから、あなたたちでなんとかできるでしょ」

ここで、ローストチキンと上等のミンスパイが差し出され、ミセス・ダレットは感謝をもって受け取った。一時間もたたないうちに三人は、新年を祝うテーブルを囲んでいた。女王様にもふさわしいご馳走だわ、とミセス・ダレットは思った。

太陽が低くなり、二人が帰るときになると、ミセス・ダレットは姪を近くに呼んで手を握った。

「約束のこと、あまり遅くならないでね、アビー。来てくれるのを、毎日待ってますよ。わたしがもう年とっているのを忘れないで」

誰よりも心が優しく、慈しんで面倒を見る対象をずっと求めていたアビーは、年老いて無力なおばに同情せずにはいられなかった。

「今日が日曜日ですから、今週の前半のうちに来られると思います。ありがとうございます、おばさま」

ミセス・ハンドはその傍らで深い共鳴を覚えながら、穏やかに言った。「これが適切なやりかたですよ。二人とも今よりずっと幸せになるわ。それに実はね、ミセス・ダレット、アビーは考えが浅くて向こう見ずだから、誰か監督する人が必要なんです。ちゃんとふるまうようにするとは思いますが、でもほら、わかりませんからねえ」三人はそろって笑い声をあげた。そして元日の訪問客は別れの挨拶をして、山道を下り始めた。二人が振り返るたびに、シンシーおばさんの顔が窓からのぞいているのが見えた。姿が見えなくなるまで見送っていたのだ。アビーはすっかり興奮して、子供のように喜んでいた。

「ワーテルローの戦いに勝利をおさめたような気分だわ」とミセス・ハンドは言った。「今日は本当に楽しかった。あなた方、また今度忘れずにわたしを招いてちょうだいね」

マーサの大事な人

一

ずっと昔のある日のこと、古いパイン判事邸は、いつになく若々しく華やかな様子を見せていた。高い柵を巡らした緑の庭は、六月の花々で鮮やかに彩られている。また、広い前庭にはニレの木が点在し、その木陰に椅子がいくつか集められていた——屋敷にまだ家族がそろっていて、皆が夢中で話したり遊んだり、毎日が陽気に過ぎていた頃のように。よくそんな時には先代の判事であるおじい様が娘たちに向かって、十八世紀英国文壇の大御所サミュエル・ジョンソンの、「きびきびと動き、堂々と振る舞い、努めて人前に出なさい」という言葉を言って聞かせたものだった。

一つの椅子のまっすぐな背もたれに、深紅の絹のショールが何気なく掛けられていた。もし通りがかりに、白い壺形飾りのついた高い門柱の間の、格子造りの扉ごしに中をのぞく人があったら、東インド風の色に輝くこのショールは、バイカウツギの低木を背に突然花開いた、大きな赤いユリのように思えたかもしれない。普段は閉められたままの窓のいくつかが大きく開け放たれ、夏の午後のそよ風にカーテンが軽く揺れていた。まるで大家族のメンバーたちが古い屋敷に戻ってきて、きちんと整えられた応接間をいっぱいにし、賑やかな声で満たしているかのようだった。

ミス・ハリエット・パインのところに、村の言葉で言えば「お客様がある」ことは、誰が見ても明らかだった。ミス・ハリエットは一族の末裔で、決してまだ年寄りではないのだが、家系図の最後につらなる者として自分よりずっと年かさの人と暮らしてきたため、重々しい年配の人たちの習慣が身についていた。同年輩、つまり三十過ぎで特に結婚している女性の場合、当時はたいてい控えめに帽子をかぶったものだが、独身のミス・ハリエットはこの点では若さにこだわり、波打つ栗色の髪をできるだけ滑らかに、きちんと撫でつけることで帽子の代わりとしていた。両親の晩年には、二人の世話に熱心に励んだ。兄や姉たちはすでに結婚したり亡くなったりして、家にいなかったからだ。一人残された今では、自分の年齢を事実として率直に認め、果たすべき義務や真面目な書物にこれまで以上にしっかり向き合うことが何より重要に思われた。ミス・ハリエットは、年長の者たちより真剣に日常の仕事に取り組んだが、これは年長者に囲まれて育った、ニューイングランドの良家の娘に時々見られる例だった。まだ三十五歳でありながら、予期せぬ出来事を嫌う気持ちは母親以上、そしてまちがいなく、祖母以上だった。祖母という人は、気取らぬ快活さという明るい気質を、植民地時代から受け継いでいたのだ。

前庭に置かれた深紅の絹のショールは、静かなニューイングランドの村で一番の名門が守ってきた、謹厳な習慣のすべてに挑戦するかのようにも見えた。屋敷の玄関口に出てきた女主人はこのショールを見て、満足気な、しかし同時に、まるで訪問客のような、どこか心配そうな表情になった。当時のニューイングランドの暮らしには、品位ある控え目な態度が必要不可欠とされており、たまの祝いごとの集まりなどでは心をこめたもてなしで歓待するものの、時にそれは人目を気にしてのものであって、終われば食事も言動も、必ずまたいつもの禁欲的な生活に戻った。ミス・ハリエット・パインは、ニューイングランドの、もっとも単調な時代の人であった――それは神学・法学・医学などの学問的職業をもっとも有難がったであろう時代、「福音」という言葉にもっとも狭い解釈をくだした時代、大きな事柄に対してもっとも狭量な冷淡さを示した時代である。宗教上の自由拡大を求める動きは最初、形式尊重主義への強い反動として現れたが、もっぱら自分たちの身の回りの問題解決に余念がない、アシュフォードのような穏やかな小村では特にそうだった。自由を求める戦争への熱い衝動が静まり、愛国心と新しい自由を求める、次の戦いへの衝動はまだ生まれていない今こそ、緩やかな変化を促す力を内に秘めた、小さなパン種のような変革の芽にとって、活動開始の機が熟したと言えるのだった。

この古い屋敷では、以前の活気が深い眠りに陥ってしまったようで、そのくすんだ室内と、すっかり変わってしまった暮らしぶりは、まさに当時の社会のこうした状況を象徴していた。そして潜在的な影響力を持つ小さなパン種は、屈託のない一人の娘という姿をとって、容易にそれとわかる形で登場していた――ミス・ハリエットのいとこで、ボストンに住むヘレナ・ヴァーノンという娘である。ヘレナは、この屋敷の女主人とアシュフォードの村全体に染み込んだ、不必要なほどの謹厳さを面白がると同時にもどかしくも感じて、そこに陽気さを持ち込むという難しい課題に取り組み始めていた。楽しさを求める、その独創的で概して無邪気な一連の試みを、ミス・ハリエットはまるで子猫の戯れを見るように眺めていた――捕まえられるかどうか当てもつかない小鳥や風に舞う木の葉を追う代わりに、毛糸玉で遊ぶことにした子猫が、またいつなんどきそれもやめて、大事なカーテンの房飾りにじゃれつくかもしれない、という調子の、はしゃいだ跳ね回り方を。

ヘレナはいたずらっぽい魅力的な目をしていて、ギターを弾き、古い歌を魅惑的に歌った。誰にでもとても優しく、そのうえ美しかったので、いっそう感じが良く、思慮分別もあるように思われた。生まれながらの魅力的な物腰も人を惹きつけた。周囲に好感を与えずにはおかないような人たちが多く出入りする、都会の家庭特有の育ちの良さがうかがわれる、ゆったりした自然な可愛らしさと気品が備わっていた。他人に対する敬意がないのかと言われそうなほど、物怖じすることがなく、自分についてあれこれ考えることもなかった。表門から牧師が入ってくるのを見て、ミス・ハリエットは不安でひやりとし、いまマーサは玄関に取り次ぎに出るメイドらしい服装をしているかしら、ノッカーの音を聞きつけてくれるといいけれど、と一心に祈った。だが、玄関に走り出たのはヘレナで、どんな出来事も歓迎する性格そのままに、牧師のクロフトン氏を、まるで気心の知れた、同年齢の友人のように迎えた。初対面の牧師による儀式ばった訪問の間、ヘレナはおおよそ礼儀正しくふるまうことができたばかりか、ほどよい明るさで場の空気を和らげることさえやってのけた。実はわたしの声はテノールなんですよ、残念ながら練習不足ですがね、と牧師がいつの間にか打ち明けるほどだった。クロフトン牧師は少し得意になり、エマソンの詩について自分の述べた言葉が牧師としてほめすぎでなければ良かったのだが、と願い、同時にふだんの慎み深さには珍しいほどの胸のときめきを覚えながら帰って行った。するとヘレナは、玄関に置かれた亡きパイン判事の形見の帽子をとって両手でしっかりつかみ、牧師が自意識過剰に入ってくるところを真似てみせた。さらに、薄暗い応接間での、もったいぶった、それでいて不安そうな牧師の表情を、ヘレナがあまりに見事に真似るのを見て、ミス・ハリエットは笑い声を上げてしまった。ユーモアにたちまち反応してしまうもともとの気質を抑えておくことに、いつも成功するわけではなかったのだ。

「まあほんとに、あなたっていう人は！」ミス・ハリエットはすぐに、厳しい口調でたしなめた。「そんな失礼なことをするなんて、恥ずかしいわ」それからまた笑って、こんないたずらに駆り出された古い帽子を手に取り、元の場所に戻しに行った。

「絶対誰にも会わせるべきじゃなかったわね、あなたは」すっかり落ち着きを取り戻したと自覚しながら応接間の入口に戻ると、悔やむようにそう言った。けれどもヘレナは、牧師が腰掛けた椅子にまだ座ったまま、牧師の頑丈そうな深靴のあった場所に小さな足を置き、エマソンやギターのことを話し始める前の重々しい表情を真似ていた。そして、いとこのミス・ハリエットがもう笑おうとしないのに気づくと、少し表情を緩めた。「桜の木に登ってくださいますか、ってお願いすればよかった。熟したサクランボが、てっぺんの枝にたくさんあるのよ。わたしだって、牧師さんと同じくらいまで登れるけど、行けるところまで登っても、まだ手が届きそうもない。あの方ならとても背が高くて、ほっそりしているから……」

「もしそんなことを言ったら、あなたのことをクロフトンさんはどう思われたか。たいそうまじめな青年なんですからね」ハリエットは、自分が笑ったことをまだ恥ずかしく思いながら言った。「サクランボだったら、頼めばマーサでも召使の誰かでも、喜んでとってくれますよ。クロフトンさんにあなたのことを軽薄だなどと思ってほしくないの。将来のある、あなたみたいに若い娘のことだから」しかしヘレナは、マーサの名前が出たとたんに、廊下を通って庭への出入り口の方に脱走していた。ミス・ハリエットは気づかわしげにため息をつき、笑うべきではないと思いながらも微笑を浮かべてブラインドを下ろし、屋敷を再び厳粛な様子に戻そうとした。

正面玄関のドアは閉まっていても、広い廊下の先にあるドアは、日当たりの良い広い庭に向かって大きく開け放たれていた。庭には、遅咲きの紅白のシャクヤク、金色のユリ、丈の高い早咲きのヒエンソウの青い花などが、色とりどりに咲いていた。切れ目なく庭を縁取るツゲは、新緑に生き生きと輝き、長い格子垣につるを絡めたスイカズラの花からは、この古い庭の精髄である香りが漂っている。もう午後も遅くなりつつある時間で、太陽は庭のはずれの大きなリンゴの木の向こうに沈みかけ、淡緑色の短い芝生の上に木々の影が伸びていた。片側の桜の木は、まだ日ざしをたっぷり浴びて立っている。間もなくミス・ハリエットが、まるで水際で見張りをする雌鳥のように、庭の階段に姿を現した。その目に入ったのは、急ぎ足で芝生を横切って行く、白いインドモスリンの服を着た可愛らしいヘレナの姿であった。一緒にいるのは、不格好な長身の、マーサという新しいメイドである。動作が鈍く、誰にも関心を示さないマーサが、若い来客のヘレナに対してだけは、驚くほどいそいそと尽くしているのだった。

「マーサはもう食堂に行っていなくちゃいけない頃なのに――のんびり屋だわね。お茶の時間まで、あと三十分しかないわ」ミス・ハリエットはそう言いながら向きを変えて、暗い室内に入って行った。食卓の給仕をするのはマーサの役目で、その仕事を教えるためにずいぶん骨折ったにもかかわらず、どうやら努力は報われていないようだった。確かにマーサは不器用だったが、並はずれて有能だった叔母の後釜に座ったせいで、不器用さがなおさら目立つように思われた。マーサの叔母という人は最近、裕福な農場主と結婚したのである。しかし実はミス・ハリエットの教え方というのも、必ず相手を混乱させるものだったということを、ここで言っておかなくてはならない。教わる側は狼狽して、大失敗をしてしまう。ヘレナの来訪をミス・ハリエットがいくらか恐れたのも、この給仕の問題があったためだったが、初めてのお茶のとき、ヘレナはマーサの難しい顔つきや不手際を気にかけず、励ますような微笑を送って、自分なりに友好関係を築こうとした。二人はほぼ同い年で、翌朝ミス・ハリエットが下に降りて来る前に、ヘレナはマーサが前日の晩にどうしても理解できずうまくいかなかったことを一言で教え、ちょっと手を添えてやって見せた。そのあとすぐに、何も知らないミス・ハリエットが心配そうな顔で入ってきたとき、マーサの目には犬のような親愛の情が、顔には新しい希望に満ちた表情が浮かんでいた。心配していたこのお客様は味方だったのね、わたしの無知や忍耐強い努力を笑うために、お高くとまったボストンから来た敵ではなく――そう悟ったのである。

お嬢様とメイドである若い二人は、薄緑色の芝生を横切って、急ぎ足で歩いていた。

「一番よく熟れたサクランボに、手が届かないの」とヘレナが、わけを話していた。「でもわたし、ミス・パインから牧師さんに少し差し上げたらいいと思うのよ。今しがた、うちにいらしてくださったのだから。あら、マーサ、また泣いていたんじゃないでしょうね」

「はい」とマーサは悲しそうに言い、涙の理由を聞かれたくないと思うせいか、ヘレナの考えに興味を持ったように、「ミス・パインはいつも牧師様に、いろいろと届け物をなさいます」と述べた。

「粒よりのサクランボを、綺麗なお皿に盛りましょうね。どんなふうにすればいいか、やってみせてあげるわ。お茶のあとで、あなたがそれを牧師館に持って行ってね」ヘレナはいかにも楽しそうに言い、マーサはその仕事を喜んで引き受けた。この数日でマーサの人生にも、歓喜に似た瞬間が一度ならず訪れ始めていた。

「綺麗なお洋服がだめになってしまいますよ、ミス・ヘレナ」マーサがおずおずと言った。そこでヘレナは下がって立ち、特別に注意してスカートを持ち上げた。ブルーのギンガムチェックの重い服を着た田舎娘の方は、男の子のように桜の木に登り始めた。緑の芝の上に赤い実が、まるで輝く雨のように降り注いだ。

「サクランボと葉っぱがついたままの、素敵な小枝もとってね。ああ、マーサ、あなたってアヒルみたいに可愛いわね」

マーサは喜びで顔を上気させ、アヒルというより、真面目な面持ちのほっそりしたアオサギのような姿で、服をさらさらいわせて地面に降りると、身につけていた清潔なエプロンに収穫を集めた。

その日のお茶の折、マーサがそばを離れるのを見計らって、ミス・ハリエットは謝るように言った――「マーサも仕事がいくらかわかり始めてきたように思うの。あの子の叔母は、またとなく重宝な人だったのよ。どんなことでも、必ず一度で覚えてくれてね。でもマーサは、子牛みたいに不器用で」几帳面な女主人はそう言うのだった。「あの子に何か教え込むのはとうてい無理じゃないか、という気持ちに、わたし時々なるの。そんな時にあなたが来てくれて、おもてなしのできない状態を見せるのは、とても恥ずかしいと思っていたんですよ」

「まあ、マーサはすぐに覚えますわ。だって、とても気配りができるんですもの」客人ヘレナは熱心に言った。「可愛い、良い子だと思うわ。マーサがずっといつまでもここにいることを、心から願っています。日に日に上手にできるようになっていますわ、ハリエット」ヘレナは、その優しく若々しい心からの気持ちをこめて、訴えるようにそうつけ加えた。陶磁器収納室のドアが少し開いていたので、マーサはその言葉をはっきりと聞き取ることができた。その瞬間からマーサは、愛がどんなものかを知っただけでなく、愛のための大望をも知ることになった。石の多い丘陵地の小さな木造の家から出て来た娘にとって、身の上に生じた環境の変化は、洞穴に住んでいた人が美術館に引っ越したようなものだった。ミス・パインの優雅で込み入ったことの多い暮らしぶりはたいそうなもので、マーサの素朴な頭では理解に時間がかかった。だが、自分を信じてくれるミス・ヘレナという素晴らしい人が、味方であり擁護者であってくれるなら、どんな困難も消えてなくなるように思われた。

もうホームシックでもなければ絶望的でもなくなったマーサは、その晩、牧師館へのお使いから戻って、得意げな面持ちでミス・ハリエットとミス・ヘレナの前に立った。二人はまるでお客を待つかのように、玄関口に座っていた。ミス・ヘレナはまだ白いモスリンの服に赤のリボンをつけて、ミス・ハリエットの方は薄地の絹の黒いドレスだった。この瞬間の重大さにいつもの自分を忘れたかのように、マーサのマナーは完璧だった。この時ばかりは、綺麗と言っても良いほどに、また年相応に若々しく見えた。

「牧師様がご自分で玄関まで出て来られて、ありがとうとおっしゃいました。サクランボは大好物で、ミス・パインとミス・ヴァーノンに感謝します、とのことでした。そして、少し待つようにおっしゃって、この本をミス・ヘレナに、と渡してくださいました」

「何の話なの、マーサ？　わたし、牧師様に何も差し上げた覚えはありませんよ」ミス・パインは驚いて声を上げた。「どういうことかしら、ヘレナ？」

「サクランボを少々、差し上げただけ。午後の教区訪問を終えた後に召し上がるのに良いかと思ったの。お茶の前にマーサとわたしで綺麗に盛り付けて、カードを添えて届けさせたんです」とヘレナが説明した。

「まあ、それは良かったわ」驚きながらも、大いにほっとした様子でミス・ハリエットは言った。「わたしはまた、もしかして――」

「いいえ、いたずらなんかじゃありません」ヘレナはまるで挑むように言った。「マーサがあんなにすぐに行ってくれるとは思わなかったんです。緑の葉を添えたサクランボがどんなに綺麗だったか、お見せしたかったわ。縁に透かし模様のある、一番上等の白いお皿を使わせていただきました。明日、またマーサに盛らせてお目にかけます。ママが大好きなやり方なので」そう言いながらヘレナは、包みの紐の固い結び目をほどこうと手を動かしていた。

「これをご覧になって、ハリエット！」ヘレナは嬉しそうに声を上げた。ちょうどマーサが、冒険とその成功の喜びに輝く表情で、屋敷の角を曲がって姿を消した時だった。「ほら、牧師様が本をくださったわ！　何についての訓話、ですって？　暗くてよく見えないけれど」

「きっと『人生の重大性についての訓話』でしょう。本になったのは、確かそれだけだと思うから」ミス・ハリエットはたいへん嬉しそうに言った。「とっても立派なお話だという評判なのよ。あなたに十分な敬意を示してくださるしるしね。あなたの、子供っぽくてはしたない振る舞いに気づかれたのではと、わたし、心配しましたよ」

「ここにいらした時、ちゃんと振る舞いましたよ」とヘレナは力説し、「牧師様と言っても、男性ですもの」と言いながら、嬉しそうに頬を染めた。著者から本を贈られるのは特別なことであり、一家の中での重要度が上がることになる。牧師はただ男性であるばかりか、独身男性であり、ヘレナは愛情の獲得を最も喜ぶ年頃だった。少なくとも、いとこのハリエットに見直されるのは喜ばしいことだった。

「お願いだから、あの方をお茶にお招きして！　少し元気をつけてあげないと」インドモスリンを着て海の精セイレンのように魅惑的なヘレナはそう言って、光沢のある黒い表紙の本を戸口の石の踏み段に置いたが、その様子は賞賛の意を込めたようでありながら、もう本は用済みというようでもあった。

「お招きするかもしれないわ、もしマーサがこの一日、二日のように進歩するならね」ミス・ハリエットは望みの持てる返事をした。「わたし一人だとなかなか気が進まないの。でも、クロフトンさんは喜んで来てくださると思いますよ。品よく会話なさるしね」

二

当時は訪問客が長く滞在する時代だった。食事をするだけ、あるいは一晩泊まるだけのために、百マイルも離れたところからわざわざ出向いてくるという時代ではなかったのだ。ヘレナは快適な初夏の数週間を過ごしてから、家族が滞在しているホワイト・ヒルズに向けて、しぶしぶ発つことになった。名門の家庭の習いで、ヘレナの一家も八月を郊外で過ごそうと、すでにそちらに行っていたのである。若くて陽気なヘレナとの別れを惜しむ友人は村にたくさんいたが、ヘレナはきっと来年また来ますと、どの人にも約束した。牧師だけでなくアカデミーの校長も、ヘレナへの求愛を拒絶された格好だったが、二人ともそれによってプライドが傷つくことはなく、むしろ世の中に対する視野が広がり、自分の天職、隣人の仕事や悩みごとなどに対する共感が深まる結果となったようだった。ミス・ハリエット・パインでさえ、過剰な偏狭さと偏見をいくらか減らしていた。それらは、生まれつき善良で心が広く、優しい性格のミス・ハリエットを、最近やや頑なにしていた要因だったのだ。自分が若返り、以前より自由になったこと、孤独感が薄れたことを、ミス・ハリエットは意識していた。ヘレナほど快活で、魅力にあふれ、心優しい人には会ったことがない——あんなに社交上手で、つきあいやすく、気のおけない人はいないわ、と思った。ヘレナの若さの輝きは、どんな年齢の人の前に出ても相手に影を落とすものではなかったし、綺麗な衣服を着ていても、他の娘たちをくすませたり、流行遅れに見せたりすることはなかった。母親が南部の友人たちと一緒に待ち受けている新しいホテル、プロファイル・ハウスでの華やかな集まりに加わるため、ボストン行きの鈍行列車の駅にむかって、ヘレナがミス・ハリエットの馬車に乗って去ってしまうと、ここアシュフォードではピクニックもパーティーも二度と開かれることがないかのような感じがした——もうあとは、年をとり、冬に備えることだけしか、この村には残されていないかのようだった。

ミス・ヘレナの出立の朝、マーサは寝室にやってきたが、それまで泣いていたことはすぐに見てとれた。ホームシックと絶望で泣いてばかりいた、最初の暗い一週間のマーサのようだった。愛情があったからこそ、マーサは多くの仕事を、それも正確に果たせるように学んできたのだ。ヘレナのためにできることがあれば、そのどんな小さな機会も見逃さないように、目はすばやく動くようになっていた。マーサほどつつましく、献身的な人間はいなかっただろう。ヘレナより何歳も年上に見え、面倒見のよい人らしい、優しい雰囲気がすでに備わっていた。

「ああ、マーサ、あなたったら、わたしのことを甘やかしすぎだわ」と、ヘレナはベッドから言った。「家に戻ったら何て言われるかしら、こんなにわがままになったわたしに対して」

マーサは夏の朝の光を入れるために窓の日よけを開ける手を休めず、黙ったままだった。

ヘレナは言葉を続けた。

「とても立派な仕事ぶりね。あんまり一生懸命だから、見ていて自分が恥ずかしくなるくらいよ。あなたは最初、花をぎゅっと押し込むだけだったのに、今では美しく飾れるじゃないの。昨日のテーブルがとても素敵だとハリエットが喜んでいたので、これ全部マーサがやったのよ、って教えてあげたわ。今度わたしが来るまで、いつもお屋敷のお花を生き生きと綺麗にしておいてくれる？　そうすればミス・パインにとって、気持ち良さが格段に違うもの。あと、わたしのスズメちゃんたちに餌をあげてちょうだいね。ずいぶんなついてきているのよ」

「もちろんです、ミス・ヘレナ！」マーサは一瞬、怒りに似た表情を見せたが、次の瞬間にはいきなり泣き出し、エプロンで顔を覆った。「初めてこのお屋敷に上がったときには、何一つわかりませんでした。どこにも行ったことがなかったし、何も見たことがなかったんです。ミス・パインがお話なさると、わたし、怖くて。こんなわたしでも進歩の見込みがないわけではないと、そう教えてくださったのはお嬢様です。母と弟たちのためにも、ここでの仕事を手放したくありませんでした。うちは暮らしがきついものですから。叔母のヘプシーは台所仕事が上手ですけど、来たばかりの頃はやはり失敗も多かったみたいで、わたしのことも、長い目で見てあげなくちゃねと言ってくれました」

ヘレナは笑い声をあげた。天蓋《てんがい》つきベッドのカーテンの白い房飾りの下にいる姿は、とても可愛らしかった。

「たぶんヘプシーの言うとおりでしょう。あなたのお母さんの話を聞いておけたら良かったのにね。今度わたしがここに来たら、あなたのいう田舎のほうへ一緒に出掛けてお母さんに会いましょうよ。マーサ！　いなくなった後も、わたしのことを時々思い出してほしいわ。約束してくれない？」はつらつとして若々しいヘレナの顔は、ここで突然まじめになった。「わたしにも苦しいときがあるのよ。覚えなくてはならないことを覚えられなかったり、物をきちんと整理しておくことができなかったり。あなたには、わたしをずっと忘れないで、信じていてほしいの。きっとそれが、何よりの助けになるでしょう」

「忘れません」マーサはゆっくりとそう言った。「お嬢様のことを、毎日思うでしょう」まるで部屋の掃除でも頼まれたかのようにそっけない答え方だったが、すばやく目をそらすと、お湯の入った水差しの下にきちんと敷かれていた、小さい敷物をわざと斜めに引っ張った。そして泣きながら、長く白い廊下を急ぎ足で去って行ってしまった。

三

大切に思い、尽くしてきた友が遠くに去ってしまうと、人生の喜びも消えてしまうものである。しかし、愛が本物であったなら、完璧な友という理想の存在に身を捧げたいという、より次元の高い喜びがすぐに生まれる。平凡な幸福が、より高いレベルのものになるのだ。アシュフォードに残されたマーサの毎日は、眼識のない人の目にはこの上なく単調に映ったかもしれない――重い足取りで、まるで絶え間のない労苦にひたすら励むかのように、ほとんどいつも伏し目がちなマーサ。けれども顔を上げると、その目にははっとするほどの輝きがあった。心から愛する人に喜んでもらおうと努力することに神聖な達成感を感じるという、素晴らしい気持ちを持ち続ける幸せを手に入れたからである。他人に気に入られたいと思うことはなかった。他人のためにベストを尽くし、理想をめざすことが生き甲斐であり、ついにはその理想は、空に描かれた神聖な姿、聖者の姿のようになった。

夏の日曜日の午後になると、よくマーサは天井の低い、小さな自室の窓辺に座った。

外は側庭で、一本のニレの木が大きな枝を広げている。古い木製のロッキングチェアにこんな日曜日にしか腰かけることがないのは、それが安息日と幸せな黙想のための椅子だからだ。マーサは飾りのない黒い服に、清潔な白いエプロンをつけ、ふたの取っ手として丸い真鍮《しんちゅう》の輪がついた、小さな木の箱を膝の上にのせていた。六十を過ぎ、年齢より年とって見えたが、娘時代に時々浮かべたのと同じ表情が見られた。昔と変わらないマーサ――長年の労苦がしのばれる、年寄りじみた手をしていても、顔には今も輝きがあった。ヘレナ・ヴァーノンが去ったのはまるで昨日のことのように思われたが、実際には四十年以上も経っているのだ。

戦争と平和がさまざまな変化と不安を引き起こした。洪水や火災が地表にその跡を刻みつけ、微笑と涙が女主人とメイドの顔に皺を刻んだが、空の星は何事もなかったかのように輝き続けていた。その間にアシュフォードの村の歴史に加わったのは、ごく平凡な数ページである。牧師が説教をし、人々がそれを聞く。葬列がゆっくりと道を進んで行くことがあるかと思えば、教会の家族席から元気な子供の顔がのぞくこともあった。ミス・ハリエット・パインは、白い大きな屋敷に住み続けていたが、塗り直しを重ねたことと立派な屋根に新しい横木がついたことを除くと屋敷に変化はなく、いっそう風格を増していた。ハリエット自身、青春期特有の不安はとうの昔に卒業していた。決定すべきことはすべて、とっくに決定し、解決すべき問題はすべて、とっくに解決済み――その人生設計図は、日本庭園の箱庭のように完璧で、万事を容易に整然としておくことができた。この先唯一の重要な変化といえば、より良い次の世界への、最後の移動だけだったが、それは造化の神とハリエットの無垢の人生とが、いずれ穏やかに導いてくれるであろうものだった。

ヘレナ・ヴァーノンの結婚式以来、平穏な日常生活をかき乱すほど大きな社交上の出来事はほとんどなかった。この式にミス・パインは威厳のある姿で、ヴァーノン家の紋章のついた、家に伝わる古い銀食器を贈り物として持参したが、幸せが続くとは限らない結婚生活というものを手放しでは喜べない気持ちが、心の中にないわけではなかった。ヘレナには自立して生きていけるだけの力が備わっており、またその賢い思いやりと素早い決断力を頼りにする人たちを助ける能力もあるのだから、夫のためにそのような個性を捨てるのは見るに忍びないことだったのだ。けれども、ミス・パインのような家柄の良い古風な婦人にとって、格式あるイギリスの一門との縁組に魅力がないわけではなかった。それに、ヘレナ本人が大変幸せそうだった。ハリエットに宛ててアシュフォードに届いたヘレナの手紙――愛と献身で震える心臓の鼓動が伝わるような調子で、新しい幸せと期待を述べた手紙に、それが表れていた。「愛するジャックについてわたしの書くことを、全部マーサに伝えてね。わたしの手紙をマーサに見せて、今度の夏には世界一ハンサムで世界一素晴らしい人をアシュフォードに連れて行くと伝えてください。お屋敷のこと、お庭のこと、彼にはすっかり話しました。木の枝のサクランボをとってくれるような、六フィート二インチもの長身の青年もいなかったっていうことも」と、ヘレナは夢中で書いていた。ミス・パインが少々訝《いぶか》しみながらマーサに手紙を渡すと、マーサもゆっくりとそれを受け取り、落ち着いて読むために一人になれる部屋に行った。手紙を読んで、マーサは泣いた。不思議な喪失感と苦痛を感じ、サクランボ摘みのくだりではわずかに胸が痛んだ。自分の崇拝する人がよその人からも崇拝される対象となったために、少し疎遠になったような気がした。こんな手紙を手にするのは初めてだったが、ついには愛が勝利をおさめた——とにかくミス・ヘレナが幸せなんだもの、それでいいんだわ。マーサは、我ながら大胆だと感じつつ、ヘレナの名前が書かれた最後のページにキスをしてから、黙ってミス・パインの書き物机の上に封筒を載せておいた。

どんなに寛大な愛でも、確認のしるしを望まずにはいられないものだ。マーサは自分を覚えていてもらえたことに喜びを感じた。結婚式が近づいた時もマーサは忘れられていなかった。だが、マーサも連れてきてもらえないかとミス・ヘレナがハリエットに頼んだことを、マーサ自身はまったく聞かされなかった。結婚にあたってマーサにも来てほしいとヘレナは思い、「きっとお花の支度を手伝ってくれるでしょう。喜んで来てくれるはず。結婚式の大騒ぎが一段落したあとは楽しい時間を過ごしてもらえるように、ママにお願いして誰かにボストンの案内を頼むつもりよ」と幸せそうに書いていた。

いかにもヘレナらしい、とても優しい手紙だわ、とハリエットは思った。だけどマーサには似つかわしくないし、こんな思いつきは子供っぽくて無分別。よりによって一番忙しい時に余計なお客が増えることを、ヘレナの母親が望むわけないじゃないの。マーサへの招待は黙っていることにしよう。よく働いてくれれば、あの子もいつかボストンに行かせてやりたいけど、今はその時ではないわ――そう考えたのである。マーサも来てくれたかと訊ねるのを忘れなかったヘレナは、ハリエットにすげない返事をされて驚いた。結婚式の前日、何でも望みのかなう妖精の国のプリンセスのような気持ちになっていたヘレナにとって、そうではないことを知らされた最初の出来事だった。マーサはきっと来たかったに違いない――幸せになったいま、ヘレナは他の人の胸に秘められた愛をよく理解できるようになった。翌日、花嫁という幸せな若いプリンセスになると、ヘレナは大きなケーキの一切れを、結婚祝いの一つが入っていた美しい箱に納めた。早くいらっしゃいなと自分の名前を呼ぶ声、まわりを囲むたくさんの友人たち、そして近づく別れの時を思ってだんだん寂しそうになる母親――その中でヘレナはまだ何か迷っていたが、不意に化粧台に走って行って、小物を持ってきた。小さな鏡、マーサが覚えているであろう小さな鋏《はさみ》、それに旧姓が刺繡された綺麗なハンカチ——これらも一緒に箱に入れた。子供っぽい、ほんの思いつきだったが、自分の幸せを分かちたいという願いを抑えられなかったのだ——単調で地味な生活を送っているマーサに。ヘレナは別れの挨拶の時、ハリエットの手にその小さな包みを渡しながらマーサへの伝言をささやいた。大好きないとこのハリエット——そう思いながら昔のいたずらっぽさをのぞかせて微笑み、またアシュフォードに伺いますからと約束した瞬間、困ったような表情を浮かべるマーサの長身で武骨な姿が、突然目の前に浮かんだ。ヘレナ、早く早く、とせきたてる声が重なり、ドアのところに新郎が待っている。ヘレナは慣れ親しんだ我が家と娘時代とを後にして、いそいそと出て行った。ハリエットに別れのキスをした時、自分たちが次に会えるのはずっと先、年老いてからになるのだとは、思いもよらなかった。その日、希望と喜びで一杯の若妻として父親の家から踏み出した一歩は、ボストン・コモンの緑のニレの木々や祖国や最愛の人たちの元からヘレナを、華やかで変化に富む外国生活へ、そして一人の女性が経験できる限りのほとんどすべての喜びと悲しみへと導く、長い道のりへの一歩でもあった。

日曜日の午後、よくマーサは、海で死んでしまったお気に入りの弟が昔作ってくれた木の箱を膝にのせて、アシュフォードのお屋敷の窓辺に座っていた。そこから取り出すのは、ウェディングケーキが入っていた、金色の蓋つきの綺麗な小箱、小さな鋏、銀のケース入りの小さな曇った鏡――そして細いレースの縁飾りのあるハンカチには二、三年に一度、まるで花に水を与えるように霧吹きし、日の当たる淡緑色の芝生に広げて、不遜なコマドリやカッコウに持ち去られることのないよう、そばの灌木の陰に座って見張るのが習慣だった。

四

手伝いと友人を兼ねるマーサのような人がいてお幸せね、とミス・ハリエット・パインは人によく言われた。やせて長身のマーサは、時が経ってもその細い体つきとゆっくりした動作に変わりはなかったが、古い屋敷の魅力と威厳に似合う重々しい振る舞いと、素朴で愛情深い表情を次第に身につけた。自分では気づかない、聖者のような美しさ、無数の生命を守りながら、自分の場所にそっと一本で立っている木の、絵のような美しさがあった。忠実で質朴な人柄、見事な心遣い、控えめな態度、悩みや病気を抱える人に対する優しさ――こういう資質と魅力のすべてを、マーサは胸の奥に秘めていた。自分には資格がないと考えて教会に属してはいなかったが、毎日が奉仕への情熱とそれが与えてくれる幸福そのものだったので信仰心はあつく、日曜日にはいつも決まって、教会の出入り口のそばの後部席に座っていた。マーサを教育したのは思い出だった。ヘレナの明るい無邪気な顔から若々しいまなざしが、いつもマーサに注がれていたのだ。不器用な自分を教える、優しい忍耐強さは、決して忘れることができなかった。

「何もかもミス・ヘレナのおかげだわ」一人で窓辺に座ったマーサは、半ば口に出してそう言った。もう何回となく心で繰り返してきたことだった。記念の小さな鏡を覗き込むとき、そこにヘレナ・ヴァーノンのかすかな影でもないかといつも思うのだが、あるのはただ、不思議そうにこちらを見返す、老いた自分の、褐色でニューイングランドふうの顔だけなのだった。

ミス・パインがボストンに住む友人たちを訪問する回数は少なくなっていき、夏にアシュフォードまで長期滞在に出かけて来る友人もほとんどいなくなったので、生活はますます単調になった。海の向こうのヘレナから、近況を知らせ、みんなによろしくという挨拶を送るために、何枚もの薄い便箋にびっしり書かれた手紙が時折届いた。中身はと言えば、貴族とその夫人たちのこと、素晴らしい旅行のこと、幼い子供たちを失ったこと、学校での息子たちの立派な活躍、一人娘の結婚のことなどで、今やその結婚式も何年も昔の出来事だった。これらの話は現実のものというより、まるで物語の中のエピソードのように遠くぼんやりと感じられた。過去との本当の絆は、まったく違うところにあったのだ。ヘレナが餌をやり始めたスズメたちは相変わらず群をなしてやってきた。毎朝マーサが横の出入り口の階段からパンくずをまき、ミス・パインは食堂の窓からその様子を見る。毎年、数を数えられて大事にされるスズメだった。

ミス・パインには決まった習慣がたくさんあったが、想像力や創意には縁がなかったので、女主人のことを考え、趣味の良さを発揮するのがやがてマーサの仕事になった。それでしばらくするといつの間にか、屋敷内の日常の暮らしに、以前は来客時のおもてなし専用だった格式が加わるようになった。二人ともお客様を迎える機会があれば逃さなかったが、それでもたいていの場合、鮮やかな花の飾られた食卓について、優美に供される食事を楽しむのはミス・パイン一人だった。美しい古い陶器も、マーサが細やかな気配りで扱うので戸棚にしまいこんでおく理由がなくなり、食卓に登場するようになった。毎年桜の古木が実を結ぶと、マーサはあの、縁に透かし模様のある、古いイギリス製の白い丸皿に、尖った緑の葉と深紅のサクランボをたっぷりと盛りつけて牧師に届けた。牧師の妻は、毎年夫が頰を紅潮させ、特別の好意を受けたかのようにマーサにお礼を言う理由がよくわからないままだった。たまに新聞を読んでいて見つけた、家事における芸術追求のための巧みな提案の中で、マーサが採りいれなかったものは一つもなく、またパイン家の昔からの洗練された家事の習慣の中で、マーサが忘れ去ったものは一つもなかった。そして約束した通り、ミス・ヘレナのことを毎日、いや、一日に何回も考えた——これをお嬢様は喜ぶだろうか、あるいはあれのほうがお嬢様のお気に召し、良しとされるだろうか、と。たまに届く手紙や来客の話からアシュフォードにもたらされる僅かな消息は、マーサ自身の人生の一部となり、心の歴史の一部となった。マーサの部屋のランプテーブルには使い古しの地理書が一冊、ヨーロッパの地図のページを開いたままで置かれていることがよくあった。ヘレナのドレスの飾りから欠けて落ちたボタン——ルビーに似た小さなガラスがはめこまれた、古風な金色のボタンなのだが——ヘレナのいる街には印としてそのボタンが置かれていた。赴任地の移動に従って、マーサも地図上でずっと後を追った。ボタンは時にはパリに、時にはマドリッドに置かれ、またある時はサンクトペテルブルグに長く留まって、マーサを大いに心配させたものだった。マーサは物覚えが悪かったが、ついには博学になった。忠実なマーサは、ヘレナの行くそういった外国の街の暮らしのすべてに興味があったからだ。なついたスズメたちにパンくずを投げてやる時、マーサの心は満たされていた。どれもすべて、同じ一つのことであり、同じ愛情から出たものだったのだ。

五

初夏のある日曜日の午後、ミス・ハリエット・パインはマーサの部屋に通じる廊下をせかせかとやってきた。マーサがドアのところに現れるまでに二、三回名前を呼んだ。手に何かを持ち、いつになく快活で興奮している様子で、「マーサ、どこにいるの？早く来て。知らせたいことがあるんだから」と言った。

「お呼びでしょうか、ミス・パイン」マーサは大事な箱を急いで引き出しにしまい、地理書を閉じて出てきた。

「今晩六時半、どなたがここに見えると思う？　何もかも最高に整えるのよ。すぐにハンナと相談しなくては。わたしのいとこのヘレナ、覚えている？　ずっと外国暮らしだった、ミス・ヘレナ・ヴァーノン——今ではダイサート令夫人だけど」

「はい、覚えておりますとも」マーサは少し青ざめた顔で答えた。

「帰国しているって聞いたから、ゆっくり泊まりにいらっしゃいと、お招きの手紙を出してあったの」ミス・ハリエットにしては珍しく説明した。お客が後日送ってくる礼状については普段からマーサに伝えるのを忘れないミス・ハリエットだったが、このような説明はしないことが多かったのだ。「予定を何日か早く切り上げて、すぐにこちらに来ると、ヘレナから電報があったの。街ではもう暑くなりかけているんでしょう。外国暮らしが長いから、日曜日に移動するのも気にしないのだと思うわ。ハンナは間に合わせてくれるかしら。お茶の時間を少し遅らせましょう」

「わかりました、ミス・ハリエット」マーサは言った。強い耳鳴りがして、いつものような話し方ができるかどうか自信が持てなかった。「摘みたてのイチゴを用意する時間がありますね。ミス・ヘレナはうちのイチゴがとてもお好きでいらっしゃいますから」

「そうだわ、言い忘れていたけれど」ミス・パインは、マーサの顔に浮かんでいる、普段と違う表情に少し当惑しながら言った。「ミセス・ダイサートはずいぶん変わったに違いないのよ、マーサ。ここに来たのはずっと昔のことですからね。わたしも結婚式以来会ってないのだし、気の毒にあの子はいろいろと苦労が多かったし。降りて行く前に客間に風を通して、いつでもお通しできるようにしておいてね」

「支度はすっかりできております。ミス・ヘレナがお見えになる前に、野バラを少し切って上にお持ちしておきましょう」

「そう、あなたはいつでもよく気がつくわね」ミス・パインは、珍しいことと思いながらそう言った。

マーサは返事をせず、憧れるような目で電報をちらっと見た。自分がずっと心に秘めてきた愛についてミス・パインは何も知らないと、マーサは信じて疑わなかった。そのような秘密を持っていることは、苦痛であると同時に素晴らしい喜びでもあった。この驚きの瞬間にはほとんど耐えられないほどだった。

まもなくマーサは、嬉しい知らせで足に羽が生えたように軽やかな足取りになった。料理人のハンナはミス・ヘレナに会ったことがなかったので、ミス・パインに用事があって一時間後に客間に行ったとき、今日の来客はどうやらひどく重要な人物らしいと思った。何しろ、お茶のテーブルがこれまで見たことがないほど見事にしつらえられているし、客間には花をつけた大枝を幾本かずつさした東インドの由緒ある壺が、また鏡板を張った玄関にはユリの花が、という具合に、いたるところに花が飾られていて、まるで素晴らしい祝祭を待つかのようだったのだ。

ミス・パインが一番の晴れ着を身につけて、外を見ながら窓辺に座っている様子には、落ち着いた風格があった。今ではめったに外に出なくなったが、そろそろ馬車が到着する時刻なのだ。ちょうどマーサが、イチゴとさらにたくさんの花をエプロンに抱えて、庭から入ってきた。明るく爽やかな六月の夕方で、ムクドリモドキがニレの木でさえずり、庭のはずれのリンゴの木の向こうに日が沈もうとしていた。長く待っていた賓客を迎えようと、美しい古い屋敷は開け放たれていた。

「門まで出てみようかしら」ミス・パインは、同意を求めるようにマーサを見ながら言った。マーサはうなずき、二人は一緒にゆっくりと、正面の広い道を歩いて行った。

路傍の芝に、馬の蹄と車輪の音が聞こえてきた。はじめマーサはそちらを見ることができなかった。馬車が近づくにつれ、門の内側の白いライラックの後ろに隠れてしまったのだ。出迎えたミス・パインは両手を差し出し、猫背で疲れた様子の、喪服姿の小柄な人を抱きしめた。「ああ、ミス・ヘレナが、わたしと同じように年とって」痛ましさにマーサはすすり泣いた。こんなことになるなんて思ってもみなかった……わたしには、とても耐えられない。

「マーサ、どこにいるの?」とミス・パインが呼んだ。「これはマーサが運びます。ヘレナ、うちのマーサを覚えているでしょう?」それを聞くと、ミセス・ダイサートは目を上げて、昔と同じ微笑を見せた。容貌に変化はあっても、若々しいまなざしは健在だった。ミス・ヘレナが戻ってきたのだ。

その晩マーサは大事なミス・ヘレナの部屋に行き、昔のままの控えめで物静かな物腰で、忘れもしない細やかな世話をこなした。長い年月がまるで数日のことのように思われた。他にできることはないかと、最後に一瞬立ち止まり、それから静かに部屋を出ようとしたマーサを、ヘレナが呼び止めた。ヘレナは突然すべてを悟り、ほとんどものが言えなかった。

「ああ、愛しいマーサ！　おやすみなさいのキスをしてくれない？　ああ、マーサ、長い間ずっと、こんなふうに思っていてくれたのね！」

訳者解説

本書はセアラ・オーン・ジュエット(Sarah Orne Jewett 一八四九—一九〇九)の作品の中でも筆頭の代表作とされる『とんがりモミの木の郷』、及びジュエットらしい味わいが楽しめる五つの短篇、あわせて六作品の全訳である。底本には、各作品が最初に書物に収められた版を尊重する“The Library of America”のシリーズを用いた。

ジュエットはこれまで日本ではあまり知られていないが、アメリカの北東部、ニューイングランドを代表する女性作家の一人である。故郷のメイン州を舞台に、そこに生きる普通の人々の素朴な暮らしや自然に囲まれた静寂などを細やかに描くのがジュエット独特の作品世界で、ネイチャー・ライティングやフェミニズムの観点からも注目される、興味深い存在でもある。イギリスと異なり、アメリカで女性作家たちが本格的な近代小説を発表し始めたのは一八八〇年代になってからであった。この時代に、女性ならではの小説を探求したという意味でも重要なのがジュエットで、当時広く読まれた。

小説の理論と実作を通して、アメリカ文学だけでなく現代小説全般に大きな影響を残したヘンリー・ジェイムズ(一八四三―一九一六)は、ジュエットの『とんがりモミの木の郷』を「美の精華」であると称えた。イギリスの作家で詩人のラドヤード・キプリング(一八六五―一九三六)は、この著作の発表直後にジュエットに宛てた書簡で、「この小説は、まさに人生そのものです。これまでニューイングランドについて書かれた書物の中で最も真実のものです」と書き送った。

アメリカ中西部出身でジュエットを敬愛する作家のウィラ・キャザー(一八七三―一九四七)は、同作品をナサニエル・ホーソンの『緋文字』、マーク・トウェインの『ハックルベリー・フィンの冒険』と並んで、時の変遷に耐えうる、アメリカ文学史上の三大傑作であると絶賛したことで知られる。キャザーは一九二五年に『とんがりモミの木の郷』と短篇十一篇を一冊にまとめた書物の序文の中でそう述べたあとに続けて、「『とんがりモミの木の郷』は、緊密に、しかも軽やかに組み立てられており、後に質の低下を招いて作品を時代遅れにする、重苦しい具体的描写に束縛されていない」と評している。

以上三人の、それぞれ文学史に残る優れた作品の書き手たちからジュエットに贈られた賞賛の言葉は、特筆すべき評価であろう。また、後に名著『アメリカン・ルネッサンス』で知られることになる批評家F・O・マシーセンの最初の研究書(一九二九年)がジュエットに関するものであったことも興味深い。ジュエットと縁続きであった点を割り引くとしても、マシーセンがジュエットの業績に一目置いているのでなければ、その選択はあり得なかったであろう。

大著『講義　アメリカ文学史』全三巻（二〇〇七年、研究社）を著した渡辺利雄氏は、その補遺版（二〇一〇年）において、東大英文科の講義では取り上げられなかったものの「アメリカ文学史上無視しがたい二十三人」を選んでいて、ジュエットもその一人である。その章に掲げられた「過去のニューイングランドの残光の中で新しい女性を描いたローカル・カラー女性文学者」というタイトルには、ジュエットの姿が端的に表されている。

ローカル・カラー文学とは、アメリカにおいて南北戦争後から十九世紀末まで盛んだったリアリズム文学で、各地方特有の風俗、習慣、自然などを描くものである。南部を描いた作家にジョージ・ワシントン・ケイブル（一八四四―一九二五）やケイト・ショパン（一八五一―一九〇四）、西部を描いた作家にマーク・トウェイン（一八三五―一九一〇）などが挙げられるが、ジュエットはニューイングランドの文化を描いた作家として、ハリエット・ビーチャー・ストウ（一八一一―九六）と並んで位置づけることができる。

セアラ・オーン・ジュエット (Sarah Orne Jewett Compositions and Other Papers, 1847-1909 (MS Am 1743.26, item 16), Houghton Library, Harvard University)

メイン州にあるジュエットの生家．保存され，一般公開されている(© Kaoru W. Phillips)

セアラ・オーン・ジュエットは一八四九年九月三日、メイン州のサウス・バーヴィックという、歴史ある古い町に生まれた。ニューイングランドの一州であるメイン州は、アメリカ最北東部、大西洋岸に位置し、北はカナダと国境を接している。はじめマサチューセッツ州の一部だったが、一八二〇年に二十三番目の州として認められた。そのメイン州の南端にあるのがサウス・バーヴィックである。

医師である父セオドアは、往診にむかう馬車に病弱な娘を同乗させ、外気に触れさせると同時に、農民や漁民の生活を見る機会を与えた。自らと同様に歴史、文学、宗教など幅広い読書をするよう勧め、植物や薬草への興味を持たせたのもセオドアであり、後にジュエットは、この敬愛する父をモデルとし、父と同じく医者になることを夢見る少女を主人公にした小説『田舎の医者』(*A Country Doctor* 一八八四)を書いている。母キャロラインは、銀行家、政治家、医師などを輩出している、ニューハンプシャーの名門ペリー家の出で、やはり読書を好んだ。ジュエットがジェイン・オースティンやジョージ・エリオットなどを愛読するようになったのは母の影響と言われ、そろって読書家の両親のもとでジュエットも広い読書体験を持つようになった。

作家としてのジュエットの出発点は、有力な文芸誌『アトランティック・マンスリー』に投稿した作品が当時副編集長だったウィリアム・ディーン・ハウエルズに認められ、一八六九年に初めて同誌に掲載されたことであった。当時ジュエットは、まだ二十歳そこそこの若さである。以後、ハウエルズの励ましを受けると共に、ハウエルズを通じて文壇関係者とも親しくなることができた。ジュエットが学校に通ったのは十七歳の年までで、特に作家修行をした形跡は見当たらず、交友や見聞を通じて学ぶことが多かったと考えられる。幼い頃から周囲の大人の話を聞くのが習慣だったと、少女時代を回想するスケッチにも記しており、生涯を通じて多くの友人たちとの交際や旅行の記録が残っている。最晩年に知り合った、前述のウィラ・キャザーはじめ、友人には芸術家や作家、詩人が多く含まれ、そのうちの一人であるアニー・フィールズとは長期旅行に数多く出かけたり、お互いに長期訪問をしたりする親密な関係にあった。

十代から執筆を始めたジュエットは、持病や怪我とその後遺症にずっと苦しみながらも優れた作品を次々に発表した。経済的に余裕のある家庭に生まれ育ったおかげで生活の心配はなく、生涯独身で文筆を天職として生きた。そして一九〇九年春、発作で半身不随になったのを機にボストンから故郷に戻り、六月二十四日、生家で息を引き取る。五十九歳であった。生涯については巻末の略年譜も参照していただきたい。

ジュエットの残した長篇小説には『ディープヘイヴン』(*Deephaven* 一八七七)、『田舎の医者』、そして『とんがりモミの木の郷』(一八九六)があり、本書に収めた五篇をはじめとする多くの短篇がある。作品はどれもニューイングランドを舞台にし、そこに住む人々を登場人物としている。ニューイングランドは入植時代からの文化や伝統を誇る地域で、海運業、造船業、漁業などで栄えていたが、ジュエットの時代になると近代化に取り残された形で、過疎化と高齢化の現象が進んでいた。小説に描かれた老船長、孤独な老漁夫などがそれを象徴している。一方女性たちはと言えば、様々なタイプが登場するものの、男性に頼って生きる者は少なく、むしろ自分の居場所や生き方を自ら選びとる人物が多く描かれる。ジュエットはそのような女性たちを見つめ、共感を持っていたことがうかがえる。

では、本書に選んだ六篇について、順に見ていくことにしよう。

＊『とんがりモミの木の郷』(***The Country of the Pointed Firs***)

一八九六年一月、三月、七月、九月と四回に分けて『アトランティック・マンスリー』に掲載された小説で、その後自身で手を加えた形で同年十一月にホートン・ミフリン社から出版された。

作者ジュエット本人を思わせる、女性文筆家で語り手の「わたし」は、以前に一度訪ねて気に入った、メイン州の港町ダネット・ランディングを再訪し、夏の間執筆に専念するため、六十七歳になるミセス・トッドの家に部屋を借りる。夫人は薬草に詳しく、薬を作って近隣の人々に分けている。預言者のような、あるいはギリシア神話の人物のようなイメージがあるかと思えば、過去の秘密を語り手にそっと打ち明ける時には乙女のようで、そして母に対しては常に愛情深い娘で、といくつもの顔を見せる人物である。

滞在中に語り手は、超自然的な話を語るリトルペイジ船長、人をもてなすすべを知り、息子との島での暮らしに満足している老婦人ミセス・ブラケット、亡き妻の思い出をよすがとして生きる孤独なティリー老人など、個性豊かな人たちと知り合って話を聞く。それだけでなく、彼らの体験談を通じて、例えば失恋で小島に引き籠ってしまったジョアンナなど、直接には会うことのなかった人々についても知ることになるので、この小説に登場する人物は多い。だが語り手自身が遭遇する大事件や大冒険は一つもなく、悪人や悪事も見当たらない。ダネット・ランディングでのひと夏は、至極穏やかに過ぎるのである。

ちなみにジュエットには、この架空の町ダネット・ランディングを舞台とする四篇の連作があり、『とんがりモミの木の郷』の読者にとっては、ミセス・トッドに再会したり、夫人の弟でひどく内気なウィリアムが結婚することになるのを知って驚いたりと、懐かしい旧知の人々の消息を知ることができる後日談のようになっているのも面白い。

＊「シラサギ」（"A White Heron"）

一八八六年刊行の短篇集 *A White Heron and Other Stories* に収められて世に出た作品である。『アトランティック・マンスリー』の編集長オールドリッチから一度は掲載を断られた経緯を持つが、今ではジュエットの短篇の中でもよく知られる一篇で、アメリカ文学のアンソロジーに収められることも多い作品である。

自然の中で祖母と暮らしていた九歳の少女シルヴィアが、鳥の剝製を集めるために町から来た青年と出会う。青年が熱心に探しているシラサギをシルヴィアは見たことがあり、巣の場所を確かめようと、一人で朝早く丘へ行き、「大地という船の、巨大なメイン・マストのよう」なマツの大木にしがみついて夢中で天辺まで登っていく。やがて日が昇り、金色の大気の中をゆるやかに飛ぶ、シラサギのたおやかな姿を見つめるシーンは圧巻で、読者もシルヴィアと一緒に、息を吞んでそれを目撃することになる。家に戻ったシルヴィアは、秘密の巣の場所を青年に教えて親切にしたい気持ちは持つものの、悩んだ末にやはり教えることはできないと決める。中心に据えられた「自然」対「都会」という主題以外に、牛を追う少女の姿など、日常生活の描写も魅力的である。

＊「ミス・テンピーの通夜」("Miss Tempy's Watchers")

一八八八年三月の『アトランティック・マンスリー』に掲載された後、短篇集 *The King of Folly Island and Other People* に収められて同年に出版された。

亡くなった友人ミス・テンピーの家で通夜をつとめることになった二人の女性が過ごす、四月の一夜の物語である。境遇の異なる二人が、故人の思い出話とともに自分のことも打ち明け合う。台所に座っているとテンピーを身近に感じられるという、女性らしい心情も巧みに描かれている。真夜中になって二人は、ミス・テンピーの作りおいた砂糖煮の花梨を出してくるが、「きっとテンピーは今頃、わたしたちにここでくつろいで欲しいと思っているでしょうし、夜食を美味しく食べてね、って熱心に勧めると思うわ。あの人のことだから」という言葉には温かい友情がこもっている。小川のせせらぎと時折風の音が聞こえるだけ――そのうちにどちらも眠くなってうとうとしてしまうが、そんな二人の頭上、二階には愛情深いテンピーも眠っている。「ひょっとすると、テンピーただ一人が通夜をつとめていたのかもしれない」という一節には神聖な静けさがある。生と死について考えさせながらも暗くなりすぎず、しみじみとした一篇に仕上がっている。

＊「ベッツィーの失踪」(“The Flight of Betsey Lane”)

一八九三年八月『スクリブナーズ・マガジン』に掲載され、同年、短篇集 *A Native of Winby and Other Tales* に収められた。

救貧院で暮らす老女の一人のベッツィーは、ある日訪ねてきた、元の雇い主の孫娘から好きなように使える現金をもらい、誰にも打ち明けずにフィラデルフィアで開催中の建国百周年記念博覧会に出掛ける。謎の失踪を知った仲間たちは当惑し、事件を想像して気をもむが、そんな心配をよそに本人は長年の念願を果たして元気に戻って来るという物語である。それまで一度も遠くへ行ったことのなかったベッツィーの大冒険――知人の誰にも見られずに列車に乗り、珍しい事物に触れて知的好奇心が満たされ、大いに満足する様子、そして最悪の事態を恐れながら歩いてきた仲良しの二人との、思わぬ場所での再会の場面も微笑ましく、楽しい。若々しくなったようにさえ見えるベッツィーが二人に向かって、「できればみんな行くべきよ。だって、まるで世界中を回ってきたような気がするんですもの。残りの人生これで十分と思えるくらいたくさんの思い出と話題ができたわ」と言う時の、意気揚々とした表情が目に浮かぶようだ。

ベッツィーがめざした博覧会は、一七七六年のアメリカ独立から百年が経過したことを記念して、独立宣言採択の地フィラデルフィアで一八七六年五月十日から十一月十日まで実際に開かれた、米国初の大規模な万国博覧会である。当時、大きな話題になったに違いない催しで、二十六歳だったジュエット自身も開幕早々に訪ねている。

＊「シンシーおばさん」(“Aunt Cynthy Dallett”)

「新年の客」というタイトルで、一八九六年一月の女性向け月刊誌『ハーパーズバザー』に掲載され、一八九九年、短篇集 *The Queen's Twin and Other Stories* に収められた。

少し離れた家で一人暮らしをしているおば、シンシーを気遣うアビーに、親切なミセス・ハンドが元日の訪問の同行を申し出る。シンシーは二人の訪問を歓迎して心がほぐれ、ついには姪と一緒に住むことを決意するという、穏やかでほのぼのとした一篇である。無事に問題が解決したのを喜ぶミセス・ハンドが晴れ晴れと、「ワーテルローの戦いに勝利をおさめたような気分だわ」と言うところで結ばれ、読者も安堵する。

山の上のシンシーの住まいを訪ねて行くために元日に落ち合う二人は、それぞれ手製のごちそう――ローストチキンとミンスパイをこっそりと持参しているのだが、最初のうちは相手の気持ちを尊重して、ショールの怪しい膨らみを見て見ぬふりをするのもおかしく微笑ましい。歩いて行きながら、昔ミセス・ハンドがある家を訪問した時の驚くべきエピソードが披露されるなど、途中の二人の様子と会話の描写がことに秀逸で、小説家ジュエットの腕の冴えとユーモア感覚が感じられる。

＊「マーサの大事な人」（"Martha's Lady"）

一八九七年十月の『アトランティック・マンスリー』に掲載され、一八九九年、短篇集 *The Queen's Twin and Other Stories* に収められた。

メイドとしてミス・ハリエットの屋敷に上がったばかりの、まだ若く不器用なマーサは、ボストンからやってきた令嬢ヘレナの明るくのびのびした優しい人柄に強く惹きつけられ、慕うようになる。一緒にサクランボを盛りつけたり、お茶の給仕の仕方や花の活け方をヘレナに教わったりするうち、マーサはホームシックを忘れて希望を感じるようになる。しかし、間もなくヘレナは屋敷を去り、結婚して外国暮らしが長くなったこともあって、ようやくマーサと再会するのは四十年以上も後のことだった。その日マーサは、屋敷中に花を飾ってヘレナを迎え、自分と同じように年老いた姿を見て涙をこぼすものの、変わらぬ笑顔を見て昔がよみがえる。

サクランボ、イチゴ、色とりどりの花――その甘い香りがページから漂ってくるような、同時に色彩的にも鮮やかな一篇である。目に浮かんでくるのはそれだけではない。

冒頭、前庭の椅子の背に掛けられた深紅の絹のショール、サクランボを盛りつけた、縁に透かし模様のある白い丸皿、鏡と鋏と刺繍のあるハンカチをおさめた小箱、ヘレナの居所を示すためにヨーロッパの地図の上に置かれた、古風な金色のボタンなど、水彩で描いてそのまま挿絵にしたくなるような小物の数々も登場する。実直なマーサがヘレナに寄せる、年月を経ても変わることのない思いを、このように絵画的な美しい一篇にまとめたところに、作者ジュエットの二人への深い共感が表れている。

日本でジュエットの知名度が低いのは、これまで邦訳や研究が少なかったためであろう。その一方で、大学用のアメリカ文学の教科書には「ローカル・カラー文学の担い手」の一人として必ずと言ってよいほど取り上げられ、文学史上の重要性は認められている。中でも、前述の渡辺利雄『講義 アメリカ文学史』補遺版で一章を割いて詳しく論じられているのは注目に値する。また、平石貴樹『アメリカ文学史』(二〇一〇年、松柏社)も、ジュエットについての鋭い考察を示す。平石氏はここでジュエットを、「プロットに依存しない、女性的なノヴェルの可能性を切りひらいた」作家と位置づけ、「ジュエットが、従来高く評価されてこなかったのは、アメリカ文学史がとかく男性中心だったから、と言うよりは、従来ばかりか現在なお、アメリカ文学の作者も読者も、ノヴェルよりロマンスを偏愛し、プロットに乏しい小説を愛するすべを知らないからだろうと思われる」と述べている。つまりここに、男性的小説の「プロット」と女性的小説の「日常生活」という対立を見ているのである。また平石氏は、『アメリカ短編ベスト一〇』（二〇一六年、松柏社）というアンソロジーに『とんがりモミの木の郷』の続篇の一つである「ウィリアムの結婚式」を選んで訳されているが、その「あとがき」の中で、ジュエットの作品の楽しさを、率直な善意と好意のあふれる「癒やし系」であることだと述べている。確かにそのとおり、現代の読者に元気を与える小説であると言えよう。

ジュエットの作品は「プロットに依存しない」、「プロットに乏しい」とよく言われるが、ジュエットの主な関心はプロットよりも、それぞれ人生経験を積んだ人物たちの生き方と言動に向けられている。本書に収めた作品を読んでも、登場人物のほとんどが中年を過ぎており、発言や行動は当然それまでの経験に裏打ちされていることがわかる。重要なプロットとなるべき物語は、もしあるとすれば現在ではなく過去に存在するようだ。その過去は、当人や周囲の人の口から語られることもあれば、見え隠れするだけのこともあるが、いずれの場合にもそれが物語の厚みとなり、一見すると何でもない日常を描いたような小説でありながら読む者の心に余韻を残すのは、その力のゆえである。

例えば「マーサの大事な人」はマーサとヘレナの若々しい出会いの日々から物語が始まるが、それぞれに老いて再会する場面を支えるのは前半の内容、つまり二人の重ねた過去なのである。ヘレナが再び屋敷を訪ねて来るという電報が届く場面から物語の終わりまではわずか三ページほどだが、そこには過去の長い時間が凝縮されている。一方「シラサギ」のシルヴィアは例外的に幼いヒロインだが、一篇の結びは未来に向けられており、物語中で起きた出来事が何十年か先のシルヴィアの境遇に少なからぬ影響を与えるのが明らかなことを示唆している。「親しくなれたかもしれない、あの猟師の青年より小鳥たちのほうが良き友だったのか――それは誰にもわからない」――そう書かれている。シルヴィアが答えを出すのは三十年後か四十年後か、あるいはもっと先になるのか――いずれにしても本篇の読者は、その時のシルヴィアを、それぞれに思い描けるのではないだろうか。過去あるいは未来を巧みに現在と響きあわせるジュエットの小説には、これこそ読書の醍醐味だと思わせるものがある。

物語の舞台となっているニューイングランドは、多くの読者にとって地理的にやや遠く、なじみの薄い土地に思われるかもしれない。けれどもジュエットの描いた世界にはきっと親しみをもっていただけるに違いないと、私はかねてから感じてきた。透明感のある冷涼な大気のもと、海岸線が長く延び、埠頭があり、沖にはいくつもの小島が浮かんで、その向こうにはどこまでも青い大海が広がる。豊かな海の幸を獲るため、あるいは会いたい人に会うために舟が出される。遠く地平線には淡青色の山々がそびえ、緑の丘が連なり、牧草地が広がる。堂々たる木々が鬱蒼と茂る黒い森の中には動物や鳥が暮らし、自然に囲まれた小さな家に住む人々は口数少なく控えめだが、個性的で芯が強い。会話を交えて描かれる人情味豊かなエピソードにはどこか懐かしささえ覚え、一読すればその雰囲気は忘れがたい――そんなジュエットの作品は、日本の読者をも強くひきつけずにはおかないであろう。

小説『とんがりモミの木の郷』を私が個人的に「再発見」したのは、二〇一二年夏から半年間の在外研究の日々を過ごしたメイン州ポートランドの書店の片隅であった。普通のペーパーバック版より横だけ二センチほど長く、厚さは約一センチ。モミの木の葉のような深緑色の紙に小説のタイトルを黒字で、その下に作者名を白字で書いただけのシンプルな表紙に心をひかれて手にとった。"The Art of the Novella"と銘打ち、ヘンリー・ジェイムズ、ハーマン・メルヴィルなど様々の作家の中篇を選んで一篇一冊で出しているシリーズで、その日たまたま書店にあったのは『とんがりモミの木の郷』だけだった。飾り気のない装丁がとても魅力的で、まるで作品をそのまま形にしたような、そしてジュエットが地元メインで読み継がれ、今も愛されていることを実感させる本であった。そんな思い出のある作品を、他の優れた短篇とともに岩波文庫の一冊に収める機会を得たのは、望外の幸せと感じている。

本書の翻訳にあたっては、日本の文芸翻訳の第一人者である行方昭夫先生はじめ諸先輩に教えを乞うことができて幸いであった。岩波文庫編集部の村松真理さんには企画段階で大変お世話になり、担当を引き継がれた大山美佐子さんには根気よく励ましていただいた。そしてアンカーの古川義子さんには、訳文をより読みやすくするための貴重な助言の数々をいただき、ありがたく思っている。

ジュエットの生家に出向いて撮影した写真を快く使わせてくださったメイン州在住のかおるフィリップスさんにも、心よりお礼を申し上げたい。

二〇一九年八月

河島弘美

ジュエット略年譜

1849年　9月3日，父セオドア，母キャロラインの次女として，メイン州サウス・バーヴィック(South Berwick)に生まれる．誕生時にはシオドーラ・セアラ・オーン・ジュエット(Theodora Sarah Orne Jewett)と命名されたが，「シオドーラ」は間もなく使われなくなる．1847年生まれの姉メアリー，1855年生まれの妹キャロラインとの三姉妹として育つ．

1855年　地域の小学校に入学する．ビー玉遊び，石蹴り，凧揚げなどの遊びを好み，ウッドチャック(マーモット)，カメ，ハツカネズミなどを飼う．

1857年　スケートやソリ遊びに親しむ．健康増進のため，戸外での遊びは医師である父から特に奨励された．

1861年　姉のメアリーと同じバーヴィック・アカデミーに入学．1791年創立の私立学校である．この頃からリューマチに悩み始めたジュエットを，父は往診に伴い，動植物の名前を教えたり，ミルトン，テニソン，マシュー・アーノルドなどの書物について語ったりした．一方，母や祖母の勧めでジェイン・オースティンやジョージ・エリオットも読む．ハリエット・ビーチャー・ストウの『オアーズ島の真珠』を読んだ時の喜びは後年まで忘れなかった．ジュエットのアカデミー在学期間は，ちょうど南北戦争の時期と重なっていた．

1866年　バーヴィック・アカデミー卒業．医師になりたかったが，健康上の理由で断念．

1868年　1月，“Jenny Garrow’s Lovers”と題した小説がボストンの週刊新聞『フラッグ・オブ・アワ・ユニオン』にA. C. Eliotの筆名で掲載され，作品が初めて活字になる．6

月と8月にボストンの伝統ある文芸雑誌『アトランティック・マンスリー』に送った作品は採用されず.

1869年　12月, "Mr. Bruce" と題した短篇が『アトランティック・マンスリー』に初めて採用され, A. C. Eliot の名前で掲載される. ジュエットはこの作品を, 物書きとしてのキャリアのスタートと考えていた. 当時の副編集長がウィリアム・ディーン・ハウエルズ. ／この頃, ルイザ・メイ・オルコットの『若草物語』やアンデルセン童話などを愛読し, 自らも子供向けの物語を書き始める.

1871年　編集長となっていたハウエルズに会い, 自宅にも招かれる.

1873年　この頃から執筆を天職と考えるようになる.

1876年　フィラデルフィアで開催されていた建国百年記念万国博覧会に行く.

1877年　*Deephaven*(『ディープヘイヴン』)刊行.

1878年　2月, ワシントンD.C.へ行き, リンカーンの息子のロバートの知己を得たり, ヘイズ大統領主催の会に出席したりする. *Play Days* 刊行. ／9月, 父死去.

1879年　*Old Friends and New* 刊行. ／12月,『アトランティック・マンスリー』誌のパーティーに出席. マーク・トウェイン, ラルフ・ウォルドー・エマソン, ハリエット・ビーチャー・ストウなども出席していた.

1881年　2月, 友人の一人アニー・フィールズとニューヨークへ行く. アニーは『アトランティック・マンスリー』の編集長ジェイムズ・T・フィールズの妻で, 4月にジェイムズが死去, ジュエットはその年の冬をボストンのアニーの自宅で過ごす. *Country By-Ways* 刊行.

1882年　アニーと二人でヨーロッパ長期旅行に行く. この

後も同様の旅行に何度か出かける.

1884年　*The Mate of the Daylight, and Friends Ashore* 及び *A Country Doctor*(『田舎の医者』)刊行.

1885年　*A Marsh Island* 刊行.

1886年　*A White Heron and Other Stories*(「シラサギ」所収)刊行.

1887年　*The Stories of the Normans* 刊行.

1888年　*The King of Folly Island and Other People* (「ミス・テンピーの通夜」所収)刊行.

1889年　詩人ヘンリー・ワーズワース・ロングフェローの娘アリスを訪ねる. これが後の『とんがりモミの木の郷』の舞台となる土地への初めての訪問である.

1890年　*Tales of New England* と, *Betty Leicester: A Story for Girls* 及び *Strangers and Wayfarers* 刊行.

1891年　10月, 母死去.

1892年　1月, 自伝的エッセイ “Looking Back on Girlhood” 発表.

1893年　*A Native of Winby and Other Tales*(「ベッツィーの失踪」所収)刊行.

1894年　*Betty Leicester's English Christmas: A New Chapter of An Old Story*(私家版)刊行.

1895年　*The Life of Nancy* 刊行.

1896年　11月, *The Country of the Pointed Firs*(『とんがりモミの木の郷』)刊行. 好意的な書評に加えて, 友人たちから多くの賞賛の書簡も受け取る. ラドヤード・キプリングは「この小説は, まさに人生そのものです」と書き送り, 追伸に「この作品がどんなに素晴らしいか, あなた自身さえわかってはいないと思います」と書いた.

1898年　イギリス・フランス旅行で，キプリングやヘンリー・ジェイムズを訪問．ブロンテ姉妹の故郷ハワースにも行く．

1899年　*The Queen's Twin and Other Stories*(「シンシーおばさん」「マーサの大事な人」所収)刊行．

1901年　6月，父の母校でもあるボウディン大学から，女性として初の名誉文学博士号を授与される．／9月，*The Tory Lover* 刊行．好意的な書評も出て売れ行きは良かったが，以前のような，ジュエット独自の作風に戻る方が良いとする意見が，ヘンリー・ジェイムズ他数人の友人から寄せられる．

1902年　53歳の誕生日に，乗っていた馬車の事故で車外に放り出され，重傷を負う．

1903年　他の二人の女性と共にメイン・ヒストリカル・ソサイエティー初の女性メンバーに選ばれる．

1904年　事故以来続く頭痛やめまいのため，外出が減る．

1905年　6月，ヘンリー・ジェイムズやハウエルズの訪問を受ける．

1908年　3月，34歳のウィラ・キャザーと出会う．交際期間は1年しかなかったが，キャザーに大きな影響を与える．

1909年　ヘンリー・ジェイムズの短篇を好んで読む．中でもお気に入りは「嘘つき」「懐かしの街角」など．／3月，発作で左半身が不随になる．特別列車でボストンから故郷サウス・バーヴィックへ移動．／4月，ハウエルズの訪問を受ける．／6月24日，脳出血のため生家で死去．59歳．

※略年譜作成にあたっては，Michael Davitt Bell ed., *Sarah Orne Jewett: Novels and Stories*(Library of America, 1994)及び Paula Blanchard, *Sarah Orne Jewett: Her World and Her Work*(Perseus Publishing, 1994)を参考にした．

とんがりモミの木《き》の郷《さと》 他五篇
セアラ・オーン・ジュエット作

2019 年 10 月 16 日　第 1 刷発行

訳　者　河島弘美《かわしまひろみ》

発行者　岡 本　厚

発行所　株式会社 岩波書店
〒101-8002 東京都千代田区一ツ橋 2-5-5

案内 03-5210-4000　営業部 03-5210-4111
文庫編集部 03-5210-4051
https://www.iwanami.co.jp/

印刷・三陽社　カバー・精興社　製本・中永製本

ISBN 978-4-00-323441-9　　Printed in Japan

読書子に寄す

——岩波文庫発刊に際して——

岩波茂雄

真理は万人によって求められることを自ら欲し、芸術は万人によって愛されることを自ら望む。かつては民を愚昧ならしめるために学芸が最も狭き堂宇に閉鎖されたことがあった。今や知識と美とを特権階級の独占より奪い返すことはつねに進取的なる民衆の切実なる要求である。岩波文庫はこの要求に応じそれに励まされて生まれた。それは生命ある不朽の書を少数者の書斎と研究室とより解放して街頭にくまなく立たしめ民衆に伍せしめるであろう。近時大量生産予約出版の流行を見る。その広告宣伝の狂態はしばらくおくも、後代にのこすと誇称する全集がその編集に万全の用意をなしたるか。千古の典籍の翻訳企図に敬虔の態度を欠かざりしか。さらに分売を許さず読者を繋縛して数十冊を強うるがごとき、はたしてその揚言する学芸解放のゆえんなりや。吾人は天下の名士の声に和してこれを推挙するに躊躇するものである。このときにあたって、岩波書店は自己の責務のいよいよ重大なるを思い、従来の方針の徹底を期するため、すでに十数年以前より志して来た計画を慎重審議この際断然実行することにした。吾人は範をかのレクラム文庫にとり、古今東西にわたって文芸・哲学・社会科学・自然科学等種類のいかんを問わず、いやしくも万人の必読すべき真に古典的価値ある書をきわめて簡易なる形式において逐次刊行し、あらゆる人間に須要なる生活向上の資料、生活批判の原理を提供せんと欲する。この文庫は予約出版の方法を排したるがゆえに、読者は自己の欲する時に自己の欲する書物を各個に自由に選択することができる。携帯に便にして価格の低きを最主とするがゆえに、外観を顧みざるも内容に至っては厳選最も力を尽くし、従来の岩波出版物の特色をますます発揮せしめようとする。この計画たるや世間の一時の投機的なるものと異なり、永遠の事業として吾人は微力を傾倒し、あらゆる犠牲を忍んで今後永久に継続発展せしめ、もって文庫の使命を遺憾なく果たさしめることを期する。芸術を愛し知識を求むる士の自ら進んでこの挙に参加し、希望と忠言とを寄せられることは吾人の熱望するところである。その性質上経済的には最も困難多きこの事業にあえて当たらんとする吾人の志を諒として、その達成のため世の読書子とのうるわしき共同を期待する。

昭和二年七月